織田信長と岩室長門守

楠乃小玉

青心社

目次

カバーイラスト／資料図版・系図：大橋由起子

織田信長と岩室長門守

楠乃小玉

第一章　素破

その者の名は岩室長門守重休《いわむろながとのかみしげやす》。

幼名は分かっていない。故にここでは岩室と記述することとする。

岩室は今川義元《いまがわよしもと》が大好きだった。父が武田信虎《たけだのぶとら》の素破《すっぱ》筆頭に抜擢され、末は武田家家臣として国持大名になるであろうと人々に噂されていた。武田信虎の娘が今川義元の妻であったため、武田信虎の命によりよく今川義元の妻に岩室の父が届け物を持っていく役目を申し付けられ、岩室も自ら請うてそれに付いて行った。なぜなら今川義元の顔が見たかったから。

義元は美男子で、凛々しく、知性と慈愛に満ち溢れていた。岩室のような何の地位もない子供にも優しく微笑みかけてくれた。

しかし、事態は一変した。

西暦一五四一（天文十年）六月一四日、武田信虎が息子の武田晴信の謀反によって今川領に追放されたのだ。その時、岩室の父と岩室も同行しており、武田領に帰れなくなった。武田の領地には岩室の身重の母が取り残されていたが、武田信虎の家臣は武田領には入れない。

こうなっては頼れるのは今川義元しかいない。岩室は走り出した。制止する父の怒鳴り声を背にしながら必死に走った。途中で父の尾行を逃れ、今川館に忍び込んだ。今川義元は妻とともに庭の池を眺めながら甘茶蔓の汁がかかったかき氷を食べていた。その横で太刀持ちの小姓の少年が正座して片手に軽々と太刀を持ち、微笑を浮かべて見ていた。しかし、しばらくすると足をもぞもぞと動かしはじめた。それに気づく義元。

「いかがした」

小姓は赤面する。

「いや、その、雪の季節は過ぎたれど富士の高根に積る白雪と申しましょうか」

「まあ」

義元の妻が笑いを噛み殺して口に手をやる。

「雪隠《せっちん》（便所）か」

「出物腫れ物所嫌わずと申します」

「ははは、ゆけ」

義元は豪快に笑った。

「恐れ入りまする」

小姓は慌てて刀を持ったまま庭に駆け降りる。そして、岩室の隠れている庭木の繁みの横を通り過ぎようとしたときだ。

「この松井宗信《まついむねのぶ》をたばかれると思ったか」

小姓は大声で叫びながら刀を引き抜き、岩室の隠れたる繁みに切りつけた。岩室はそれを素早く避けながら庭に飛び出した。

「恐れながら義元公に申し上げます、我が主君武田信虎が領地に帰れぬよう関所が閉じられております。なにとぞ関所を破り国へ帰るための兵をお貸しくださいませ」

義元は素知らぬ顔をしている。岩室が大声を出しているのに聞こえていない様子であった。

「お願いでございます」

岩室は地にひれ伏し、大声で叫んだ。

「おのれ無礼者がっ」

小姓の松井宗信が岩室の頭の上へ刀を振りおろす。岩室は微動だにしない。宗信は岩室の頭の上一寸の処で刃を止める。そして義元の方へ顔を向ける。心なしか、義元の眉間に薄い皺がよった。

「ええい」

宗信はその場に刀を投げ出して岩室の襟首をつかむ。

「離せ、義元公の命令もなく拙者をつまみ出そうとするか」

「黙れ、そちのような小者はそれがしの一存で十分だ」

宗信は石のように固まって動かぬ岩室の襟首をつかみ、門の方へ引きずっていった。義元は顔をそむける。

「義元様、聞こえておらぬのですか、義元様ああっ」

悲痛な声を上げる岩室を宗信は門前に蹴り出した。

「二度と来るな、この不埒ものが」

怒鳴る宗信を岩室は睨み付ける。

「おのれ、義元公が拙者に気づかぬを良いことに悪逆三昧、あとで義元公にしかられるぞ」

「うるさい、これはそれがし一存でやったこと、義元公とは関わりなきことじゃ」

「覚えておれ、父上に言いつけて信虎公に叱ってもらうからな」

岩室は憤然とその場を立ち去った。


岩室が家に帰り、己がやったことを父に伝えると、父は岩室の頬を思いっきり平手で叩いた。叩かれた岩室は、叩かれた痛みよりも己が正しいことをしたのに罰せられたと思う不条理が心に突き刺さって火がついたように泣いた。

父が一緒に謝罪に行ってやるというので今川館に謝罪に行くと、今川義元は多忙のため会えないと言う。では誰か代わりの方に言伝をと頼むと、代わりの誰かも忙しくて手が離せないという。岩室の父は武田信虎付きの素破の頭領であるだけに門番の口調も丁寧で柔和な笑顔も見せているものの、とにかくはぐらかす。


父はやむなく武田信虎が逗留している屋敷に向い、事情を話そうとしたが、屋敷の門番が岩室の父を通さなかった。

「武田信虎家は今川家の傘下となりましたのでもうありません」

「では、せめて拙者の担当のご家老にお別れのご挨拶を」

「担当の家老は異動になりました」

「ではせめて、当方に落ち度無く、あくまでも武田信虎家の今川家への併合により当方が解雇された折り紙（証明書）をいただきたく……」

門番は横を向いて無視した。

父は黙って岩室の手を引いてその場を立ち去った。


そのあと、父は岩室と共に松井貞宗《まついさだむね》邸を訪れた。松井貞宗の息子、松井宗信と岩室が今川館で諍いを起こしたからだ。父が門番に事情を説明したが、門番は無視した。

「おい」

誰かが後ろから声をかけた。岩室が振り返ると、そこには松井宗信が立っていた。右目の周りに殴られたあとが丸く赤黒くなっていた。

「松井、そなたどうしたのだ、その顔は。義元公の御意思に逆らって拙者を屋敷の外に叩きだした故、父親に叱られて殴られたか」

岩室が茶化すと、父が岩室の頭を拳骨で殴った。

「いてっ、拙者は何も間違ったことは言っておりませぬ」

「違う」

宗信が言葉を発した。

「え」

岩室は宗信の顔を見る。

「そちを屋敷の外に出したから殴られたのではない。義元公の御意向に逆らい、そちをその場で切らなんだゆえ、父に殴られたのだ」

「嘘だ、あの慈悲深き義元公がそのような酷いことを望むはずがない。それならば、何故今まで拙者のような若輩者にあれだけ慈悲深く接してくださったのじゃ。理屈があわぬ」

「義元公が優しく接したのはそちではない。甲斐守護武田信虎が素破衆の棟梁の息子に優しくしたのだ。肩書のないそちは何の価値もないごみだ」

「嘘だ、嘘だ、嘘だーっ」

「やめよ、こちらの方の言うことが真じゃ」

父は岩室を嗜めた。

「そこなガキの父親、甲斐守護の身辺警護の役に付いていたならばそれ相応の兵法は心得ておろうな、一度父に推挙してやるゆえ、付いて参れ」

「有難き幸せ」

父は年端もいかぬ小僧に深々と頭をさげた。岩室はそれが気にくわなかった。門番は慌てて門を開ける。

宗信から事情を聴いた宗信の父は一応、岩室親子を庭に通したが明らかに不快そうな表情をして、寝転がって侮蔑の表情を浮かべて岩室の父を見ていた。

「剣技を見せてみよ」

「はっ」

岩室の父は腰にさげた刀を引き抜き、上段から袈裟懸け、中段から突き、下段からの小手の技を見せた。

「技が下手、敵を想定しておらぬ、ご都合太刀、実戦では使えぬ独りよがり。分かった帰れ」

宗信の父はろくに岩室の父の剣技も見ずにそう断言した。これまで戦場で何人もの強敵を仕留めて来た父の剣技を。

「お待ちください、この者中々の太刀筋、登用すれば必ずや上様のお命を救いましょう。反対に敵に登用されれば、上様の御身に……」

「黙れ、父に逆らうか」

「申し訳ございませぬ」

宗信は頭を下げた。そして松井家の小者たちが棒をもって岩室親子を屋敷の外に追い立てた。父はごみを見るような目で岩室親子を見下す小者たちに深々と頭をさげ、岩室にも頭をさげさせた。

「ぺっ」

一人の小者がつばを吐いた。岩室は怒りに任せて前に出ようとしたが、父がその袖をつかんだ。

「逆らうな、感謝せよ」

岩室は父の言葉の意味が分からなかった。このような愚弄をされて何を感謝するというのか、恨みしかない。いずれ他家に仕えて見返してやろうと心に誓った。

それから駿河の今川家家臣の家を数件回って仕官の申し出をしたが、どこも門番が主人に合わせてくれない。

「このワシが認めたならば中に入れてやろう」

そのような事をどの門番も言った。そして毎回、薄ら笑いを浮かべて最低の評価を下した。

「実戦では役に立たぬヘタな太刀さばき、敵が己の都合よく動いてくれると思って動かす独りよがりの太刀筋、敵がいることを考えず太刀を振り回すご都合太刀」

いずれもどこかで聞いたような三行を言って終わり。父は甲斐では何度も戦場に出て敵を何人も打ち倒してきた猛者なのに。

止む無く遠州に場所を移したが、そこでは剣技も見てくれず追い返された。三河に移って仕官の先を探したが、そこでは口もきいてくれず無視された。その数、なんと二七回にのぼった。そこでやっと岩室は父の言葉の意味を知った。最初に屋敷の中に入れてくれ、父の剣技を見てくれた松井氏がいかに寛大であったか。岩室は心の中で松井宗信に手を合わせた。ついに今川家中では仕官の先がなく、尾張の織田領内に入った。関所の通貨料を払ったため手持ちの路銀が底をつき、野の草をはんで先に進んだ。それでも行くあてもなく、その先には死しかないと思えた。意識が遠のく。岩室は気付かぬうちに倒れていた。

「おい、おいこら」

冷たい感触が顔の上に張り付いている。

「申し訳ございませぬ父上」

「誰が父だボケが」

子供の声であった。

「このような行き倒れ珍しくもありません。捨てていきましょう」

もう一人子供がいる。岩室は薄目を開けた。顔の上に草鞋があった。子供が岩室の顔を踏みつけている。草鞋の裏の湿った土が岩室の顔の上に貼りついていた。

「やめい」

岩室はそれを手で払いのけた。

「おのれ、走り（流民）の分際で若様のお足を払いのけるな」

「黙れ、弥次右衛門《やじえもん》」

「ははっ」

偉そうな口をきいている子供はボロボロの百姓服を着て腰に荒縄を巻いており、その荒縄に多数の瓢箪や火打石などをぶら下げている。

「……なんだ、そちは」

「なんだとは何だ、畏れ多くもこのお方は尾張の虎と恐れられた織田信秀公が嫡男……」

怒って岩室に掴みかかろうとする弥次右衛門の首根っこを粗末な百姓服を着た子供がひっつかみ、後ろに引き倒す。

「邪魔だ」

「そんな、それがしはただ、吉法師様のおんためを思い」

百姓服の子供は弥次右衛門の言葉を無視した。

朦朧とする意識の中、状況が把握できず周囲を見回す岩室。

「織田家の嫡子、吉法師じゃ」

岩室は次第に状況が呑み込めてきた。父はどこだ。父がいない。

「父は、父はどこに」

「そんなもの、おらぬ」

捨てられた。岩室はそう思った。背筋が凍り付く思いがした。この見たことも無い異郷で一人、岩室は見殺しにされたと思った。裏切られた絶望と口惜しさ、唯一信頼していた父に捨てられた不条理に岩室の心は締め付けられた。

「こいつ、面白そうだから拾って帰る」

「なりませぬ、このような下賤なもの」

「その方、主《あるじ》に逆らうか」

信長は弥次右衛門をにらみつけた。弥次右衛門は涙目で唇を噛みしめる。

「承知仕った」

信長の命令を聞いた梁田弥次右衛門《やなだやじえもん》は配下の小者を呼ぶ。

「へーい」

小者は岩室を背中に負うて信長の後をついていった。

信長の屋敷に帰る道すがら、小走りに道を急ぐ父と鉢合わせした。父の言うのには、甲賀の田舎にいる岩室の姉を織田家領主、織田信秀の側室として差し出すことで、織田家への仕官が許され、岩室を迎えに行く処だったという。しかし、岩室はその言葉を信じなかった。人など誰も信じられない。人は皆、人の外見や地位で相手を見る。幾ら相手に実力があろうとも、最初から取り合おうともしない。それが人というものだ。そう岩室は思った。

父が織田家に仕官して扶持を貰い、家が建つまでの間、岩室は織田信秀の別宅で信秀の娘たちの遊び相手をさせられた。顔に化粧をされたり、髪の毛を引っ張られても無抵抗で無表情な岩室は殿様の息女の遊び相手として重宝された。そんな事がしばらく続いた後、岩室は親子共々信秀より呼び出しを受けた。何でも信秀の嫡子、吉法師が奇人であり、周囲の者が持て余しているという。しかし岩室は、吉法師が道で見つけて気に入っており、再三にわたって岩室を父信秀に所望していたため好都合ではないかという話が持ち上がったのだ。吉法師には小姓が数人いたが、一人は池田《いけだ》勝三郎《しょうざぶろう》。吉法師の乳母兄弟であるため、吉法師もさして無茶はしなかった。ほかの者は信長の行いが理解できず、気をすり減らして出仕しなくなる者が多かったようだ。なんと言っても皆まだ子供である。梁田弥次右衛門がお勤めの辛さに耐え兼ねて親に泣きつき、小姓の役から逃げ出したため、岩室にも順番が回ってきた。候補は数人おり、熱田の豪商加藤又八郎の息子、前田利昌の息子、岩室の中から信長が気に入った者を選ばせる事となったらしい。

信秀の居城である古渡城下で暮らすことになった岩室は織田信秀の命で、嫡子の吉法師（織田信長）と対面することとなった。

古渡城に登城するとそこにはもう一人、岩室と同じ年頃の男子がいた。

「前田の処の犬千代は武芸が達者故、家老の林秀貞が出し惜しみして己が配下に組み入れたと聞いている。その代わりが、どの馬の骨とも分からぬ素破の童か」

色白で鼻筋が通り、少し釣り目の綺麗な顔立ちの男子が見下したように岩室に問いかけた。

「拙者には岩室という名前がござる」

「控えよ下郎、我は伊勢神宮の神官の血筋、加藤家の者ぞ。本来であれば其方ごときが同席できる身分ではない。そもそも我は熱田随一の神童と呼ばれた加藤弥三郎……」

控えの部屋の格子窓から紋白蝶が入ってきた。岩室は無言でそれを目で追う。その蝶はひらひらと舞い、そのうち部屋から出て行った。

「話を聞かんか、この下郎め」

「はい」

岩室は弥三郎の方を向いた。

「よいか、我は齢五つにして孫子を読み、六つにして呉子を読んだ。七つにして韓非子を読み、八つにして平家物語を読破した。祇園精舎の鐘の声、諸行無常の響きあり。沙羅双樹の花の色、盛者必衰の理をあらはす。おごれる人も久しからず。ただ春の夜の夢のごとし。たけき者も遂にはほろびぬ、ひとへに風の前の塵に同じ。遠くの異朝をとぶらえば……」

「楊貴妃は茘枝《レイシ》が好きだそうですな」

「何を訳の分からぬ事を言うておる。己の無教養を隠すために話をそらすか」

「唐の安禄山の事でございましょう」

「何っ……」

弥三郎は絶句して顔を紅潮させた。

そこに織田信秀と配下の四家老《よんおとな》、林秀貞《はやしひでさだ》、平手政秀《ひらてまさひで》、内藤勝介《ないとうしょうすけ》、青山与三右衛門《あおやまよそうえもん》と、岩室の父、弥三郎の父が入ってきた。続いて眉間に深い皺を寄せた童が入ってくる。いかにも気難しそうな風貌であった。幼名吉法師と呼ばれた後の織田信長である。

「このたびは拝謁の栄誉に預かり、恐悦至極に存じ上げまする」

岩室と弥三郎はそろっては床にひれ伏し、恭《うやうや》しく挨拶をした。

「おもてをあげい」

「ははっ」

弥三郎は顔を上げたが岩室は益々恐縮して床にひれ伏す。上げろと言われてすぐにあげるのは礼儀に反する。二度ほど恐縮してひれ伏すのが通例であった。

「そういう面倒な礼儀などはいい。早く面《つら》を見せろ」

信長は苛立ち気味に言った。弥三郎の口元に含み笑いが浮かんだ。岩室は事前に信長という子供が得体のしれない者であると聞いていた。ゆえに、慎重に対処せねばならぬと思った。

「有難き幸せ」

岩室は顔を上げ、信長の顔を見た。信長の視線が左下に向いた。これは、何か自分の事を考えている時に人が自然とする仕草であった。次に視線が右上を向く。何か想像しているのか嘘をつこうとしている時の仕草だ。次に左上を向く。何か昔の事を思い出している時の仕草だ。

「小賢しいわ」

信長が大声で一喝した。

「ははっ、申し訳ございませぬ」

岩室は恐れ入ってひれ伏した。

「いや、若様、岩室は何もしておりませぬ」

訳が分からぬ周囲の大人たちが驚き慌て信長をなだめようとする。しかし、岩室には分っていた。信長は岩室が信長の目の動きを見て、その心を読もうとしている事を一瞬にして理解したのだ。

岩室は己の胸の奥に鼓動を感じた。生まれてこのかた一度も感じたことのない鼓動を。熱い血のたぎりを。これは何だ。不可解だ。そして、この胸の底からこみあげてくる喜びは一体何なのだ。

「おくるひじゃ、またおくるひをして鬱を散じられておる」

小声で林秀貞が呟いた。この当時、信長の理解できぬ行動の事を総じて「おくるひ」と呼び、家臣たちは恐れていた。ただ、床に顔をこすりつけて、わざと震えてみせている岩室だけは、口元の笑いを抑えるので必死であった。笑いを噛み殺しているが故、わざと大げさに震えた芝居をし、顔が見られぬよう、床に顔を擦り付けた。

「ほう、笑うておるか」

信長の声が頭上から降ってくる。

「滅相もございませぬ」

岩室が答える。

「こんなにも怯えておるではありませぬか、若様、なにとぞお許しあれ、この者は引き下がらせます故、なにとぞお許しを」

平手政秀が慌ててとりなそうとするが信長はそれを無視して弥三郎の方を見る。

「其方が尾張随一の神童と呼ばれた加藤弥三郎か」

「はい、勘定方に関して他にひけは取りませぬ。この弥三郎、必ずやお役に立ってみせましょう」

「であるか、ならば問う。合戦で荷駄を運ぶ夫丸《ぶまる》を多く失い、往来を通る人の数が少なくなった。

人が減れば道の普請は何とする」

「それは知れたこと。通る人が少なければ道も少なくともよい。道を作る勘定を削減いたします る」

弥三郎の返答を聞き、織田家の勘定方を一手に任されている林秀貞が感心したように何度も頷く。

「で、あるか」

信長は弥三郎に対しては平静に応対した。

「こいつがいい」

信長は指をさした。

「あっ」

そこに居た大人たちは唖然とした。信長は岩室に対して指をさし、そのまま部屋を出て行ってしまったのだ。

「加藤又八郎殿、それがしが弥三郎殿の意見に頷いてしまったために、それがしを嫌っておられる吉法師様がへそをまげられ、気にもいらぬ素破の童を選ばれてしまった。どうかお許しくだされ」

「いや、弥三郎の本領発揮せるは勘定方にて、もう少し大人になって商いを任せられるようになってからお仕えしたほうが、吉法師様もこの子の力を理解なされることでしょう」

林秀貞が弥三郎の父に平謝りし、弥三郎の父はそれをなだめていた。織田信秀は困り顔で腕組みをしていた。

西暦一五四二年　天文十一年　織田吉法師、後の織田信長八才、岩室十歳の時の事であった。

信長に仕えるにあたって、父は信秀に、進物の付け届け役を賜るよう申し出た。礼儀正しく、忍耐の力もある故、出先で失礼になることもないというのが理由だ。信秀はその進言を受け入れ、岩室をその任に付けた。しかし、信長はそれを素直には受けなかった。

那古野にある信長の屋敷に岩室が向かうと信長が門の前で待っていた。

「そなた我の付け届け役になったそうじゃの、我の許可も得ずに勝手に任につくとは良い度胸じゃ」

「されば、改めて何卒お願い申し上げまする」

岩室は深々と頭を下げた。

「ソチに付け届け役の素養があるか見てやろう。父は石清水八幡宮の荘園である美濃の明智荘と組んで油の取引で巨万の富を得た。それを元手に長島本願寺の寺内町の楽座から他国の安い武器を大量に調達し、合戦を行って勢力を拡大した。この解放政策をなんと見るか」

「真に見頃な御差配と心得まする」

「ならば再び問う。我は戦が嫌いじゃ、戦は見知った身内の者が死ぬ。できれば戦はしたくない。市を閉ざし、他国から必要な品以外は入れず、関税を引き上げ、座を盛り立て、国内の工人を育成して神社の座の拡大と国人百姓の育てる作物の増産を目指そうと思う。これは間違っておるということか」

「いえ、誠にお見事な御差配にてございまする」

「三度そちに問う。何故、先は市を開くが良いと言い、此度は市を閉ざすが良いと言ったか。返答次第では暇を出す」

「合戦が続けば資材を浪費し、物価が高騰しますゆえ、市を開きて物価を下げるのが正道でございまする。しかし、戦をすれば兵が死ぬ。武器は銭があれば買えますが、兵は国人領主から軍役衆を徴兵します故、育てるのに時間がかかりまする。いつまでも戦を継続することはできず、戦が止まれば資材の浪費が収まり、物余りとなる。その時市をひらいて他国から大量に安い品を買い入れれば国内の品が売れず国内の工人は職にあぶれ、国の基盤が傾きまする」

「兵は銭で買えるぞ。雑兵は加世者（傭兵）を買えばよいではないか」

「加世者足軽は士気が低く、私利私欲のために軽々と主君を捨てます。また主君も加世者に義理無き故、軽々と加世者雑兵を捨てまする。左様な軍はいかに百万の軍勢といえども危ういものでございまする」

「我の付け届け役、そちに任す」

「ははっ」

岩室はその場に平伏した。


岩室は忠実に役目をこなし、報告が終わると、信長に何か申しつけられるまでずっと正座して傍らで控えていた。控えていると、時折信長が手元にある扇子をよこすよう言ったり、本を取ってくるよう命じた。そんな事をしばらくしているうち、岩室の行為を見とがめた平手政秀が岩室に手招きした。岩室がそちらに小走りで行くと、政秀は小声で岩室に耳打ちした。

「若様はそなたに気を遣い、そなたが正座しつづけて足のしびれを切らさぬよう、わざと手元にあるものを取ってこさせたりしておられる。若は大変気を遣われるたちなので、そのように常に側にいてはならぬ。心得て若の目のとどかぬ処で控えよ」

「これはしたり。ご指導心よりお礼もうしあげまする」

岩室は赤面し、深々と頭をさげた。

それ以降も、岩室が気をつけて信長を観察していると、色々と信長の心使いが見えてくるようになった。あるとき、信長は庭に小さな穴を掘り、そこに珊瑚玉をはじいていれる遊びを池田勝三郎らとしていた。岩室がそれを遠目に見ていると、信長は岩室に目をやり、ニタニタと笑いながら岩室の処へ来た。

「おい、岩室、そなたも遊ばぬか」

「拙者は幼少より遊びということをしたことがございませぬ。不調法があってはいけないので、ご遠慮させていただきます」

「そういうな、岩室、そなたは我のお気に入りなのだぞ」

信長はそう言うと強引に岩室の手を引いた。

「あっ」

岩室は当惑しながらも信長に手を引かれていった。古株の小姓らは、何が新参者のくせに遊びに加わっているのだと言わんばかりに眉をひそめたが、信長が岩室を何度もお気に入りだと言ううちに、そのような表情を取ることもなくなった。信長は、岩室が小姓衆の中で孤立し、さりとて、先輩にへつらい事を言うような上手もできぬことを察して、あえて、岩室に親しくしてみせていることが分かった。また、岩室と二人の時は、難しい政談もするが、そのような事が分からぬ者と一緒の時は馬鹿をやり、決して難しいことは言わなかった。明らかに、その場で言葉を使い分け、身分の低い者に対しても、相手が心寂しく思わぬように配慮しているのが分かった。しかも、それは計算でやっているのではない。自然とそれをしているのだ。

屋敷に帰った岩室は、興奮気味に、信長がいかに優れた統治者であるかを父に語った。その言葉を父は苦り切った表情で聞いている。それを察した岩室は信長への賛美を止めた。

「真に申し訳ございませぬ。拙者のような小人が主君の評論など身の程を超えたことをしてしまいました。元より未熟の身なれど研鑽を重ね、主君の役に立つ輩となれますよう……」

「よいか」

父が岩室の言葉を遮った。

「人は所詮我が身が可愛い。主君は我等素破がよこす報が欲しい。我等は報をよこす。それだけの事じゃ。主君とはいえ、我等は織田家の郎党ではない。複数の家に仕える事がゆるされた者であり、所詮は便利な小間使いじゃ。武士が命を張るのは主君のためではない。一所懸命、我が命の糧たる土地のためじゃ。土地は持って動かせぬゆえ、主君とともに動く。我等の糧は報なり。報は動くゆえ、主君危うければどこへなりとも逃げ去るのが素破の性じゃ。それは雇い主とて心得ておる。主君に情は持つな。一時の戯れに情はかけたとしても、使い捨ての素破が死んだとて涙一つ流す主君は誰一人とてない。今まで何千の素破の死にざまを見て来たが、未だ素破の死のために主君が流した涙は一滴もなし。忠義など犬の餌にもならぬ。主君に情を移すな。それは亡びの道じゃ。左様心得よ」

「ははっ、肝に銘じまする」

岩室は父の前に平伏した。

「やれやれ、そなたは一人では素破のつとめは心許ない。剣術の腕は一人前の癖に、まことに勿体ないかぎりじゃ。さればしかたない。甲賀より喧伝役を呼び寄せるとしよう」

父は本当に失望したような表情を浮かべて肩を落とした。


父は尾張犬山に住まう尾張甲賀衆の奉行中惣（尾張甲賀衆の執行部委員長）、和田新助に書簡を送り、岩室の党員となる者を求めた。甲賀衆は本来一族で行動し、同族の集団のことを惣中という。同族以外で集団を成す場合を党といい、配下の者を党員という。すぐさま新助自身が那古野城下へ来て、岩室の父に面会を求めて屋敷を訪れた。

岩室は父とともに新助を出迎え、座敷に案内する。新助は渋い草色の木綿の着物を着ていた。細面で少しこけた頬。柔和な表情は作っていたものの目つきは鋭く、顎から頬にかけて髭を生やしている。

「岩室様からの書簡とあって、もしや殿が拙者の奉行中惣を解かれ、岩室様が新任に就かれるものかと思いました」

「そこは拙者とて心得ておりまする。和田様にお世話になったかぎりは己の身をひそめ、専ら未熟な愚息を使うております故、和田様の地位が揺らぐことはございませぬ」

「とはいえ、御子息も忍術においては天下一品と聞いておりまする」

「それは陰術のこと、陰術なら草（末端の者）も使いまする。されど甲賀五十三家の血筋ながらこの者、陽術を自在に仕えませぬ」

父の言葉を聞いて新助は怪訝な表情をして視線を岩室に向ける。

「陰術は兵法（剣術の技能）、殺法（戦術）、策謀、軍配（合戦時の軍事戦略）の事、陽術とは反間と苦肉（大衆扇動と洗脳）、傾国と興国（敵国を崩壊させるために必要な詐術の未来予測および、自国を繁栄させるために必要な投資と政策の立案）、大義名分（国を動かすための思想・国家観）であることはご存知か」

「はい、陰術とは闇で暗躍したる素破の実戦、陽術は平時の策謀と心得まする」

「字面しか分かっておりませぬ」

父が口をさしはさんだ。

「いやいや、岩室様、陰術と陽術の違いが分かっていればいずれ使いこなせましょう。陰術は訓練すれば誰にでも身に付くものですが、陽術を使いこなすには素養とともに経験が必要でございます。研鑽を重ねられれば自然と身に付くことでございましょう。名門岩室家のお血筋なれば間違いございませぬ、この和田新助、力及ばずながら与力させていただきます」

「それは頼もしい、何卒よろしくお願いもうしあげまする」

「これは勿体ない」

父が頭を下げると新助はそれ以上に深々と頭を下げた。

その後、新助は甲賀より猫の目で時を見ることができる技能を持つ、猫の目という者を呼び寄せ、猫と共に織田信秀に引き渡した。信秀はこの便利な小者を珍しがり、喜んで召し抱えた。そして、猫の目は信秀の傍近くに仕え、岩室の良い評判を信秀の側室や信秀の居城、古渡の城に仕える女房どもに広めた。猫の目の宣伝の結果、下々の者から好意的にみられるようになり、年よりの小者の中には飯を半分に分けて握り飯にし、岩室にくれる者もあった。岩室はそれを笑顔で受け取り、橋の上に行くと川に投げ捨てた。知らぬ人から貰った食べ物には毒が入っていると父から教わっていたからだ。岩室は、表面上は柔和であったが心の内は凍りついていた。

その後も信長は岩室に付け届け役を任せ、進物を送り書簡を送った側の者の様子を熱心に岩室に尋ねた。岩室の言葉を聞くにつけ信長は岩室への信頼を深め、扶持を与え配下の者を雇わせて駿河に潜伏させ情報を探らせるまでに至った。

日に日に岩室の役目が大きくなってゆく事に対して、岩室に不信感を持つ熱田の千秋《せんしゅう》李忠《すえただ》や佐々政次ら信長配下の武将たちは宿老の林秀貞に意見して、岩室を監視するための小姓を付けることを進言した。元々、何をしでかすか分からぬ信長を監視したいという思惑のあった秀貞はこの意見を入れ、信長の身辺を監視する役として林秀貞の与力、前田利昌の息子、前田籐八を付けることとした。これは先に林秀貞がその武芸の腕を見込んで己が配下に取り込んだ前田犬千代の弟である。籐八は利昌の五男であったが、このお役目を拝領するにあたり、恩賞として名門佐脇氏の跡取りの座を与えられた。

前田家とは親戚筋に当たる佐々家の政次に言い含められたこともあって、佐《さ》脇《わき》籐《とう》八《はち》は岩室に対して敵意をむき出していた。岩室が笑顔で会釈しても黙ってにらみつけてくる。こういう感情をむき出しにしてくる人間は、岩室の大の得意であった。感情には振れ幅がある。嫌いだ、嫌いだと思っているということは、そのものに対して執着心があるということだ。その振り子を大きく揺さぶってやれば、大きく遠のいた振り子はまた大きく戻ってくる。本当に嫌なものには人は触れたがらないものだ。本当の嫌悪の先にあるものは無関心である。また知性ある者であれば、相手を嫌っていればいるほど表面には出さない。あからさまに感情を出してくる者であれば、まだ和解の糸口はある。

　前田家の一族は元来体格が大きい者が多く、武芸に秀でたる者が多い家系であった。その中にあって、籐八は小柄であった。戦場では手が短いことは不利となる。槍の突き合いとなれば、長き槍が有利となるからだ。前田家は、体が小さければ小さいなりに、使い道を考えたのか、籐八はずっと座敷で育てられていたようであった。そのためか肌の色は白く、髪の毛は赤ら髪であり、すこし巻いていた。座敷で若様のお相手をする小姓としての使い道を考えてあえて、より体の成長を鈍化させるよう計らったのかもしれない。そういう意味では前田家の狙いは図に当たった。

　本来、武家の四男以降は郎党と同じ。跡継ぎの目はなく、軍役衆として使役される定めである。それを思えば本人にとって本来は幸せなのであろうが、元来の血筋というか、この子供は人殺し家業が好きなのであろうか、信長が外出している時は常に木刀を素振りしたり、四股《しこ》を踏んだりして、体を鍛えていた。

　しばらくはずっと岩室を監視していたが籐八の部屋詰めも少し緩くなり、信長と共に外に出るようになった。元々外を歩くときは信長の乳母兄弟の池田《いけだ》勝三郎《しょうざぶろう》が張り付いていたが、それも籐八と交代制になった。

ある時、何が気に食わぬのか、腹に据え兼ねたのか、藤八が岩室の背後から殴りかかってきた。藤八につけられていることは分かっていたが、ここで軽々と避けて武門に名立たる前田家の面子を潰しては後が面倒だ。さりとてムザムザ殴られては岩室家の評判を落とす。岩室はすんでの処で藤八の拳を避けながら振り返り、無様に尻餅をついてみせた。

「何をなさいます。拙者のような武芸に心得の無い者であったからよかったものの、心得のある人ならばその腕、切り落とされていたところでございますぞ」

岩室はそう言って怒ってみせた。藤八は憮然として岩室を睨み付け、詫びもいれずにそのまま立ち去っていった。これで溜飲が下がれば、しばらくはちょっかいをかけてくる事はないだろう。

岩室はそう思ったが、そうでもなかった。藤八は付けてこなくなったが、かわりに兄の前田犬千代が後ろから付けてきた。気配を隠して近づいてくる。藤八よりもよほど手練れだ。だが、それゆえに立ち上る殺気を隠しきれるものではない。これだけの者ならば大仰な芝居は無用。ただ実力を見せれば相手もおのずと悟る。

犬千代が気配を消して近づいて来た処をゆっくりと振り返り、笑顔を見せた。

「何か御用ですか」

「いや別に」

「これは失礼いたしました」

岩室は恭しく頭を下げた。犬千代も静かに頭を下げた。それ以降、藤八が岩室に敵意を向けることは無くなった。犬千代から何か言われたのであろう。むしろ、岩室の事を羨望の眼差しで見ることがたまにある。素直な子だ。

それからほどなくして、岩室は元服して岩室長門守重休《いわむろながとのかみしげやす》となった。しかし、信長は昔ながらに岩室と呼ぶので、それまでと何の変わりも無かった。

第一章・解説

反間（恨術）と苦肉（忍術）

この反間と苦肉はいわゆる素破の世論誘導、平時の政略である陽術における主軸を占め、当時の軍事戦略の要となるものであった。

簡単に言うと、反間は同じ組織内で認められ指導的立場にある者に対して、同僚など元は同じ地位にあった者の嫉み心を煽る戦法であり、本当は出世した者を非難することは嫉みであり、周囲から白い目で見られる行為であるが、それを「地位を利用して私腹を肥やしている悪逆非道の奸臣を誅する」というデマによる大義名分を敵方の不遇な者に忍者が与えてやる事により、嫉みそねみによる誹謗中傷を「腐敗を正す正義」とすり替えさせ、敵の不遇な者を使って敵の組織内で同士討ちをさせる策謀である。

苦肉は、日本では三国志の赤壁の戦いにおける黄蓋の苦肉の計が有名なので誤解されるむきが多いが、本来は「己が加害者であるにも関わらず、被害者を装い、ひどい目にあわされた、だから反撃しているのだ」と声高に叫ぶことにより、世間的に非難されるような行為であっても、正当化してしまう策謀である。

この二つは謀略宣伝の基礎の基礎であり、戦国時代の頃までは日本でも盛んに使われたものである。

このうち、反間は武田晴信や毛利元就が好んで使い、苦肉は本願寺一向宗が得意とした戦法である。これは素破に限ったことではなく、大名も敵国内の有能な者への妬みや嫉妬を煽り立てて失脚させ、あるいは貧乏人が金持ちを妬む心を利用して暴動を起こさせるような事は日常的にやっており、戦いを始めるときには、相手を天魔とののしり、その悪逆非道の情報を攻め込む国の民や近隣諸国に流していた。武田信虎も妊婦の腹を割いて胎児を見ただとか悪逆非道であったという噂が現在でも残っているが、これも主君を追放するための武田晴信側のプロパガンダであると思われる。なぜなら、妊婦の腹を割いて胎児を見るという記述は中国の古典にも散見されるものであり、それを転用したものと思われるからである。

反間と苦肉というと別のものであると思われがちだが、本来の運用方法は、表裏一体のものであり、当時実際に使われた用法が現代日本ではよく理解されていないので、あえて、恨術、忍術という対としての記述を注釈としてつけた。これは著者が本来ある反間と苦肉を現代人に理解させやすくするために作った造語である。

この反間と苦肉は兵法三十六計の敗戦計に記述されているものであるが、三十六計はそれまで使われていた兵法を集大成したものであって、日本に三十六計が伝わる前から素破の間では最も重要な策略として継続的に使われていたものである。

参考資料

兵法三十六計　守屋洋　三笠書房

忍の里の記録　石川正知　翠楊社

武田信虎の失墜

　戦国時代において守護大名武田氏は他の守護大名同様に権威の失墜が著しく、跡部氏ら新興国人勢力の跋扈《ばっこ》に苦しめられていた。これを武田信虎の祖父、武田信昌から三代かけて新興勢力の国人衆を駆逐し、信虎の代で甲斐を統一した。このため、成り上がり者に対する警戒感が強く、一門衆の穴山氏に目をかけ、有力国人の小山田氏と婚姻関係を結んで権力を強化した。伝統的に神道を重視し、その伝統は子の信玄にも受け継がれるが、当時の神道勢力は単に信仰の対象ではなく工人という物品製造者を配下に持ち、座という専売権を保有する独占企業の側面を持っていた。これは座という販売組織の性格上、穀物の売買にも深くかかわっており、武田信虎は財源である神社の座の既得権益を守るため、国内産業の保護を重視したものと思われる。しかし、当時の気候状況は連続して冷夏が訪れ、作物の不作による穀物不足、それに伴う食糧物価の高騰に見舞われていた。

　これは一説にはシュペーラー極小期（一四二〇―一五三〇頃）という小氷河期の影響があるのではないかと言われており、関東以北はより大きな冷害の被害を受けた。

　この年は前々年から打ち続いた災害によって春から深刻な飢饉状態にあった。しかもそれは、地元甲斐の年代記「勝山記」が、「百年の内にも御座無く候」と記していたほどの深刻なものであった。一年のうちで最も穀物相場が高い、言い換えれば最も穀物が不足するのは五月であった。飢饉の年ならなおさらである。信玄のクーデターはその直後のことになるから、クーデター自体そうした社会状況がもとになったものとみることができる。

百姓から見た戦国大名（ちくま新書）新書 – 2006/9　黒田 基樹（著）
二十四―二十五頁より抜粋

このように、武田信虎は極度のインフレ状況の中でより消費を増やす合戦を遂行することによって、インフレ状況下でインフレ促進策を行使したのだ。

武田信虎は合戦を頻発させ、国内経済を活性化しようとしたが、それはさらなる物資の欠乏、穀物価格の高騰を招き、甲斐の民衆を困窮させ、その末に武田信虎は甲斐を追放されることとなった。この出来事の衝撃は大きく、隣国の今川義元に物資輸入解放政策を実行させるきっかけとなったのではないだろうか。

実際、今川義元は既存勢力である神社から販売権を取り上げ、国内販売権を今川義元が定めた御用商人に限定する法令を制定している。しかもその御用商人の中心人物が甲斐から呼び寄せられた友野二郎兵衛である。友野二郎兵衛は、本来神社仏閣が保有していた座の権限を与えられ、友野座を開き、木綿など繊維製品の売買を任されていた。これら開放政策によって今川家所領の物価高騰は抑制され、関東地域において今川氏は強大な勢力を誇ることとなる。この成功が、既存の座の破壊や市場の開放を正義であるという風潮に拍車をかけ、神社勢力を弱体化させた。この今川義元の政策にもっとも共鳴したと思われるのが三河の松平氏であり、領主松平清康は地場の神社である猿投神社を焼き討ちしている。これは、猿投神社の保有する座の販売件をめぐる争いが原因ではないかと著者は考察している。また、これらの行為は神道の座の販売権によって命脈をたもっている尾張の織田氏に今川氏に対する激しい敵愾心を植え付けたのは間違いないであろう。

素破とは

素破とは現在で言うところの忍者である。戦国時代は地域によって「透破（すっぱ）」「突破（とっぱ）」「伺見（うかがみ）」「奪口（だっこう）」「竊盗（しのび）」「軒猿（のきざる）」「郷導（きょうどう）」「間士（かんし）」「聞者役（ききものやく）」「屈（かまり）」など様々な呼び名があり統一性が無かったが、ここでは便宜上、畿内広域で呼ばれた素破という名称を使うことにする。延宝四年に藤林保武が著した「萬川集海」第一帖 巻第一の「忍術問答」には織田信長がこの素破の集団を育成し、響談と名付けて駆使したという記述がある。江戸時代、これ等の集団は集約され、幕府のために諜報活動を行う者は隠密と称された。御庭番という集団があるが、これは徳川吉宗が紀州より連れて来た薬込役である。薬込役とは鉄砲に弾丸と火薬を詰める役職であり、平時においては雑役であって隠密とは別のものだった。明治以降、これらの者たちは忍びの者と文学作品などで記述されるようになったが、戦後の漫画ブーム以降、漫画作品の中で短縮されて忍者と記載されるようになった。

参考資料

忍の里の記録　石川正知　翠楊社

戦国合戦の虚実　鈴木 真哉　講談社

現代語 万川集海 陽忍篇　石田 善人（監修）柚木 俊一郎（翻訳）　誠秀堂

猫の目時計

猫の目の瞳孔の収縮と弛緩を見ることによって時間を知る方法である。

参考資料

戦国時代の計略大全　鈴木眞哉　ＰＨＰ研究所　一九一頁　参照

熱田加藤家

熱田加藤家は熱田に羽城《はじょう》という城郭を構えた熱田最大の国人にして熱田最大の商人である。当時の商人は座（現在の農協に近い）に所属しており、座（農協）を通じてでないと商品を販売できなかった。

それに対して抜け道を造ったのが本願寺一向宗である。一向宗は寺院の敷地内に寺内町《じないちょう》を形成し、その中においては自由な商取引が認められており、一向宗徒であれば誰でも自由に売買することができた。織田信長文書の研究においては、信長政権初期に加藤家との間で交わされた数多くの文書が残されており、その数の多さからも加藤家が尾張で圧倒的勢力を誇っていた事が分かる。

一向宗の寺内町の詳細の説明および資料の提示は後ほどの解説するため、ここでは留保する。

参考資料

加藤家文書（古文書）

織田信長文書の研究上巻　奥野高廣　吉川弘文館
絵解き戦国武士の合戦心得　二四頁―二五頁　東郷隆　上田信　絵　講談社

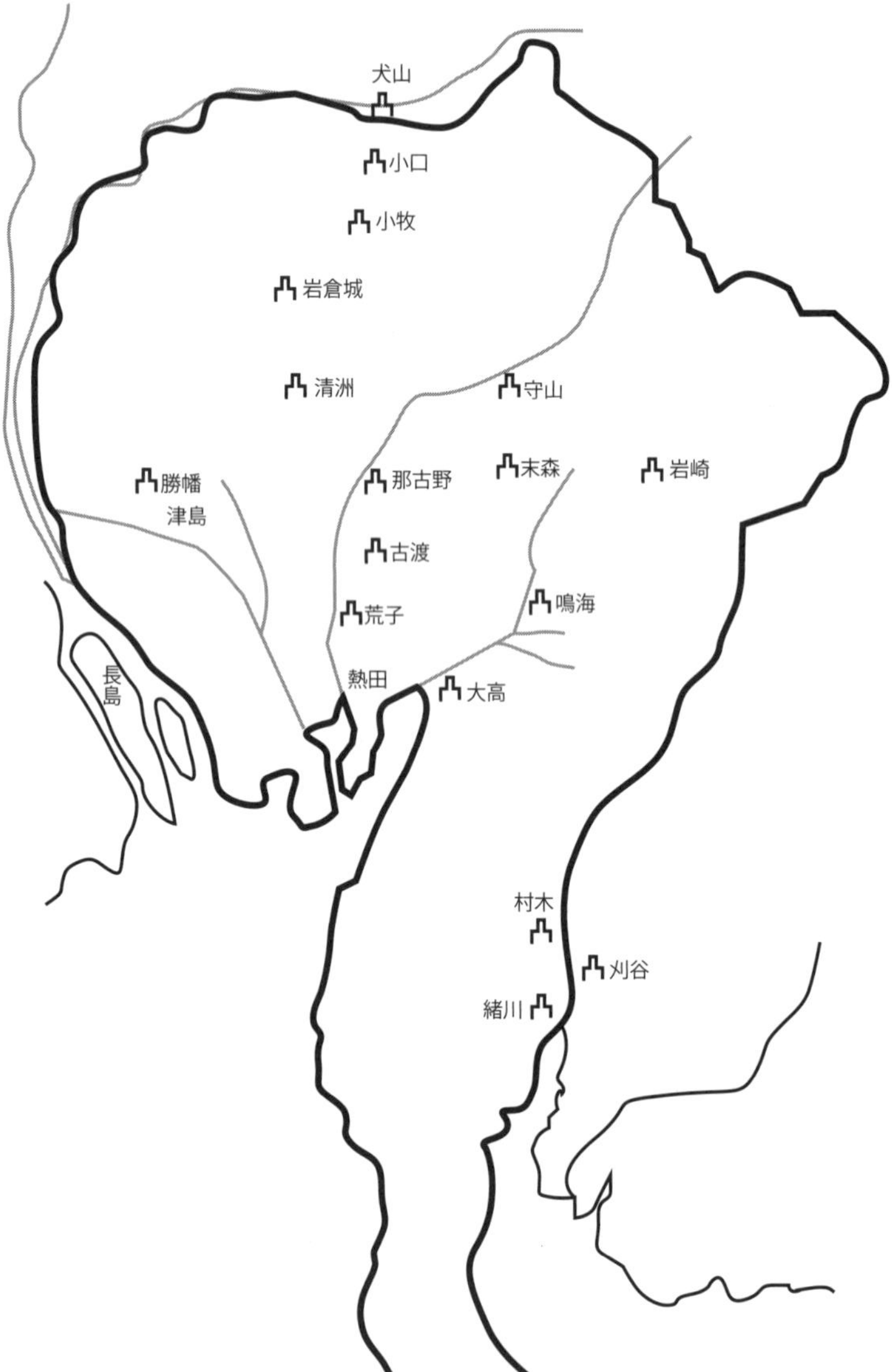

資料1：尾張地図（要所位置関係）

第二章　これは存外人たらし

信長の初陣が近づいていた。信長の初陣にあたり、まだ元服していない佐脇藤八も参加したいと志願したが、信長から却下され、悔しがっていた。

初陣にあたって信長は対戦する今川方の状況を知りたいと岩室に依頼した。

岩室はすぐさま猫の目に下知して今川方の様子を探らせた。

西暦一五四七（天文十六年）織田信長十三歳、岩室十五歳

三河の吉良大浜に進駐してきた今川軍を標的とする事となり、戦支度は平手政秀が取り仕切った。兜の上から紅筋が入った頭巾をかぶり、馬乗りの羽織、馬鎧というでたちである。

織田の斥候の報告によると敵兵は一千あまり。信長の手勢は三百ほどであった。

「それ見たことか」

斥候の報告を聞いて林秀貞が吐き捨てるように言った。元々、この日は林秀貞が奇門遁甲で占ったところ、凶日と出ており、林はこの日の出陣に反対していた。奇門遁甲は異朝より伝わった最先端の英知であり、それが扱える者は尾張国内においては林秀貞だけであった。しかし、信

長は「日ノ本の国の中でさえ、京歴、三島歴と違うというのに、異朝の歴を元にした占いに何の信があろうか」と言って初陣を決行したのである。

「日延べですな。兵は数多きが勝つ。こちらも兵を増員して改めて戦いましょうぞ、初陣は必ず勝たねばなりませぬ」

そういう秀貞を横目に信長は馬に乗り、馬上より眉をひそめて秀貞を見下した。

「臆病者はそこで昼寝でもしておれ」

言うが早いか信長は手勢の小姓衆を率いて本陣から駆け退いた。

「お待ちくださりませ」

林は言うに及ばず、平手政秀、青山信昌、内藤勝介ら宿老たちが慌てて止めようとするが、信長はそれを振り切って駆け出した。

「ご案じめさるな、手筈は整えておりまする」

岩室の父が大声で叫んで、宿老たちをなだめた。

信長はもとより、今川方と交戦するつもりはなかった。北の間道を通り、今川軍の後方に回って田に実る稲田に火を放って奇襲攻撃を仕掛けたのだ。これは、信長は小勢にて敵本陣に対する奇襲を好むとの印象を今川方に与えるための策謀であった。事前にそこまで聞かされていた岩室も、父も、信長の先を見越した策謀の巧妙さに舌を巻いた。目前の対象に向き合うのが陰術ならば、先を見越して布石を打つのが陽術。信長は誰に習うこともなくそれを心得ていたのだ。ただ単に初陣の勝ちを狙ったのではない。むしろ、その先の先を考えての行動であったのだ。

此度の初陣において岩室は真っ先かけて馬を走らせた。それを見た信長は急いで岩室の横まで馬を走らせて並走した。

「何をなさいます。拙者は伏兵を怪しんであえて先を行っているのです。殿が先に来られては意味がありませぬ。なにとぞおさがりを」

「ならぬソチが下がれ。こんな処でソチを失うわけにはいかぬ」

「何を仰せか、拙者などたかが使い捨ての素破にて、替わりなどいくらでもおりまする」

「タワケが、そなたの命は我がものぞ、我が大事な岩室の命、粗末にすること相成らぬ。命令じゃ、下がれ」

信長が怒って岩室に罵声を浴びせかけた。

一瞬、岩室は息を呑んだ。

しかし、思い直した。——これは存外人たらし。

「ははっ、かしこまりました」

岩室は馬の脚をゆるめた。

今回の初陣、敵の後方に放火し、敵を混乱に陥れて信長は無事帰還した。信長が帰還すると、尾張の将兵は沸き立った。あの林すら喜んでいた。

織田信長は一風変わった人だった。百姓の着る粗末な着物を着て、腰に荒縄を巻き、瓢箪、草鞋やら火打ち石をぶら下げて歩く。そうかと思えば、洒落た反物を発注し、豪華な衣装を着飾って練り歩くこともある。着る物は時に男物、女物、百姓の着物、鍛冶士の小物、身分男女に関わりなく、面白いと思ったものは何でも取り入れた。それを大多数の人は理解できず、恐れ、そして、うつけ者の烙印を押した。己が理解できない者、それは無能で愚かなもの、己より低い者と見下すのが人の習性というものだ。ただ、そのような形骸にとらわれず、信長の本質を見抜き、尊ぶ人も居た。それが佐久間信盛だった。岩室から見て小才がある人物に見えたが、本人は国士無双の知恵者を自任しているようであった。その信盛がもう一人見込んだ子供がいた。熱田加藤家の次男、弥三郎《やさぶろう》である。

この子には学識があった。長男が商才に長けているが学問が嫌いなのと反対に、幼い頃からよく本を読み、孫子、呉子、韓非子などを諳《そら》んじたため、熱田の神童と噂されていた。

一度は岩室と小姓の座を争って敗れはしたものの、父の又八郎は佐久間信盛に取り入り、息子の聡明さを常々喧伝していた。このため、この子を信盛はなんとか信長の配下に入れようとしていたようだ。嫡子の側近、後の世に信長が尾張守護代にでもなれば、尾張の名士として名をはせることとなる。悪い話ではないと判断した加藤《かとう》又八郎は、次男を信長の小姓として差し出すことを承諾した。佐久間信盛は信秀に貢ぎ物をするだけではなく、信長には弥三郎が算術に長けていることを言上した。勘定に秀でたる者は何かと使いでがある。信長も納得して弥三郎を小姓につけることとした。

最初に信長と拝謁した弥三郎は草色の絹の着物を着ていた。渋めの草色に紺の袴。礼節も心得て居て恭しく信長の前で平服した。それに対して信長はいつも通り麻の百姓服を着てねっころがり、鼻くそをほじっていた。

弥三郎は面食らっていたようだが、それでも礼儀は崩さず、初日は何事もなく済んだ。

以降、弥三郎は信長の居城である那古野城に出仕したが、色々と知識をひけらかす癖があった。そのような態度を信長は嫌うので、岩室がやめるように助言したが、弥三郎は聞かなかった。己がどのような兵法書を読んでいるか語り、「その程度のものしか読んでおりませぬが」と謙遜の言を述べた。もとより国人領主の子弟なれば、孫子、呉子、尉繚子などは読んでいて当たり前、平家物語、源氏物語も読んだ上で、「女々しい仮名ものは読みませぬ」と言うことはあれど、それは読んだことがある上で言うことだ。その数が多少多かったからといって、それは自慢にはならない。

「であるか」

信長は苦笑しつつもあえて指摘はせずにすませた。それは信長の温情であるのだが、弥三郎はかえって信長を暗愚と見てとったか、色々と兵法や学識について、すでに信長が知っているような事を熟々と説きはじめた。その言があまりに鬱陶しいと思ってか、信長はある日、熱田社参拝の共として弥三郎を連れ出し、その道すがら、道で拾ったコガネムシが脱糞したので、その糞を思いっきり弥三郎の絹の着物の胸のところになすりつけた。それ以降、何を言っても無駄で無教養な主と思うてか、弥三郎は信長に物事を教えようとしなくなった。

しばらくしてまた新しい小姓が信長の配下に加わった。名を山口飛騨守と名乗った。まだ若年であり、飛騨守とは当然偽称である。こういう事をするのは洒落者、傾き者のする事であったが、山口は大柄で顔が四角く、低姿勢で温和な性格だった。名前を隠したい事情でもあるのだろう。

先年、松平家から強奪した人質の竹千代を織田信秀は山口孫八郎に預けたが、預かった山口孫八郎が竹千代を粗略に扱っていた事が分かり、激怒した信秀は竹千代に無礼を働いた山口の一派を追放していた。その後、竹千代を預かったのが加藤弥三郎の家であった。時折、竹千代が弥三郎から貰ったという御伽草子を周囲に得意げに見せびらかしていたので、よほど可愛がられていたのであろう。それらの事情を鑑みるに、山口飛騨守はこれらの一派に関わりのある者なのかもしれない。山口氏の有力者には山口教継《やまぐちのりつぐ》が鳴海におり、鎌倉街道に通じる要所を押えている。教継が信秀に対して警戒感をいだかぬため、あえて山口の一族を跡継ぎの小姓として選んだのかもしれない。

織田信秀は稀代の人たらしである。巧妙に部下を操り、厳しく接したあとは、優しくして飴を嘗めさせる事を忘れない。それに対して、嫡子信長は英知こそ優れたるものの、人付き合いが苦手で敵を増やす性分であった。本来、一番味方に付けるべきいちおとな（第一宿老）林秀貞ですら、信長を不審に思っている。かと思えば、時折下々の者にまで細かい心づかいをする事がある。

信長は腰の処に色々なものをぶら下げているが、その中に草履がある。これは、馬で走る信長に従う徒歩の小者の草履が切れたとき、裸足では足の裏が傷つくので小者に与えるために持っている。そのような下の者のためにわざわざ草履をぶらされているような君主は他に聞いたことがない。それは高位の者たちからは、一文で買った鶉に百金の仙丹を与えるようなものだと陰で笑われていた。織田信秀の人たらしは人目を考えた上での人たらし。信長のそれは恐らく素であろう。

岩室ら甲賀衆が織田信秀の配下に付いて以来、信秀は常に戦いで機先を制し、連戦連勝を続けていた。これに調子づいた信秀は、美濃の明智荘を我が物とする策謀に動いた。それまで油の売買で莫大な利益を得ていた斎藤道三との関係を断ち切り、油の原材料である荏胡麻《えごま》の生産地明智荘を奪おうとしたのだ。

斎藤道三から追放された美濃守護土岐頼芸《ときよりのり》を尾張に引き入れ、斎藤道三を大逆人として討伐すると宣言し、越前の朝倉氏と共闘して美濃に攻め込んだ。しかし、大義はあれど、朝倉方としては利の薄い戦いである。朝倉勢はさして深入りせず退却した。これに対して、初戦の勝ちに勢いづいていた織田軍は稲葉山城周辺まで深入りしており、伏せ勢をしていた斉藤軍に加納口で襲われて大敗した。

西暦一五四七（天文十六年）九月二二日　加納口の戦いである。

この期を逃さず今川軍が織田領に攻め込み、こちらの戦でも信秀は敗れた。戦の財政基盤であった油の流通を美濃の斎藤から止められ、信秀は苦境に陥る。尾張の景気が停滞しはじめたのだ。

そのような状況で、信長は事態を打開すべく大伯父の織田秀敏、津島の大橋重長、堀田道悦《ほったどうえつ》、内藤勝介らを集めて、美濃斎藤との和議を話し合った。日頃茫洋として掴みどころのない人物と観られていた信長であったが、勘定方からは一目置かれていた。それと同時に信長は岩室に命じて、美濃斎藤家の重臣、長井道利《ながいみちとし》に近江商人を近づけさせるよう指示を出した。甲賀は近江から美濃にかけての陸運の要の場所にある。近江商人との縁は深い。

美濃の明智荘は元々石清水八幡宮の荘園であり、石清水八幡宮が保有する大山崎の油座に荏胡麻を提供していた。

物資販売は、座によって独占されており、明智荘で油を搾って勝手に油を売る事はできない。神社は物品販売、寺院は金融と、宗教と商売は切っても切れない関係にある。大山崎で作られた油は琵琶湖を渡って陸運で美濃に入る方法と、海路で尾張津島、熱田に入ったものを陸運で美濃まで運び込む方法がある。どちらも同じ陸運ではあるが、尾張には細かく水路が張り巡らされており、小牧近くまでは船で大量に運ぶ事ができ、比較的運送料が安価であったため、尾張経由で美濃に油を運ぶことが多かった。しかし、今回、欲を出した織田信秀が美濃を攻めてしまったために尾張からの物流が止まってしまった。

美濃の物流は大垣など街道の要を領地として持つ稲葉良通、安藤守就、氏家直元ら西美濃三人衆が取り仕切っており、彼らはその利潤で大いに潤っていたが、近江からの物流が主流となれば、大垣の関所を通らずとも、他の領主が近江商人と直接取引する手筈をとれるようになる。これらを煽るために、信長は岩室ら甲賀衆を通じて、盛んに西美濃三人衆以外の美濃の国人衆に近江商人を接触させた。近江の物流が増えることは近江商人にとっても甲賀衆にとっても利益になるので、甲賀衆は喜んで信長の策に乗った。これに焦ったのが西美濃三人衆と明智荘の明智光安である。近江との陸運が主流となれば、明智の荏胡麻も陸運で近江に運ばなければならなくなる。長良川を使って川下の尾張に流し、津島から船で運ぶ方法は、荏胡麻を運ぶ運賃が陸運に比べて格段に安かった。西美濃三人衆としても美濃の西の長良川を使っての物流が無くなることは大きな不利益となった。

信長は裏で美濃の国人衆と近江商人に引き合わすと同時に、そこで交わされた証書の写しを堀田道悦に渡し、西美濃三人衆に見せるよう勧めた。美濃の国人衆が得手勝手に油を入手する事に危機感を感じた西美濃三人衆と明智氏は、斎藤道三に直訴して織田信秀との和解を切望した。

　結果として、戦に勝って優位な立場にある斎藤道三が織田信秀に対して婚姻を申込み、信秀の嫡男、織田信長に手塩にかけた愛娘、鷺山《さぎやま》を差し出すこととなった。そこまで見通して策を講じた信長の英知に、岩室は改めて感嘆したのだった。

　婚姻とはいえ、娘を差し出すとは人質を差し出すも同じ事である。斉藤道三はその条件を承諾したが、息子の斎藤義龍はそれを納得せず、織田ともう一戦するために尾張に攻め込むと息巻いたので、それをなだめるために織田方は信秀の側室の娘栄与《えよ》を義龍の嫁として差し出すと提案したが、己の正妻として出された娘が信秀の正妻の娘ではない事が余計に義龍を怒らせた。結局、栄与は道三の側室となることで話がついた。栄与は婚姻に夢を抱いていたのか年老いた道三の側室になることを泣いて嫌がったが、国の大事を前にしてそのような意思が通る訳もない。栄与は美濃に輿入れする前に岩室を呼んだ。岩室が尾張に来たばかりの時、よく岩室の髪の毛を引っ張って遊んだ思い出があるらしい。岩室にしてみれば迷惑なだけの話であり、相手の顔も名前も憶えていなかったが、幼い子供であった栄与にとっては良い思い出であったようだ。

　岩室の一族はそれでなくても余所者であるのに、輿入れ前の娘に会うて何やら周囲から勘ぐられても困る。

　岩室の願いで、多くの織田の女官と織田家譜代の郎党を同席の上、栄与に会った。岩室が行くと栄与は表情を明るくしたが岩室はできうるかぎりそっけなくした。そのそっけない態度に栄与は気分を害し、「兄上に慰めてもらうから岩室はもういい」と言って岩室を追い返した。それでよかった。そのあと、信長を呼び出し、「兄上のような方と結婚したかった」と泣きついている様子であった。信長は栄与の頭をなでてやっていた。本来であれば、あまたいる側室の子が嫡男に対してそのような態度をとることは無礼であり、叱責してしかるべき事であった。しかし、信長はかまわず、栄与の甘えを許した。まだ若年の夢見がちな姫である。輿入れの段取りが整うまでは何かと不平を言っていた栄与であったが、美濃に旅立つときはすっかり諦めて、静かに輿に乗り、粛々と尾張を後にした。

「美しいお姿ですなあ」

栄与を見送る岩室に年老いた小者が声をかけて来た。以前、よく岩室に己の飯を分けてくれていた老人だった。末端の者にとって飯は唯一の財産である。それを何度もくれる。岩室はそれをある時は食べるふりをして、あるときは懐に入れてあとて川に捨てたり土に埋めたりしていた。

「まことにお美しい」

岩室は笑顔で目を細めて答えた。本心ではその姫に対して何の感慨もなかった。ただ、この老人の善意に素直にこたえず、飯を捨てている己の行いに対しては多少の息苦しさを感じていた。

美濃斎藤と織田信秀が婚姻関係を結び、当面合戦をする気配がないと観ると、今川方も織田への交戦を控えるようになり、山口教継の仲介で一時休戦することとあいなった。

目の前の切迫した案件が片付いたためか、今まで溜まりに溜まった心労のためか、信秀は病に伏せるようになった。

信長は近隣から薬師を呼び寄せ、医者を招き、手をつくして信秀を看病させるとともに、神社の神官、寺院の僧侶を招き、祈祷をさせた。しかし、信長の願いもかなわず、織田信秀は回復することなく、そのまま死んでしまった。享年四十二歳
西暦一五五一年（天文二十年）三月三日の事である。織田信長十七歳、岩室十九歳

宿老林秀貞の取り乱しようは半端ではなく、人目もはばからず号泣していた。日頃は冷静で理知的な男であったが、信秀の突然の死だけはどうしても受け入れられなかったようだ。

信秀の葬儀に関して、信長は、周囲の状況が落ち着くまでは密葬とし、信秀の死を秘するべきと主張したが、秀貞は豪勢な葬儀を主張した。そればかりか、来世ではまた信秀と天下を取るのだと主張して、秀貞の宗旨である浄土宗で葬儀をすると言いだした。織田家の宗旨は禅宗である。禅宗では、葬儀のあと、禅師が一喝を入れ、魂を空に返す。輪廻転生を否定しているのが禅宗である。それにも関わらず、秀貞は信秀の復活を願って宗旨を変えて葬儀を執り行うという。この件で信長は激昂して秀貞を罵倒したが、秀貞も引かず、平手政秀のとりなしで、葬儀は禅宗の寺で、浄土宗の僧侶も入れて執り行うという事となった。しかし、秀貞は手を回し、禅宗の僧侶は、九州から来た一人としてしまった。これに怒った信長は、それ以降、葬儀の準備を放棄し、林秀貞が勝手に葬儀の手筈を取り仕切ることとなった。岩室はこの林秀貞の行為を極めて大人げない行いだと思ったし、すでに死んでしまった人に執着し、何故ここまで取り乱しているのか理解できなかった。

そして葬儀当日、信長は百姓服で葬儀会場に乗り込み、抹香を掴んで信秀の位牌に投げつけ、

一喝した。禅宗のしきたりに従い、一喝を入れて信秀を成仏させようとしたのだ。

これに対して、居並ぶ浄土宗の僧侶たちは何が起こったか訳が分からず、眉をひそめて囁き合ったが、一人、九州から来た禅僧のみは、大いに喜んで信長を称賛したのだった。

第二章・解説

織田家の宗旨

織田信秀当時、織田家の菩提寺は萬松寺であり、この寺の宗旨は曹洞宗である。よって織田家の当時の宗旨は禅宗であることが分かる。

明智荘《あけちのしょう》

美濃国明智荘（可児市、瀬田、柿田、渕の上平貝戸、石森、石井、御嵩町、古屋敷、顔戸）は平安期の頃から明智八郷と称しており、石清水八幡宮の荘園であった。石清水八幡宮が大山崎の油座の元締めであったこと、斎藤道三が明智氏と姻戚関係にあり、油で財を成したとの伝承から明智荘は石清水八幡宮の荏胡麻《えごま》の生産拠点であると作者は推察し、その仮説を当著作では採用している。

また信長は石清水八幡宮に対して壁を寄進し本殿の補修を行い、現在でも信長樋とよばれる樋《とい》が現存していることから、織田家と石清水八幡宮は特別な関係にあったと推察される。

織田家　系図

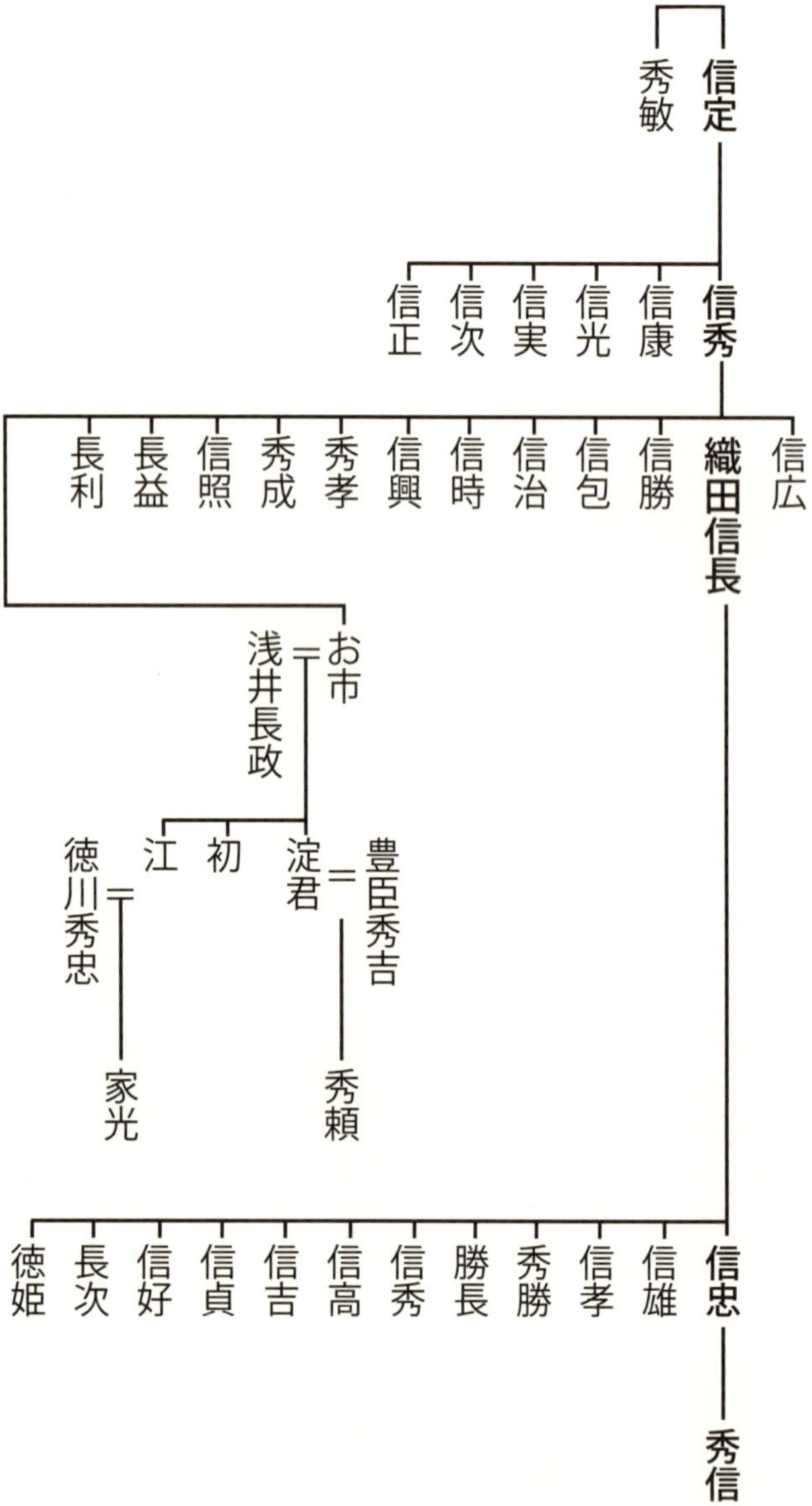

資料2：織田家系図

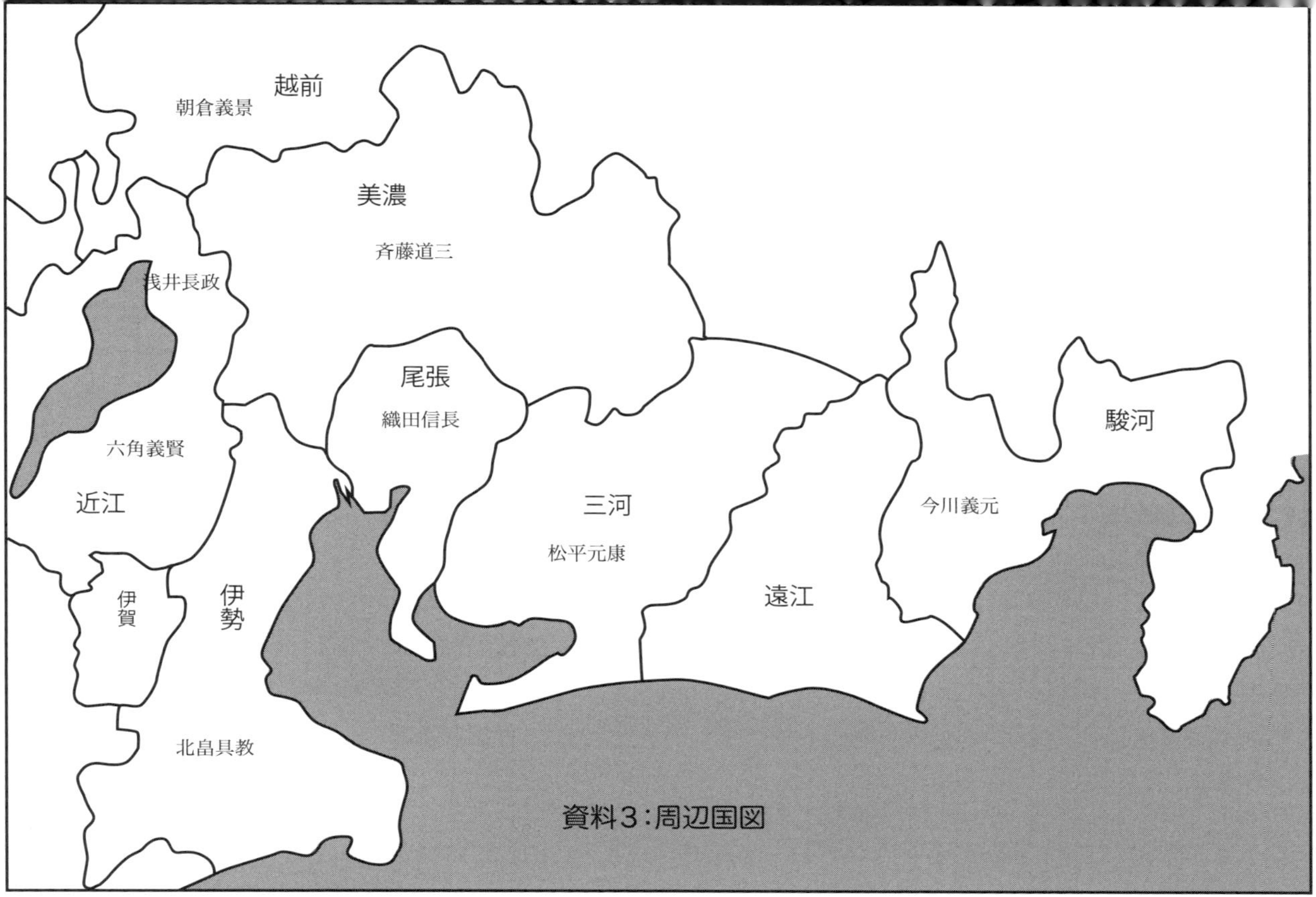
越前
朝倉義景
美濃
斉藤道三
浅井長政
尾張
織田信長
六角義賢
近江
伊賀
伊勢
北畠具教
三河
松平元康
遠江
今川義元
駿河

資料3：周辺国図

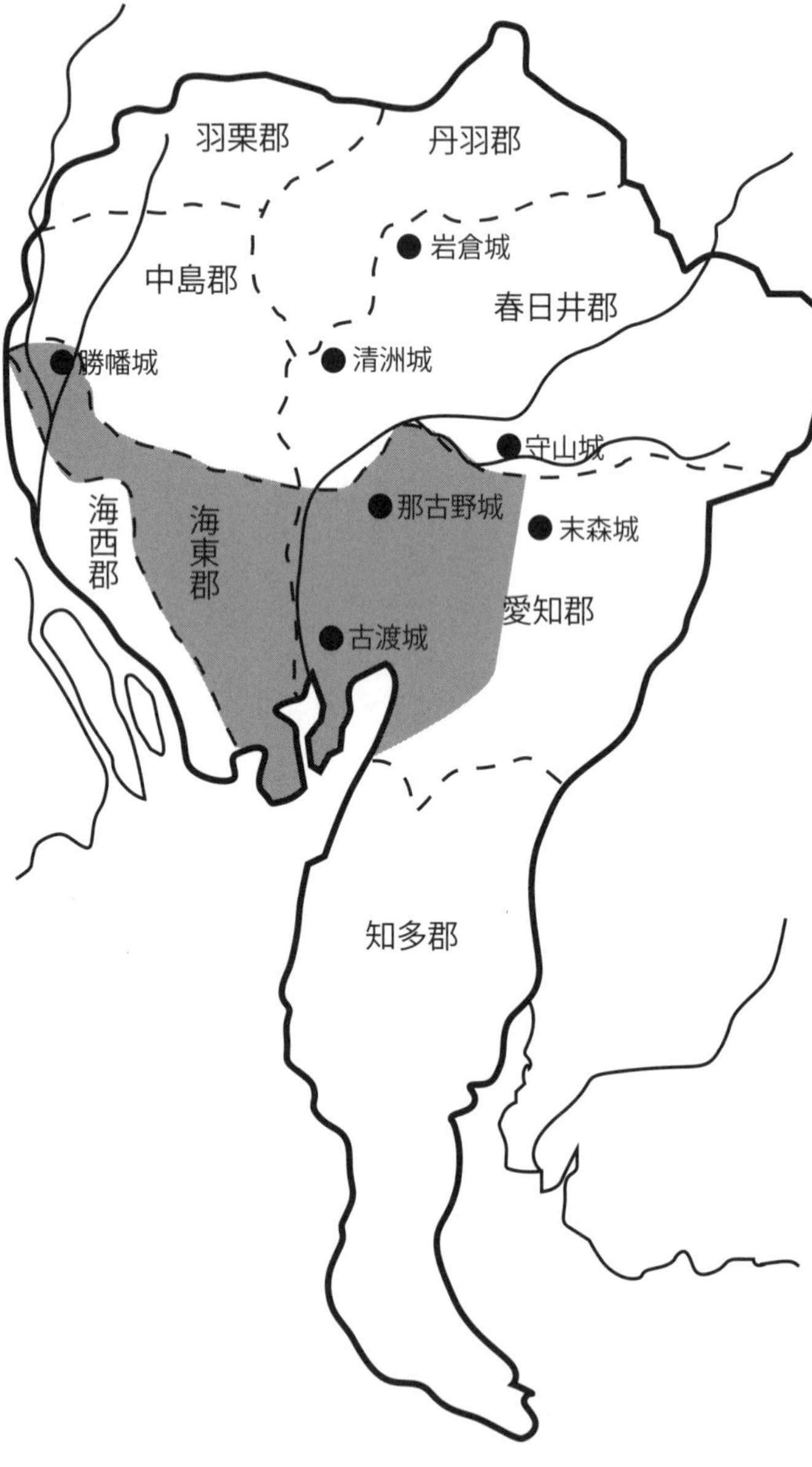

資料4：信長、織田家相続（信秀の死）直後頃

第三章　完璧の者

春先、駿河の国でもウグイスが鳴き始めていた。未熟な若鳥はまともに囀《さえず》ることができず、ケキョケキョと声を詰まらせている、そんな中、ひときわ美しく鳴く声があった。

「はて、この時期に珍しい」

善得寺の書斎で写経をしていた太原雪斎《たいげんせっさい》が手を止め、文机の上に筆をおいた。

「恐れながら、御所望の御仁をお連れいたしました」

部屋の外から声をかける者があった。一向宗徒の服部友貞《はっとりともさだ》であった。

「服部殿か、入られよ」

雪斎は以前、三河の松平清康に仕える伊賀衆、服部長保《はっとりながやす》から近州澤山を六角承禎《ろっかくよしかた》が攻めたさい、楯岡道順《たておかどうじゅん》率いる十一人だけで城を一つ陥落させたという話を聞いていた。雪斎は伊賀衆と縁の深い一向宗徒服部友貞にその者らの一人でもいいから今川の手先として所望したが、服部友貞は、これ等十一人いずれも性格が破綻したお狂いである故、使い物にならないと雪斎に告げていた。しかし、その後、この十一人衆の一人である鳶加藤《とびかとう》こと加藤段蔵が武田晴信に登用され、目覚ましい活躍をしたとの報が甲斐からもたらされたため、雪斎はもう一度友貞を呼び出して厳しく問いただしたのであった。友貞は困惑しつつも、どうしてもというならと伊賀に赴き、大金を支払って座敷牢に監禁されていた伊賀の名門藤林家の次男を駿河に連れて来たのであった。この者を連れ出すにおいては、もしこの者が駿河で騒動を起こしても伊賀衆は責任を持たぬとの念書を雪斎がしたためてやっと連れ出すことができた。その者がこの日、やっと駿河に到着したのだ。

友貞が連れて来たのは不愛想な子供であった。友貞が雪斎の前に跪いているのに、その場に突っ立っていた。

「これ、頭をさげられませ。雪斎様でございますぞ」

「言われずとも面相を見れば分かる」

子供のくせに大人に対して敬語も使わぬ不埒者であった。藤林は雪斎に視線を向ける。

「藤林でござる」

藤林はのその場に跪いた。

「名は何という」

「藤林でござる」

「これ、藤林殿、雪斎様この者は藤林正保《ふじばやしまさやす》と申します」

友貞が慌てて口添えする。

「よい」

雪斎は微笑を浮かべて友貞をねぎらった。

「どういうおつもりでございますか」

その雪斎の心づかいを無にするように、藤林が無表情のまま雪斎に向けて言葉を吐く。

「何がだ」

さすがの雪斎も眉をひそめて藤林に視線を送る。

「拙者は痰壺に吐き捨てられた痰のようなもの。それを拾い上げるとは、雪斎殿は奇人変人か、それとも阿呆か」

藤林の言葉を聞いて友貞は青ざめていたが、雪斎は平然としている。

「実力があると服部長保殿から聞いた故に呼び寄せたまで。今川家のために手柄を立ててくれればよい。人柄は関係ない。しかし其方伊賀の名門、藤林家の直系であろう。それを何故痰などと己を卑下するか」

「卑しき者が吐いたものでも貴人が吐いたものでも痰は痰でござる」

「されど強いのであろう。その強さを今川家のために使いたいのだ」

「強いから、優れているから生き残れるとはかぎりませぬ。実際、拙者はたった十一人で一城を落としてしまったがために、かえって恐れられ、疎まれ、はては座敷牢に入れられるしまつ。十一人の他の面子も同じような悲哀を味わっておりまする。かと思えば、尾張の和田新助やそこな服部左京（服部友貞）のような凡俗が、人当たりが良いというので仕分け人に選ばれ、有能の士を左遷し、諂《へつら》い者の無能を厚遇しておる」

「これはしたり」

藤林の隣で服部友貞がコメカミに血筋を浮き立たせて藤林を睨《にら》む。

「ん」

藤林が眉をひそめて友貞に視線を送ると、友貞は慌てて視線をはずす。

「ははは、面白き奴よ、されど御屋形様の前では無礼は厳禁であるぞ。せっかくの才覚、無礼討ちで終わらせては勿体ない。ソチの力買っておるのだ。我らに利をもたらせ、藤林よ」

「はい、わずか十一人で城を落としその実力を示したにも関わらず、その後仕事を与えられず飼い殺しにされ、あとは一生朽ち果てるまで座敷牢の中と思っておりましたが、此度機会をお与えいただいたご恩、一生忘れませぬ。雪斎様が今川家に居られますかぎりこの藤林たとえこの身が八つ裂きにされましょうとも今川家を裏切ることはございませぬ」

「それは頼もしい。拙僧が今川家を出奔することはありえぬ故、其方も、今後ずっと今川家のために忠節を尽してくれるということか。銭や金銀を積まれれば誰にでも転ぶ者が多い素破の中にあって、その心意気頼もしいかぎりじゃ。期待しておるぞ」

「有難きしあわせ、雪斎様のためにこの命かけて忠節にはげみまする」

藤林はその場に平伏した。

「ふぅ」

服部友貞は着物の袖で額に滲み出した冷や汗をぬぐった。


藤林正保を伊賀衆は粗略に扱っていると雪斎は服部長保から聞いていたが、それでも登用するとなると伊賀衆は城が一つ建つほどの高額の報酬を要求してきた。さすがに雪斎の一存では決めかねたので義元に相談すると、雪斎がほしいのなら銭は出すとのことであった。質素倹約を旨とする義元ではあったが、それほどに雪斎に対する信頼は篤かった。義元は藤林を雇ったあと、子飼いの甲賀衆、大原党を使って藤林の素行を調べさせた。支払われた報酬のうち、半額は藤林に支払われたが、藤林はその報酬のほとんどを費やして尾張に潜伏し、織田信長とその身辺について調べていた。その所業の報告を甲賀衆から受けた義元は、藤林に会ってみたいと雪斎に言った。雪斎の計らいで藤林は今川館に出向き、義元と密会することとなった。そのあと、軍議の席に呼び出し、義元は群臣の面前で藤林と対面することになるが、その前に聞いておきたいことがあるようであった。実際に面会する前に、藤林は尾張で調べ上げた信長に関する報を雪斎に提出し、整理して義元に見せるべき内容を精査した。義元は多忙である。すこしでも義元の労力を減らそうという雪斎と藤林の心づかいであった。

藤林が今川館に出向き、義元に会う時にはすでに義元は藤林の報にすべて目を通していた。奥座敷に出向き、義元の前に跪く藤林。

「一つ不思議に思うことがある、其方、何故尾張に密偵に入り、織田信長とかいう新参者ばかりを調べておったか。何故、尾張守護、守護代の動向を探らぬ。信長の父の信秀は猛将ではあったがそれは父親の事。その父親とて尾張国の奉行にすぎぬ。何故その奉行ごときにそれほど執着するか」

「尾張の織田信長、なかなかの痴れ者にて侮れませぬ。放置すればいずれ尾張一国を簒奪いたしましょう」

「それは親の信秀の何割ほどの力を持っておるか」

「信秀より上と推察いたしまする」

藤林の言葉を聞いて義元は眉をひそめる。

「ほう、それは捨て置けぬな。して、そ奴を封じる策はあるか、言うてみよ」

「はい、まず、国境の山口教継《やまぐちのりつぐ》、丹羽氏勝《にわうじかつ》らを撹乱し、信長への不信感を抱かせ、内乱を起こして信長の兵力を削ぎまする。その上で重臣に不和を起こさせ、宿老らを切腹、追放などに追い込み、信長の手足をもぎまする。宿老の中でももっとも智慧者の林秀貞だけは失脚させず、追い込み、弟の織田信勝を扇動して林秀貞、織田信勝らと家臣の大半に謀反を起こさせ、信長の首を討ちまする。弟の信勝は信長ほどの器ではございませぬので、三万ほどの軍勢を見せて恫喝すれば、降参して御屋形様に臣下の礼を取ることでしょう」

「ぬけぬけと言いよるわ。そのように都合よくいくものかの」

「尾張の国境で騒乱を起こし、宿老を次々と失脚させ、第一宿老の林秀貞と弟の信勝に謀反を起こさせる処までは必ずややってみせまする。その後の戦だけは、拙者の力だけではいかんともしがたく」

「うむ、そこまでできれば上出来だ。もしできるならやってみよ。たとえ信長を討つことができずとも、そこまでできたのなら、今後も使ってやろう。しかし、そこまでやるためには相当の物入りとなろう。そなたの力量未だ定かならず。ためしに駿河に潜む敵方の素破どもを狩ってみせよ」

「はっ、しかし、すべての素破を狩っては、その素破どもが響談《きょうだん》（宣伝工作）したる事が真であったゆえ、御屋形様が口封じされたと世間の者共が噂いたしましょう。それでもよろしければ、悉《ことごと》く狩ってみせましょう」

「数人ほど捕えればよいと思っておったが、面白い、悉く狩れるというならやってみよ。手加減はいらぬ」

「有難き幸せ」

藤林は抑揚のない声で無表情のまま頭を下げた。

藤林は三河の素破衆伊賀同心の支配役である服部《はっとり》石見守《いわみのかみ》保長《やすなが》と共に駿河国内の北条、武田、織田配下の素破を悉く捕えて引っ立てた。そのうち武田の素破は今川とも入魂の間柄にて、雪斎に報告し確認を取った上で甲斐に返すこととなった。

甲斐から素破を受け取りに来たのは山本菅助《やまもとかんすけ》であった。

「山本殿でしたか」

藤林が仏頂面で言った。

「これはお久しい、藤林殿」

「今川家は三国の領土を有し、軍備も富も豊富にあり、金山もあって今最も天下の主に近い大名と言ってよろしいでしょう。山本殿ほどのお方ならそれも御見通しでございまそうに、甲斐に行かれたこと、残念でなりませぬ。それほど今川家は居心地が悪うございましたか」

藤林がそういうと山本菅助は片目の眼帯を人差し指でこすりながら柔和な笑みを浮かべた。

「いや、今川家は居心地が良すぎたのでござる」

菅助はそういうと、片足を引きずりながら藤林に近づき、その耳元に口をよせた。

「御屋形様は、この菅助の足萎えをご心配になられ、特別に働かずとも禄を与えると言うてくだされた。足萎えが働いておっては、健常なる者らの足手まといになるから、家で寝ておれと。働かずとも飯が食えるとはまさに極楽でござる」

菅助の言葉を聞いて藤林の眉間に深いシワがよる。

「左様でしたか、して、甲斐ではいか様な暮らしぶりをされておられるか」

「それがもう、武田晴信様は人使いが荒く、今日は西の戦場かと思えば明日は東の戦場、悪い足を引きずって、走り回っておりまする。よって気の休まる日がございませぬ」

「そのように毎日命の危険にさらされて、ご苦労なことですな」

「まさに生き地獄とはこの事でござるわ、わはははは」

「面の皮の熱い山本殿の事、地獄の釜の煮え湯はさぞ、いい湯加減でござろう」

無表情のまま藤林がいった。

「どうじゃ、藤林殿そなたも拙者のように今川家を出奔して甲斐に来られては。地獄の湯を味わってみる気はござらぬか」

「いかな甲斐が暮らしやすかろうと、拙者、雪斎殿に雇っていただいたご恩がござる」

不快の表情を隠さず藤林がそう言うと、菅助の眉に少し憂いの色がうかんだ。

「そうでござるか……それはなにより」

菅助は寂しげな微笑をうかべ、武田の素破を連れて甲斐へと帰っていった。

織田配下の甲賀衆に関しては、鉱山跡の洞窟に引っ立て、縄に縛ったままずらりと横に並べて、屈強で意思が強そうな者から殺してゆき、目をそらした者や悲鳴を上げた者から情報を聞き出した。その際、藤林は刀を使って殺害はせず、金棒で身動きのとれない間者の頭を割ってゆき、目玉が飛び出すとそれをひろいあげ、おびえている者の目の前に持って行って手のひらの上で転がしながら詰問をした。

　あまりに酷い殺害や詰問をするので、さすがに服部石見守が止めに入った。

「何もそこまですることはございますまい。藤林殿ともあろうお方が何故そこまで必死になられるか」

「それは怖いからでござる」

「藤林殿といえば武術においては伊賀、甲賀随一の使い手ではございませんか。そのような最強の素破が何をこのような雑魚相手に恐れることがございましょう」

「服部殿は、人は強ければ生き残るとお思いですか」

「無論、この戦国の世は強者が弱者を屠るのが当たり前の事でござる」

「いや、……この藤林も、一城を十一人で落とすまではそう考え、己の技を磨くことのみに専心してまいりました。しかし、その強さ故に警戒され、疎まれ、讒言《ざんげん》され、座敷牢に入れられ、毎日凡俗どもが見物に来て、お狂いは楽でよろしゅうございますな、そのように働かずとも飯が食えて、と薄ら笑いを浮かべられながら嫌味を言われ、屈辱に震える日々を送るうちに悟ったのです。この世は強者生存ではないと。いかな凡俗といえど、偶然であっても役職を得れば容易く有能の士を飼い殺すこともできる。有能であっても、現場の者は這いずりまわってひたすら飯の種をかき集め、上から目をつけられぬよう頭をひくうして怯えながら暮らさねばなりませぬ。有能であるから栄達できるものではござらぬ」

「されどそれは宮仕えのこと。ここで無為な殺生をしたとて出世にはつながりますまい。何が面白うてこのような酷いことを」

「面白うはございませぬが楽しうござる」

「楽しいと申されたか、人殺しが」

石見守は薄く眉間にシワをよせた。

「はい、一生懸命仕事が出来てたのしくて仕方がありませぬ。仕事をして糧がいただける。それに勝る喜びはございませぬ。糧を頂いて仕事をしているのですから一寸たりとも手を抜いてはならぬのです。それは人が見ていようと、見ていまいと関係のないこと」

「そうですか、仕事が楽しいとは御幸せなこと。拙者は毎日人を欺き、扇動し、争わせることが辛うてなりませぬ。元々拙者は将軍家に雇われ、将軍家が石山本願寺に預けた御蔵米の売買をするにあたり、堺商人の家に忍び込み商家の大福帳を写し、相場の動きを本願寺の一向宗に教えるのが仕事でござった。相場の動きを読み、米の先物取引で大金を稼ぐ。誰も人も死なず、儲かればみんな笑顔でござった。将軍家や一向宗が豊になってゆくのを見るのが楽しかった。それが今では人殺し稼業。仕事に生きがいが見出せませぬ」

「仕事を選り好みされるとは、服部殿ほどのお方がまるで尻の青い若造のような事を仰せになる」

「いや、嫌な仕事でも身入りが多ければ楽しんで行えるのは若さ故でござる。嫌な仕事を我慢してやり続け、日々時が過ぎるうちに心が蝕まれるものでござる。それは若い方にはわかりますまい」

「分かりませぬ。拙者は仕事をさせていただけるのなら人殺しでも何でも喜んでやる。服部殿ほどのお方でもそのようなお心を持たれるとは、それが老いというものなのでしょうか」

「ははは、そうかもしれませぬな」

長保は悲しげに笑った。

第三章・解説

山本勘助と山本菅助

山本勘助は甲陽軍鑑によると三河国宝飯郡牛窪出身であり、三河者である。しかしながら、甲陽軍鑑以外に山本勘助の存在を列挙した信頼性の高い文献が存在せず、近年まで山本勘助の存在は架空ではないかとの説が優勢であった。しかし、昭和四十四年に市河家文書が北海道で発見され、その中に山本菅助という記述があり、当時は山本菅助と呼ばれていたことが判明する。

参考文献

「市河文書雑記-釧路 市川家の文書概観-」『一志茂樹博士喜寿記念論集』金井喜久一郎 郷土資料編集会

藤林長門守と山本勘助

『冨治林家由緒書』によると山本勘助と面識があり、火砲など火薬の扱いに精通していたようである。六角承禎が近州澤山攻めの際十一人で城を攻め落としたという逸話も『冨治林家由緒書』による。

参考文献
伊賀の食彩帖2　株式会社　ユー

服部石見守保長

徳川家康の家臣であり、徳川家所属の伊賀同心の支配役である服部半蔵の父親である。元々は足利幕府の足利義晴に仕えたエリートであったが、松平清康に請われ、その名門である足利幕府所属の職を捨てて松平家に仕官する。清康が暗殺された後、私が知る限り松平の資料にその名が見えないが、息子の半蔵は生まれた時から三河在住のため、事実上三河を保護領としていた今川氏に帰属していたものと思われる。

一向一揆は大金持ちか？

彼らは本願寺の宗主の顕如《けんによ》を「生き仏」として仰ぎ、金銭を寄進している。そのため日本の富の大部分は、その宗主の所有になっている。(ビレラ宣教師)

石山本願寺は周囲に水を満々とたたえ、非常に大きな堀を備え、城内には戦闘員二万人を擁している(フランシスコ宣教師)

本願寺の宗主顕如は、財産・権力・身分において、つねに他の僧侶たちに比べて最高位にあった(フロイス宣教師)

本願寺と天下人の５０年戦争　(学研新書) 新書 – 2011/5/18

武田鏡村（著）　学研パブリッシング

より引用

このように複数の一次資料に当時一向一揆が日本最大級の富豪であった事が記載されている。本来、大金持ちとして知られていた一向一揆が貧しい農民の蜂起であると認識されたのは、昭和三十四年に愛知県江南市で発見されたとされる武功夜話にそのような記載がされていた影響が大きい。その武功夜話に既存の通説を覆す新説が多数記載されており、その面白さから小説の題材などにもされ、一気に世間に広まることとなった。しかし、後に歴史研究家から、昭和になってから作られた新地名などの記載が文献上にあり、昭和になってから偽造された偽書であるという指摘がなされるようになった。

参考文献

偽書『武功夜話』の研究（新書y）新書－2002/4　藤本正行・鈴木真哉　洋泉社

むしろ一向一揆は農民というよりは、本来神社勢力が保有していた座の既得権益の岩盤規制を破壊する事を目的としたグローバル貿易商社であったといえる。

信長以前に楽市楽座の自由主義解放経済が存在したのか？

楽市楽座は織田信長が発明したのではないのか？

楽市楽座が織田信長の専売特許であると認識されたのは「欣求楽市-戦国戦後半世紀-」（堺屋

太一　毎日新聞社　1998）の発売とそれと同時期にNHKで放送された堺屋太一氏原作の大河ドラマが大ヒットした影響が大きい。

本来、楽市楽座を文献上確認できるのは六角定頼《ろっかくさだより》が最初といわれ、それについで今川氏真の富士大宮楽市が早い。織田信長の行使した楽市楽座は極めて限定的であり、物資供給の不足による物価高騰を抑制するため限定的におこなったものと、実質的に存在意義が無くなったものを廃止したにすぎない。織田家は神社の座を基盤として存在しており、市場の開放はその存立基盤を脅かすこととなるため、むしろ楽市楽座の行使には消極的であった。そのような国境を超えたグローバル企業としての商行為を積極的かつ全般的行っていたのは一向宗であり、その貿易拠点である長島と尾張熱田、尾張津島の港が東海のハブ港の地位を争っていたからこそ、織田家と本願寺の対立構造は深まったと言える。

本願寺一向宗は一五三八年（天文七年）室町幕府の権力者細川晴元との抗争に勝利し、徳政適用除外（借金帳消令適用場外）および諸公時免除などの特権を得た。この特権を足掛かりに座の専売特許であった流通販売にも事業を拡大していった。

参考文献

週刊朝日百科日本の歴史二六　朝日新聞出版

寺内町の繁栄を支えた法的基礎として、寺内特権とよばれる幾つかの特権がある。それは①守護・荘園領主などの課する諸役免除、②不入権（治外法権）③国質・郷質など実力を伴う差し押さえ行為の禁止、④徳政令（貸借関係を破棄する法令）の適用除外、⑤領主の御用商人の縄張りを御破算にする楽座。

——中略——

本願寺派の寺院ではこのような特権は「大阪並」の特権と呼ばれるように、大阪本願寺が取得していた特権と同等なものと表現されていた。つまり本願寺の末寺であることを根拠として、いいかえれば本山の後盾によってあたえられたものであった。

これは門徒たちにとって大きな意味をもっていた。本山の言わば「威を借りる」ことでその土地の領主の干渉を排除し、治外法権の自由を享受することができるからである。六世紀の中頃には、本願寺派の僧侶が「寺内」と号して人数を集め、その土地の領主を軽蔑して領主への年貢・課役を納めないという現象が頻発した。寺内特権が、門徒たちにとって、それぞれの在所での立場を有利に展開する梃となったことは容易に想像がつく。

——中略——

前述のように寺内町には徳政除外の特権があり、金融業者には実に心地のよい場所だったが、それ以外に、寺内町の中心寺院の実務担当者もまた積極的に金融活動を行っていたのである。しかも中には「悪銭」で貸し出し、返済は「撰銭」という相当にあこぎな金融もあった。

（神田千里）

「威」を借りた特権と繁栄　より抜粋

第四章　無理と道理

和田新助が駿河に派遣していた草が皆殺しにされたため、至急尾張国内を警護していた和田配下の素破が呼び集められ、駿河に派遣されることとなった。しかし、それも悉《ことごと》く藤林に見つけ出され、皆殺しにされた。このため、和田自身が那古野と熱田の警護の指揮を執るように信長は命令を出したが、和田は新しい素破が甲賀から到着するまで犬山から動けないと返事をよこした。結局尾張下半郡の警護と監視を岩室に任せることになったが、和田からの返事を待つ間に藤林率いる伊賀衆の国境での暗躍を許してしまうこととなった。

伊賀衆は公然と本願寺で学んだ学僧や京の五山の学僧を連れて山口教吉《やまぐちのりよし》や丹羽氏勝の屋敷を訪れ、家臣郎党をあつめていかに市場を開くことが大事か、いかに座が国外の安い品物を尾張に入れないために民が損をしているか説教した。しかし、何故そんな無駄で損なことを信長がするのかと問う者があれば、それは腐敗した座の商人たちが信長を買収しており、その周囲の者たちも利権の甘い汁を吸っているので、黙っているのだと答えさせていた。上方の偉い僧侶がそう言うのだから、これは間違いないと思った者たちは、仲間内の寄り合いや熱田の港での買い付けのとき、取引先や知り合いにその事を熱心に話して回った。信長のやっている金融緩和や道や橋の普請は無駄遣いで国を貧しくすると喧伝することがむしろ正しいことであり、尾張のためと思っているので、それらの者たちは積極的にその話を言いふらした。当然、岩室を通じて信長の耳にもその報は入る。

「山口教吉、丹羽氏勝を呼び出してたしなめられては。もし煩わしければ、拙者が山口、丹羽の家臣を扇動し、力をそいで参ります」

「いや、それには及ばぬ。それよりも其方には、尾張で道を造った区間での商いの賑わいや、借財の減免や肩代わりで尾張や津島の商人らの具合がどうなったかを詳細に調べてほしい。その実際の勘定を見れば山口、丹羽らも納得しよう」

「はっ、かしこまりました」

岩室は猫の目など配下の者に細かく指示を出し、尾張国内の情勢を調べさせるとともに、自らは星崎で塩田をしている星崎山口氏や丹羽一族の丹羽氏秀に接触するとともに、京の石清水八幡宮に早馬を送った。石清水八幡宮の神官を呼び寄せ、これらの者らを教化するためである。石清水八幡宮は油の販売で織田家と密接な関係にあるので、即座に神官を派遣してくれることであろう。長島の一向宗にとって、尾張国内での道の整備は上方から船で長島に入った物品を尾張で売りさばく商売仇を作るだけで不利益になる。石清水八幡宮が支配する大山崎の油座にとっては長良川を使って美濃の明智荘から尾張津島港まで荏胡麻を流し、そこから海路で上方まで運ぶのが一番安価であった。そして、その運搬料、関所の通行料、港の使用料など諸経費は大山崎で作った油で支払う。諸経費を差し引いた油は、美濃明智荘まで陸運で運んで美濃で売りさばく。尾張の道が整備され、荷車が使える道が増えれば、その分、尾張の馬貸し生駒氏に支払う馬賃が格段に削減できる。よって石清水八幡宮は信長に味方するのだ。

岩室が尾張国内の道を整備した地域の物流の推移と商いの繁栄の数字を記録した書状を作り信長に手渡すと、信長はすぐに織田家家中の主だった者を集めてその書状を披露すると言いだした。岩室は慌てて、石清水八幡宮の神官が尾張に到着するまで待ってほしいと懇願したが、信長は誰が作ったものであっても、事実は事実であるといってとりあわなかった。

信長はすぐさま家臣を集めて岩室の作った書状を見せたが、山口教吉や丹羽氏勝は言うにおよばず、林秀貞など織田家中でも智慧者と世間から評判の高い家臣であればあるほどそれを読もうともしなかった。そのような下賤の者が書いたものには意味がないと言う。岩室の予測した通りだった。これが同じものであっても、石清水八幡宮の神官が書いたと言えば、喜んで耳を傾ける。

「何故我が思いが分かってもらえぬのか」

あまりの事に信長は叫んだ。信長は何のためらいもなく岩室の言葉に耳を傾け、それが正しいと思えば岩室を信頼し厚遇する。しかし、世間の者はどこの由緒ある寺や神社で学んだか、どんな官位をもっているか、どんな家柄かが大事であり、高位の者の言うことは何も疑わずに信じる。反対に、無位無官の者の言うことは何も信じない。それが普通の人であった。このため、素破を使いこなす大名はよほど知性があり度量が広い者でなければならなかったのだ。信長は、己がいとも簡単に無位無官の者から話を聞き、己の頭で考え、それが正しいか間違っているか判断できることが、いかに希少なことであるか自覚していなかった。それができるだけでも、岩室としては、忠義をつくして仕えるに値する人物であるのだ。それを信長は誰でも当たり前にできると思っている。しかし、得た報を理解し、その真贋を見極める目をもっている者などほとんどいないのだ。

「そのように荒ぶられて、何をなさろうというのか、それがしらにはとんと理解できませぬ。殿の思いとはそもそも何のことでしょうか」

眉に深いシワをよせて林秀貞が問うた。

「それは、我は戦のない世が作りたいのだ。戦をしてその消耗で新しい商いを潤すのはもう嫌じゃ。我は先の美濃との合戦で、我を可愛がってくれた犬山の伯父貴や青山与三右衛門《あおやまよざえもん》の爺を失った。あのような悲しい思いはできうるならもうしたくない。よって、合戦はせずに道を作るのだ」

信長の言葉を聞いて、その場に居た家臣たちは一斉にざわめきはじめた。

「なんという不謹慎な」

「戦がない世を作るなどと、不道徳なことを仰せじゃ」

「実に非人道極まりない事を仰せになる」

露骨に不愉快を隠さず、家臣らは口々に囁きだした。

「何を無茶苦茶な事を仰せじゃ。武家は合戦をするが故に武家じゃ。合戦をして敵の首を取り、領地をもらって豊になる。その首を取る合戦をするために、日頃質素倹約に励み、物資をため込む。それが武士の生き様ではござらぬか。武士に合戦をするなとは、死ねということですか」

山口教吉が激昂して怒鳴った。

「そうではない、褒美も所領も得る別の道がある」

「それはいかに」

「それは報じゃ」

「はぁ、何を仰せか意味がわからぬ」

「貴重な報を知らせたる者を手柄第一とし、最高の褒美と所領を取らせる」

「首をとっても手柄とはならず、報をよこせば褒美をくださるか、ならば報を授けましょう。殿はそこな岩室という素破にそそのかされておる。報などいくらでも素破がでっちあげられる。しかも、下賤の者の言うことなど全部嘘じゃ。嘘を言うて出世して、首をとっても出世できぬ世などそれがしはまっぴらごめんでござる。御免」

教吉はそのまま席を立った。

「違う、そういう事ではない。そなたでも報を得ることはできる。話を聞け」

信長は教吉を呼び止めたが、教吉は信長の言葉を無視してそのまま退席してしまった。

「それがしもまっぴら御免」

教吉に続き、丹羽氏勝も席を立ってそのまま退席した。信長は周囲を見回す。さすがに他の者は席を立つことはなかったが、皆信長から目を背けた。信長の言葉がよほど不道徳に聞えたのであろう。ただ一人、林秀貞だけは憤怒の表情で信長を睨みつけていた。

山口、丹羽氏ともそれ以降信長が使者を送っても寄合に出てこなくなった。やむなく、信長は星崎の山口氏と丹羽一門の丹羽氏秀を呼び出し、山口教吉や丹羽氏勝に寄合での決め事の結果を知らせるよう命じた。すると、それを侮辱と受け取ったか、丹羽氏勝は丹羽氏秀と水争いを起こし、氏秀側の堤を壊し、信長が送った仲裁の使者に対しては、その使者を岩崎城の中に入れずに門前払いした。これに怒った信長は、丹羽氏勝討伐の兵を挙げることとした。

国境の小国人のごときは、大軍を引き入れ攻め寄せれば恐れ入って降伏するであろうとの観測が信長にはあった。丹羽は多く見積もっても二百は動員できないだろう。これに対して信長は国人の軍役衆だけで一千は動員できる。それにしても岩室は腹立たしかった。先だって信長の秀逸な外交手腕を見せられたばかりである。このまま尾張国内が団結すれば、いずれ伊勢を侵食し、次に三河を侵食し、三国の領主になるのも夢ではない。それだけの力量が信長の中にはあると岩室は確信していた。それなのに、信長の真価が見えぬ国人どもが、混乱に乗じて目先の小さな利益のために紛争を起こす。長い目で見れば、信長に従ったほうが、己らにとっても利益になるというのに。もし今川方が末は勝つこととなったとしても、国境沿いで合戦が起れば教継や氏勝の所領はただですまないのに、何をこのんで戦を起こそうとするのか。ただ、今川の勢力が大きい、数が多いという理由で何も考えずに今川になびいて騒動を起こしたとしか考えられなかった。

尾張国中に伝令が飛ばされ、村ではほら貝が吹きならされ、国人たちは信長の居城、那古野城に集められた。

岩室と弥三郎が一緒に登城しているところに藤八が合流し、その後に山口飛騨守が続いた。

織田信長は、家督を相続して以来、急速に熱田と津島の商人たちの借財の肩代わりや帳消しを進めようとしていた。それは、商人ではない農民の長である国人領主たちから見ると、己らから年貢を徴収し、その年貢米を売った金で商人の借金の肩代わりをしてやっているように見え、まるで金儲けに奔走する一部の金持ちだけを優遇しているように感じているようだ。しかし、信長にしてみれば肥大化した大金持ちの一向宗たちがその莫大な金融資本を元手にして尾張の優れた技能を保有する商家などを買いあさり、必要な部分だけ奪って、不要となった奉公人などはすべて放逐し、尾張の巷に走り（流民）があふれる事を防ぐための処置であった。岩室は信長がやろうとしていたことが理解できるだけに、農民たちの不満や反感には居心地の悪いような息苦しい思いをしていた。百姓衆、国人領主からのお味方は少ない。

「ろくな奴がおらぬ」

信長の元に集まる顔ぶれを見て弥三が呟いた。

藤八が懐から銅製の手鏡を取り出して弥三郎に見せる。

「なんだ」

藤八が鏡を弥三郎の顔の前まで持ってくる。

「なんだテメエ、それがしもろくでなしの一人とでも言いたいのか。ケンカを売りたいのなら買ってやる」

八三郎は藤八の腕を掴んで強く握りしめつける。藤八は無言のままその手を両手で捻じってひねり上げた。

「いたたたたっ、離して」

弥三郎がもがいた。

「これ、遊んでいないで早く登城するぞ」

岩室がたしなめたので藤八は手を離した。

那古野城に信長は味方となる諸将を集めた。先代織田信秀が信長配下に付けた四おとなのうち、林秀貞は病気と称してそこには現れなかった。内藤勝介や平手政秀はいる。青山与三右衛門は先の美濃の合戦のおり、討ち死にしていた。

「藤島城丹羽（丹羽氏秀）と岩崎城丹羽（丹羽《にわ》氏職《うじさと》、丹羽氏勝親子）の水争いのことである。双方の言い分を聞きたるところ、藤島（丹羽氏秀）の言い分に利あり、川上より勝手に我田引水せぬよう岩崎（丹羽氏職、丹羽氏勝親子）に申しつけたところ、岩崎（丹羽氏職、丹羽氏勝親子）これに従わず、堤を壊して我田引水したる咎により成敗いたす所存である」

信長に付けられた諸将は主に勘定方だった。林秀貞は信秀より勘定などの差配はすべて任されていた。外交は平手政秀、内藤勝介《ないとうしょうすけ》の親戚の祖父江秀重《そふえひでしげ》が津島の有能な対外取引方として、津島の対外貿易に携わっていた。これに対して弟の織田信勝の宿老は、柴田勝家や佐久間盛重など織田家譜代の軍閥が主であった。

兵力的に優位な立場の織田信勝を信長は粛清するだけの兵力を保有していない。しかし、信勝が信長を攻めようとすれば、長期戦になった場合、信勝の兵糧が続かず、勘定的に断念せざるおえなくなる。

このように、兄弟が協力しなければ、尾張の国の差配が立ちゆかず、信秀亡きあとも、兄弟で争うことなく、嫌々ながらでも協力していかねばならぬよう、配慮した父、織田信秀の心配りであった。

この仕組みは、林秀貞が織田信勝に付き、佐久間一族か柴田勝家が信長につかぬかぎり、崩れることがないものであった。柴田勝家は軟弱で商人ばかり重用する信長を嫌っており、林秀貞は信秀の気持ちを汲み、忠義を尽くし、ものの道理をわきまえた常識人であり信勝に与することもなかろうと織田信秀は考え、差配し、今後の尾張を見据えながら死んでいったのだろう。しかし、林秀貞は織田信秀の意図とは反対の方向に向いて動き出しているように岩室には思えた。

大まかな話が済んだあと、諸将の配置の話になった。岩室長門守や加藤弥三郎は、織田造酒《おだみきの》丞《じょう》が指揮する先発隊に配置された。陣立ても決まり、戦勝祈願に熱田社に移動する事となった。

熱田神社に徐々に将兵が集まってくる。ここで戦勝祈願してから出陣だ。そこで信長が銅銭を二枚糊で貼り合わせたものを天空に投げる。「表が出る」と予言して両面とも表だから、必ず当たる茶番だ。予定通り表が出て軍勢から拍手と喝さいが起こる。毎度のお約束なので、みんな、大袈裟に驚いてみせる。

このたびの戦いは、岩室や弥三郎などの小姓衆と津島衆などから構成される先発隊と、織田家与力の国人衆の軍役衆から集められた正規軍の二派に部隊が分けられていた。

この二隊を循環させて交互に敵に波状攻撃を仕掛けて敵の疲労を誘い、打ち崩す方策である。信長が考えた戦法だった。当時の地方の小競り合いは、合戦になると全勢力総当たりで合戦し、お互い疲れたら引き上げていくという戦いであったので、なかなか決着がつかなかった。それを、数の優位を生かして、敵に継続的に攻撃を仕掛けて疲労させ、撃ちとろうという方策であった。織田家譜代の家臣たちからは、このような卑怯とも思える戦法は歓迎されていなかった。信長の初陣からして、敵の後方に回って収穫前の稲穂に放火するという戦法であった。米作りには八十八の手間がかかるという。食べ物を粗末にすると罰があたると農民を主体とする国人衆は信じている。対して熱田衆や津島衆など商人たちはさほど気にしてはいなかった。

斥候の情報によると藤島城を包囲している丹羽氏職軍の大半は、流れ者の渡りを登用した走り（流民）の兵のようであった。たとえ潤沢な資金があったとしても、急ごしらえで大軍を養えるものではない。その走りの雑兵を集めた金も恐らくは今川が用立てたものであろう。

「城の包囲軍に突撃するとき喊声《かんせい》をあげるな。みだりにあげる者は切る」

先発隊の指揮官である織田造酒丞は、そのように部隊に厳命した。無言のまま地に伏しながら敵に近づき、突如として立ち上がり、手を振って突撃の合図をした。主力は戦慣れした戦上手たちである。無言のまま敵に走り寄り、次々に切り倒した。

「敵襲だ」

丹羽氏職軍は動揺し、走りの雑兵たちは武器を放り出して逃げてゆく。

「ぐわっつ」

弥三郎の叫び声が聞こえた。逃げる敵兵を追っていた弥三郎が反撃を食らって切られたようだ。見たところ長巻きで切られている。槍で腹部を突かれて捻られたら命は無いが、切り傷は出血が多い割に致命傷にはならない。

岩室は弥三郎に切りつけた敵兵の脇腹に槍を突き刺してえぐった。敵兵はすぐに倒れて息絶えた。

「大丈夫か」

「死ぬ」

　弥三郎が即答した。その反応に岩室は思わず笑いそうになったが、笑いをかみ殺して顔を背けた。

「それだけ元気なら大丈夫だ」

　岩室はそう言い捨ててその場を離れた。周囲には加藤家の小者が数人居たことは確認している。弥三郎を助けあげて後方に引きのくことだろう。勝利が見えたので、岩室は信長の居る本陣に退いた。

　お味方勝利の報を聞いた信長であったが、表情は変えなかった。むしろ、弥三郎が切られたと聞いて顔を紅潮させ、眉をしかめ、怒りの表情をしていた。

「これより逃亡したる敵部隊の側面を突く、物ども続け」

　信長は先頭切って馬を進めた。それと共に、織田造酒丞の部隊に撤退を命じた。

　織田造酒丞は「まだ戦えるのに」と訝しがりながら、やむなく撤退命令を出したが、岩室長門守は信長の意図を理解していた。味方に休息を取らせ、敵が反転攻勢に出れば、一度後方にさげた予備兵力を再び投入する。敵は継続的に戦闘を続けているので、疲労が蓄積して弱り、新手の攻勢に対応できず、敗走するであろうとの算段であった。甲賀衆の斥候より正確な敵の逃亡経路を聞き、最短での遭遇場所を頭で計算しながら岩室は信長に報告を続けた。

　横山麓《よこやまろく》に差し掛かったとき、突如として林の中からドドーンと雷鳴のような爆音が響き渡った。林の中に伏兵していた三十丁の丹羽氏勝保有の鉄砲が火を噴いたのだ。

「なんだあ」

「雷か、あの音は何だ」

ざわめく声が味方の中から聞こえた。それが鉄砲であることは、国人領主たちのほとんどが分かっていただろう。しかし、知識で鉄砲を知っていても、実際にその轟音や火薬の匂い、煙を知っている者は少なかった。

「信長見参、この松井宗信が相手をしてやろうぞ」

鉄砲の爆音がした逆方向の繁みから大声が聞こえ、武装した松井宗信が槍を振るって百人ほどが六百人あまりの信長の軍勢に切り込んでくる。不意を突かれた雑兵たちは松井の軍勢に次々と突き崩されて逃げ惑う。

「おのれ松井宗信推参なり」

岩室が怒鳴った。

「おお、これは良き敵と見つけたり、共に狩りを楽しもうぞ」

岩室は唇を噛んで信長の顔を見た。信長は顎をしゃくって行けと合図している。しかし、この混乱した状況で信長を置いて前に進むのも心もとない。

「信長様は我等が守る。いかれよ」

横合いから声をかける者がいた。仏頂面の背の高い男が岩室の横に寄ってくる。

「我は長谷川党の加世者、橋介《きようすけ》でござる。ここは我等に任せていかれよ」

「大丈夫じゃ、この者は顔見知ったる剛の者じゃ、行け、岩室」

信長の言葉に岩室は一礼して槍を振るって部下とともに松井の軍に突っ込む。

「死ねい、小僧」

横合いから敵の武将が槍を衝き込んでくるのをかわしながら、相手ののど元に槍を突き込んで捻じって引き抜く。血が噴き出して霧のようにちらばる。

「こちらじゃ、岩室、あえて嬉しいぞ」

言いざま松井宗信が槍を突きだしてくる。

「戦は数多き者が勝つ、たかだが百で六百に切り込んでくるとは愚か者め」

岩室は宗信に槍を突きだす。それを宗信は槍で払いのける。

「走りの群れなど物の数に能わず、蹴散らしてくれようぞ」

「なにっ」

岩室の背筋に悪寒が走った。此度の合戦において、信長は尾張衆らに軍役衆の動員を頼んでいた。当然、将兵が負傷すればすべて一生信長の資金で面倒を見る。それは、これまでの織田信秀でも慣習となっており、当然、信長もそうすることは分かりきっているはずであった。しかし、これは信長が当主となって初めての合戦。負傷兵の扶養の資金はすべて信長が負担すると通達せずとも分かりきっていると思って、岩室もあえて信長がその通達を出さなかったことを見逃していた。

「ぎゃー」

岩室の背後で悲鳴をあげて雑兵たちが逃げだした。長谷川党のみは孤軍奮闘しているものの、恐怖に駆られた雑兵が逃げ出し、尾張衆たちもそれをさして止める仕草もしない。必死に逃げる雑兵を制止しようとしてかえって反撃されて負傷することを恐れたのだろう。それはつまり、雑兵は子飼いの軍役衆ではなく素性もしらぬただの雇いの加世者であるということであった。

「引けい、引けい、撤退じゃ」

信長に無断で内藤勝介《ないとうしょうすけ》が号令をかけた。

「引くな、まだ戦える。敵の鉄砲は火竜ぞ。火竜の弾は石にて、鎧に当たっても砕け散るだけじゃ。突っ込め、敵の鉄砲隊に突撃するのじゃ」

叫ぶ信長の言葉も聞かず、信長の周囲に内藤の家来が群がる。止む無く長谷川党は後ろに下がる。

「殿」

岩室が大声で叫んだ。

「よそ見をするとは余裕だのお」

松井の槍が鼻先をかすった。声を出してくれたのは松井の温情であろう。

「ちいっ、勝負はあずけたぞ」

岩室はその場を引き退いて信長の元へ向かった。

「ははは、また戦場で会おうぞ」

松井宗信はカラカラと笑った。

「逃げるな、丹羽が持ちたる鉄砲は明《みん》の火竜じゃ、さしたる力もない故、突撃して押しつぶせ」

信長は声をからして叫んだが、雑兵たちは逃げるのをやめない。信長は南蛮渡来の種子島を手にしたことがあるが、織田家のような大所帯ですら数本手に入るかどうかの貴重品だ。丹羽ごとき国人衆が何本も持っているわけがない。丹羽が持っているのは明より伝わりし、火竜、石火矢のたぐいである。鉄の筒に火薬を詰めて石の弾を飛ばす。力は弱く甲冑を破って人を殺すだけの力はない。信長はそれを知っているが、教養のない雑兵たちはそれを知らないようだった。そして雑兵たちの主人である国人たちも兵の逃亡を止めようともせず、逃げる者を切りもしない。傍観している。むしろ、撤退命令を待っている様子だった。

これは不可解な状況であった。これしきのことで戦いに馴れた兵士たちが逃亡するはずがない。信秀時代、尾張の虎と恐れられた精強な尾張軍を知っている信長の目の前で、信じられないことが起こっていた。信長はあらかじめ、明の鉄砲と、南蛮渡来の種子島の違いを詳しく研究して熟知していた。そして明の鉄砲の命中率の低さや殺傷力の低さも知っていた。あらかじめ、甲賀衆を使って、丹羽氏勝の購入履歴や販売履歴を調査し、その保有する鉄砲の大部分が明製であることも知っていた。だから、大軍で突撃して押しつ潰せば、何ら恐れるに足りないのだ。

「我に続け」

叫びながら丹羽の鉄砲隊に突撃しようとする信長を内藤勝介が必死で止めた。

「お止めください、ここはひと先ず撤退を。者ども引け、撤退じゃ」

内藤勝介は独断で撤退命令を出した。そして、織田信長を無理やり数人の郎党に命じて押さえつけ、引きずるようにして退却していった。

「離せ、血迷うたか。勝てるのじゃ、大軍で押し寄せれば勝てるのじゃ。離せえ」

信長の罵声が空しく虚空に響いた。本隊が撤退してしまっては、別動隊の先発部隊も動くことができない。

後ろ盾を失った藤島城の丹羽氏秀らは城を捨てて三河へ逃亡。一度は城の奪還を狙ったが反撃され、討ちとられ、この地域の丹羽氏内部の親信長派勢力は完全に排除されてしまった。

戦が終わると信長は真っ先に逃亡した足軽たちの探索を国人領主および、岩室長門守配下の甲賀衆たちに命じた。捕まえた逃亡兵は、信長の前にひっ立てられた。

内藤勝介、祖父江孫三郎秀盛など国人衆、加藤弥三郎などの小姓衆の他、岩室長門守ら甲賀衆が控える中、薄汚れたその兵は藁縄に縛られ、ボロボロの貧しい服を身にまとい、震えながらすすり泣いている。信長に殺されると思っているようだ。

信長が近づくと「お殿様は男前でございまする」「慈悲深いお方じゃ」「天下一の殿さまでございまする」などと言って誉めようとする。

信長にそんな付け焼刃のお世辞が通じるわけもない。怒りと嫌悪が混じった視線で、信長は逃亡兵たちを見降ろした。

「これらの者どもは、いずこの村の者であるか」

居並ぶ国人衆に向かって信長は問うた。国人衆の多くは目をそらしたり下を向いたりで答えようとしない。信長は甲賀衆の斥候に視線を移す。斥候は横眼で岩室長門守の表情を窺う。岩室は小さく首を縦にふった。それを見て斥候は信長に視線を戻す。

「恐れながら走りでございまする」

信長は怪訝な顔をする。

「走りとな」

走りとは、敵に田畑を奪われたり、領主が年貢の取り立てを厳しくすることにより領地から逃亡した流民たちのことである。領主の暴政に対して一揆などの抵抗勢力をもって対抗するのはある程度発言権と地位をもった農民たちであって、立場の弱い者、戦う覚悟がない者が圧政をうければ逃げるしかない。こうした民は、大名から国人に発せられる軍役衆の分担のとき、銭や米を多く持ちたる裕福な国人や自分たちの利害に関係ない戦に動員されたときなどに数合わせや水増しに使われることがあった。いかな勇猛な武士とはいえ、進んで死にたい者などいない。しかも自領の防衛戦で華々しく散って後世に名を残すならまだしも、僻地の水争いで死んでも何の益もなく、骨折り損のくたびれ儲けだ。こういう時には、普段より多くの流民、走りたちが流用されることになる。

歴史上、圧倒的な大軍に対して、少数精鋭が突撃を行い、奇跡的な勝利を収めることがあるが、これは、攻撃側の盟主に兵力を動員された国人たちが嫌々無理やりに大人数を掻き集めるよう命令を受けていた場合が多く、この場合、動員可能兵力以上の要求をされる場合もあり、金や米を使って、ろくに戦闘経験もない流民たちに武装だけさせて引き連れていくことがある。このとき、遠征側の大軍に恐れおののいた防衛側が降参して服従するのが通例であるが、まかり間違って死に物狂いになって戦いを挑んできた場合、防衛側が死に物狂いなので十割最精鋭部隊を動員して攻撃してくる。それで、そうした部隊がろくに戦ったこともない、最初から怯えている流民たちの中に突っ込んだ場合、流民たちは戦いもせずに武器を放り出して逃げまどい、その混乱によって、攻撃側の大軍が大崩れし、傍目から見たら奇跡的大勝利を収めることがある。それは、少数精鋭の勝った武者たちが勇猛なのではない。最初から使い物にならない「走り」どもを数合わせで大量に雇っていた負けた側が悪いのだ。

「走りか、うーん、走り」

信長は思案しながらその場をぐるぐる歩きまわった。いつしか、その顔は冷静になっており、怒りや嫌悪の念は消えていた。

「縄をときはなて」

信長は冷静な顔でそう言うと流民たちを逃がした。

そのあと信長は、内藤勝介に、なぜ走りを大量に動員したか詰問したが、内藤は言い訳をせずに「自分が悪い」の一点張りだった。本来、出来ぬ予算で人集めを君主に命令された場合、下請けの立場としては嫌とはいえない。身銭を切っても人が集まらない場合は、質を落とすしかない。しかし、無理な予算で大量の兵を集めろと命令されたから、質が落ちたといえば、それは、信長という君主の落ち度を指摘したことになる。昔気質の内藤勝介にはそれができなかったのであろう。岩室も、若輩であったため、その時はそこまで頭が回らなかった。信長に至っては、そのような因習に気づくはずもなく、激怒して内藤を郎党の列から外して兼参加世者とした。兼参加世者は複数の家に仕えてもいいが、郎党のような手厚い福利厚生は受けられない。内藤は累代守り続けてきた織田家重臣の地位を失った。


信長敗北の報を聞いた弟の信勝が、信長を馬鹿呼ばわりしている噂が聞こえてくる。信勝の小姓でさえ、信長の小姓を小馬鹿にしてくる。あえて、口には出さないが、目を細め、口元には薄笑いを浮かべて信長を見る。

「これからの戦は鉄砲じゃ。鉄砲の威力も知らぬ時代遅れの三郎（信長）では、この尾張は治められぬわ」

家臣の前でそのような事を言っているという噂が聞こえてくる。信長の事をきわめて時代遅れの人間だと思っていたようだった。そして、楽市楽座をやることによって国を発展させるべきだと吹聴していた。

冷静に考えれば鉄砲の性能と楽市楽座は何の関係もない。まったく関係ないものを雰囲気で一緒にし、あまり物事を考えていない一般庶民に流布することによって、頭の悪い者は、それが正しいと信じ込む。特に新しいものは何でも正しいという先入観を持っている若者がこのような安易で少しでも冷静に頭を使えば分かるような事を、自分の頭を使って考えず、大多数が言っていることを鵜呑みにしてまるでそれが自分の頭で考えたように思い込み、それを周囲に吹聴する。その名門の子息がそれを言えば、また大衆がそれを信じ込んで吹聴する。その繰り返しで嘘は何の検証もされることなく信じ込まれてゆき、むしろ、信長のようにそれを己の頭で考えて「おかしいぞ」と言う者こそ「お狂い」として気が狂った人間であると揶揄され嘲笑されるにいたる。それこそ、雰囲気という病であった。また、雰囲気を読んで正しい事も正しいと言うなという悪い因習も巷に蔓延していた。そのことの積み重ねがこのような戦乱の世を生んだのである。

信勝は早急に鉄砲を買い集めるよう信長に進言していたが、信長は明の石火矢では意味がなく、あくまでも種子島を集めればならぬと考えていたので、熱田や津島に入ってくる明の石火矢の購入はしなかった。その態度が、信勝には新兵器の価値を理解せぬ時代遅れと見えたようであった。

丹羽氏職、丹羽氏勝親子も、信長に勝利して以来、しばらく独立をたもっていたが、熱田との交易なくして生活は成り立たなかった。自領でとれる米だけでは生活できない。頼みの鉄砲も火薬がなくては使い物にならず、その火薬は信長の領地の熱田、津島に入ってくる。当然、丹羽親子には売らないよう命令が下っている。

丹羽親子は、独立自尊が永続的なものではないことを悟ると、内藤勝介に使者を送り、形の上では詫びを入れて信長の配下に入ることとなった。折衝にあたっては、内藤勝介があてられたが、内藤は丹羽の鉄砲が驚異と思っており、和解に関しての丹羽から織田への戦時賠償は何ら得られなかった。このため信長は益々内藤を軽んじるようになった。

丹羽氏職は和解の宴席といって、何度となく信長を誘ったが信長は警戒するとともに、丹羽どもの顔を見るのが嫌でそれを断っていた。丹羽は何度となく織田家への忠誠を表すためと言って贈り物を信長の元にとどけたが、信長はそれを無視した。あまりにそうした態度をつづけては、また丹羽が機嫌を損ねるのではないかと危惧した内藤勝介は平手政秀に相談し、丹羽氏職と丹羽氏勝の親子を那古野城に招き宴席を開いて返礼をすることを提案した。信長も嫌々ながらこれを承諾した。

宴席に招かれた丹羽氏職、氏勝親子は信長の前にまかりこし、深々と頭をさげて招かれた礼を言い、和やかに宴会はすすんだ。平手や内藤も丹羽親子に酒をつぎにいき、労をねぎらった。

その日、岩室は何か不吉なのを感じこの宴会に同席したいと申し出た。織田信長は、時々人の理解できない行動を取るときがある。信長が突如として奇行に走って、せっかくの宴席をぶち壊してしまうことをおとなたちは恐れた。信長は護衛として岩室と弥三郎の同席をおとなたちに認めさせ、岩室を自分の横に座らせた。厄介事を回避したいおとなたちはそれを認めた。丹羽たちは上機嫌であった。のうのうと飯を食い高笑いしている。信長は酒が嫌いで飲まないので、食事がすんでしまったら、周囲が酒を飲んで談笑している中時間をもてあましていた。

突如、信長が「なんぞ」と氏勝を睨みながら大声で怒鳴った。場に一瞬、緊張が走った。氏勝は、余裕たっぷりの表情をわざと作って、「何も」と穏やかにこたえた。非常に寛容で、お前を許してやるといった表情だ。

まったく状況を把握できない内藤や平手たちには、あわてて信長に駆け寄り、「これは殿におかれましてはお酒がすぎたようでございますな」「ささ、お疲れのご様子にて、御休みくだされ」などと言いながら家来たちと一緒に信長を奥の座敷に引きずっていった。それに対して丹羽親子は平然とし、余裕綽々《しゃくしゃく》でそのあとも笑談をつづけた。

平手、内藤は心配そうであったが、岩室が笑顔で会釈をして信長と奥の座敷に入ったので、少し安心したようで、丹羽親子のいる座敷に戻って行った。

岩室は周囲の状況をくまなく見ていた。特に丹羽親子に関しては、暗に信長に対して挑発行為をしてくる事は予測できたので、常に目を配っていた。丹羽氏勝は、たまに信長を見ていて、信長がそちらに視線を向けると、扇子を手に持ってプルプルと震わせ、怯えたそぶりをした。信長は丹羽に打ち負かされて怯えて降参したという揶揄である。これは信長が怒るのも無理からぬ事である。しかし、これをおとなたちに話せば、そのような事はこちらが「大人の対応をせよ」と信長に説教するに違いない。さすれば、信長は孤立し、独断で丹羽親子討伐の兵をあげかねない。しかし、大多数の国人衆にとっては、ただ迷惑な話として受け止められるだろう。此度の丹羽との合戦で動員された国人衆が自前の軍役衆を出さず、加世者（傭兵）の足軽大将すら使わず、走り、野伏のたぐいを雇って雑兵の数会わせをしたのは、これが丹羽氏内紛の手伝い戦であったからだ。敵の領地に攻め込んで手柄を立てれば土地がもらえる。手伝い戦で勝ってもわずかの礼金と感状がもらえるだけだ。それでは割にあわない。しかも、自前の軍役衆が負傷して働けなくなれば国人領主は一生その軍役衆と家族を養わねばならない。後々、莫大な支出となる。そのような戦で正規雇用の軍役衆を使うわけにはいかない国人側の理由もあった。一部の声の大きい交戦派に引きずられてまた戦端を開けば、信長は大多数の国人衆に見捨てられるだろう。さすれば、信長の未来は絶たれる。信長の外交手腕、知恵の回りは秀逸である。このような君主に巡り会うことは、一生のうち二度とあり得ないだろう。君主が下手を打ったら逃げればよいという問題ではない。この君主の元、岩室は思う存分働きたかった。己の力が生かせる場はここしかないと想った。それを、信長の一時の感情で瓦解させてしまってはならない。

「殺してやる、殺してやる、殺してやる。丹羽の下郎ども絶対に許さぬ。一族郎党皆殺しにしてくれるわ」

宴席から少し離れた奥座敷につれていかれた信長は体を震わせて怒っていた。

「なりませぬ。すでに和解した段において丹羽親子を切っては、他の国人衆への信が立ちませぬ。和解しても後ろから切られると想えば、合戦において不利とみるや、雪崩を打って裏切る者が出ましょう。それでは戦えませぬ。御身の滅びとなりまする」

「滅んでも良い、あの忌々しい丹羽を殺せるのなら望むところじゃ」

「なりませぬ、どうしても憂さを晴らしたければ、この岩室をお切りください。殿の身が立つ為であれば、喜んで切られましょう」

「何を言うか、譜代でもないそなたに何の義理があって、切られると言うか」

「殿には天下を取っていただきたい。それだけの器量をお持ちの方です。それが、このような尾張の片田舎で朽ち果てて行くのは忍びない。ならばここで切られたほうがましです」

「何を言うか、我が天下と取ると言うたか」

「はい」

「そのためには、ならぬ堪忍をせよともうすか」

「はい」

「岩室……」

「はい」

「……悔しい」

信長はその場に崩れ落ち、何度も拳で床を叩いた。その拳の下に岩室は手を差し入れたので、信長は驚いて手を止めた。

「刀を持つ大事な御手でございます」

信長は唖然とした表情で岩室を見た。

「そなた……我が為に泣いてくれるか」

「あっ」

岩室は己が涙を流しているのに気づき、目を手の甲でぬぐった。

信長は強く拳を握りしめた。

「分かった。そなたのために我慢しよう。そのかわり、我が天下、必ずや見届けると約束してくれるか。決して死に急がず、必ずや我が天下を見届けると約束してくれるか。天下などほしいとも思った事は無かったが、其方が天下を欲するのなら、この信長、天下を望もう」

「はい、ありがたきしあわせに……」

岩室は体が震えて声につまった。こんな、いつ死んでも構わない素破ごときの命を、なぜこの信長という男はこれほどにいとうのか。分からない、分からなかった。ただ、岩室の目からとめどもなく涙がこぼれて止まらなかった。

「分かった、分かった」

信長は唇をかみしめ、涙を流しながら岩室の背中をさすった。

それだけで十分だった、この人のために命を投げ出せる。いや、この人のために生きようと岩室は思った。

「父上……拙者は父上のお言いつけを守れそうにありませぬ」

岩室は心の中でつぶやいた。


奥座敷から出てきた信長の表情は人が変わったように明るかった。丹羽親子を屋敷の門前まで送って笑顔で手を振った。そのあまりの変わりように丹羽氏勝は怪訝な表情をしていた。

丹羽の件が一段落ついて岩室は少し気が楽になった。那古野城を出て周囲を見回す。ススキが風に揺れていた。ふと殺気を感じて素早く後ろを振り返る。和田新助だった。

「何だその身のこなしは。素破なれば気づいても素知らぬ顔をしておらねばならぬ。長らくの宮仕えでたるみきっておるようじゃの」

「申し訳ございませぬ」

岩室は頭をさげた。

「遠路はるばるソチの顔を見に来たのは他でも無い。そなたの父から聞いたぞ。殿様にえらく懸想しておるようじゃの」

「そのような」

「織田は親子二代にかけて存外の人たらしじゃ、我が先君、犬山の織田信康公もいいように使い潰されて命を落とした。長年忠義を尽くされた弟の信康公に信秀殿が如何ほど報いたものやら。所詮人とは己が第一。何が損で何が得か、欲得で考えよ。忠義など物語の絵空事じゃ。踊らされるでないぞ」

「お言葉ですが、新助殿は信康様にかなり入れ込んでおいでであったと聞き及んでおりますが、いかがなものでしょう。損か得かと言うのなら、無能の主の下で砂を噛むのような思いをするならば、いっそ主君のために花を散らすのも一興かと存じまする」

「若造、片腹痛し。断言する。ソチが死んだからというて信長は絶対に涙など流さぬ。涙は生きている者を動かすために使うものだ。死者を悼んで流す涙など武家は持ち合わせておらぬ。忘れてすぐ新しき寵臣を求めるだけじゃ。素破など所詮使い捨ての道具。あちらがそう思っているからには、こちらもそのつもりで動かねばならぬ」

「拙者のために涙など入りませぬ。ただただ、信長様の御為に……」

「そなたは素破には向かぬ。早死にしてゴミと一緒に捨てられる前に足を洗え」

「新助殿は……危うくなれば主君を捨てまするか」

「当然のこと、それが素破というものじゃ」

「……」

岩室は眉をひそめて新助を凝視した。

「笑止」

新助は鼻で笑って去っていった。

第四章・解説

兼参《けんさん》
同じ勢力の間で複数の主人に仕えること

加世者
郎党と足軽の中間の地位にあり、騎馬兵もいた。雇いの傭兵を率いる傭兵隊長もこの地位である。
日本中世の法と経済　下村效　続群書類従完成会　四六八頁　参照

猫の目は実在の人物か?
猫の目は実在の人物です。
尾張徇行記・塩尻などにその存在の記述がみとめられます。

信長の妾 熱田中瀬村ノ者其父ヲ俗に猫ノ目ト云〻女子ヲ生ス〻彼妾種性賤シカリシカハ〻

岡部氏カ女トス(中略)千秋四郎ノ母ハ彼愛妾ノ生ル女子ノ乳母ナリ
日本随筆大成　吉川弘文館　より抜粋

猫の目とは恐らく猫の目を見て時間を計り、何時か知らせる職能のことで、鹿児島県には島津家に仕えた七匹の猫の内、戦場から生還した二匹の猫が猫神神社というところに祀られています。このように戦国時代、猫は時計代わりに使われていたことがわかります。

第五章　知恵者

今川に雇われた藤林正保は今川と織田の国境の山口教継《やまぐちのりつぐ》や丹羽氏勝《にわうじかつ》の撹乱をはかった。藤林は丹羽氏勝と身内の丹羽氏秀《にわうじひで》の争いを煽り、丹羽氏秀の領国の堤を執拗に壊して丹羽氏勝の田に引き入れ氏勝の領内で丹羽氏秀の配下の者が氏勝の所領の堤を壊していると嘘の噂を流す。氏勝は激怒して氏秀を叱責する。そこに、氏秀の家臣の屋敷に投げ文をして、尾張本国では丹羽氏勝が騒いだため、諸将が本来被害者である丹羽氏秀の一門は非道の鬼畜であると口々に言いたてて激怒しているとの噂をばらまいた。憤りながらも立場の弱い氏秀は忍耐を続けたが、ついに耐えきれなくなって丹羽氏勝と一戦交えることとなったのである。こうして丹羽氏勝の勢力は弱体化した。

山口教継の場合はもっと簡単であった。教継の息子、教吉《のりよし》をおだてあげ、褒め称えた上で、今川義元に頼んで山口教吉を褒め称えた書状を書いてもらえるよう頼んだ。

それに対して今川義元はすぐに返事を返してきた。

本物の今川義元の書状を貰った山口教吉は義元に心酔するようになり、父を熱心に説得した。

それと共に、京の五山で学んだ禅僧や本願寺の高僧など都で評判の高い僧侶を山口領に招き入れ、いかに信長の政《まつりごと》が間違っているか、いかに今川義元の政が正しいかを吹き込んだ。権威に語らせることによって、山口親子は容易く今川義元を信じるようになった。山口教継、丹羽氏勝共々、武芸においては尾張でも名を知られた者たちであり、忍術でいうところの陰術には長けていた。しかし、陽術のすべを知らず、ただ、武芸を磨いていれば家が繁栄すると信じ、ひたすら武芸だけを磨いた結果、易々と藤林に踊らされる始末となってしまった。

山口教継がいよいよ今川方への寝返りを決意しようとするさなか、教継は山口一門を内密に呼び集め、意見を求めた。藤林は教継の許可を得て、教継子飼いの小姓という事にして教継の横で太刀持ちをすることを許され、会合に参加した。鎌倉街道の要所である鳴海城を押えている教継に対して意見を言う者はほとんどいなかった。皆々山口氏の将来よりも己の保身、目の前の小さな利益にこだわり、はっきりとものをいわず、「教継様にお任せします」などと言って、自らの意思を表すことを放棄していた。しかし、その中にあって星崎の山口氏は必死で星崎の塩田の自治を信長が山口氏に渡していることを言いたて、今川義元が山口氏に永代に塩田の自治を任せると約束しないかぎり今川方に寝返ってはならないと訴えていた。それを聞いて教継は失笑し「自治などあって当たり前のものではないか、何も言わずとも、今川方についても自治は必ずある。それがしが保障する。絶対に自治を失うことはない」と断言した。それでも星崎の山口氏が「長年の信長様の大恩に対して恩を仇で返すか」と声を荒げたので教継も顔を紅潮させて言い返した。「なにを無礼な、そのような不遜な態度であるがゆえ、そちの伯父が松平竹千代殿の接待をしくじり、我等がこのような苦境に立っているのであろう。加藤弥三郎の家に竹千代殿の接待が代えられることがなければ、我等山口一門、織田家中でこのような肩身の狭い思いをせずとも済んだのだ。失《う》せよ、飛騨守」

罵声を浴びせかけられた星崎の山口氏は唇を噛みしめ、その場を退席した。

山口や丹羽に関して、あとは配下の者に任しておけばよいところまで段取りをつけ、藤林は船で駿河に向かった。

清水港に降り立った藤林はそこから今川館に向い、今川義元に謁見した。居並ぶ諸将が義元の左右を固め、その傍には常に太原雪斎《たいげんせっさい》がいた。雪斎の言うことに義元は一々耳を傾け頷いている。今川家は足利将軍家の血筋である。名門にして三国の領主。これほどの勢力を持ち、生まれた時から裕福であるならもっと驕《おご》ってもよさそうなものだが、この今川義元という男、まったく傲慢な気配すらなかった。

「うむ、ご苦労であった。さぞ骨折りであったことであろう。さしたるもてなしもできぬが、今宵はこの駿河でゆるりと逗留してゆかれるがよい」

柔和な表情で義元が言った。

「恐れ多きことでございする」

藤林は平伏する。

「それにしても信長の無様な様子を聞くにつけ、噂にたがわぬウツケ者であることよ。これまで我等駿河衆が戦うてきた北条や武田の足元にもおよばぬ」

武将の一人が軽口を叩いた。藤林はそれを横目で見ながら小首を傾げる。

「……解せぬ」

「おい、小僧、何か言うたか」

藤林に向けて武将が罵声をあびせかける。

「無礼な」

義元が呟く。

「こ、これは失礼いたしました。武田家は今川家とは縁続き、それを織田信長のごときと比べるなど、あまりにも軽率でござった」

「ちがう」

義元は眉をひそめる。

「は、何と仰せですか」

「藤林殿に無礼であると言うたのだ。藤林殿は策謀をめぐらし、織田と丹羽を戦わせ、山口を今川方に寝返らせた。その手腕まことに天晴《あっぱれ》なり」

「しかし、このような無位無官の雑兵など」

「無礼だと言っておるのだぞ、この義元が」

義元は大きく目を見開いた。

「ははっ、申し訳ございませぬ」

その武将は恐れおののいてその場に平伏した。藤林は真顔で義元を直視した。義元は藤林に視線をうつしながら口元に微笑を浮かべる。

「其方ほどの者が信長を逸材というのなら、信長はさぞ恐ろしい男なのであろう。其方が言うのなら信じる」

「恐れ多き事にございまする」

藤林は無表情のままゆっくりとその場に平伏した。

義元は左手の人差し指で顎をさすりつつ何か考えたようなそぶりで視線を下におろす。

「さて、それほど恐ろしき男ならば、少しへこませておかねばならぬのお」

信長を強敵と見なしたあとの義元の行動は早かった。

義元は長島一向宗の手先である服部友貞を呼び出し一向宗と結託して津島や熱田の商人たちに借金を作らせ、それを低金利のかわりに鐚《びた》（悪銭）で支払い、返金は良銭で受け取る段取りをするよう指示を出した。それと、尾張国内に潜んで鉄砲ころがしをやっている藤林の兄、百地三太夫《ももちさんだゆう》とも連絡を取ることも要請してきた。兄の三太夫は丹羽や信長の弟、織田信勝を扇動し、旧式の火竜を大量に買わせることに成功はしたものの、信長寄りの武将たちは鉄砲ころがしに手を出さなかったため、効果は半減しているとの事であった。鉄砲ころがしとは、商材は何でもい い。ようは、まず胴元に安価で鉄砲を買わせる。それに少し利をつけて配下に売りつける。配下はまた少し利を付けてそれを配下に売りつける。乗せる利は少しでも、末端の数が増えれば増えるほど、胴元が儲かる仕組みだ。結局、時代遅れの火竜などものの役には立たず、配下に売りつけるにしても鉄砲を買えるだけの財を持った配下など限られており、すぐに破綻する。破綻したところで財政的混乱を尾張にもたらす策謀であったが、信長はまったくそれに乗ってこなかった。

このため、尾張商人に鐚で借金をさせ、鐚を尾張に蔓延させることによって尾張に鐚を飽和させ、座を守り市場を閉鎖したる尾張の勘定方を破綻に追い込もうという次なる画策を今川義元は図ったのだ。藤林は命令書を読みながら、相も変わらず無表情のまま小声でつぶやいていた。

「次から次へとよく悪知恵が働くことだ、だがそこが面白い」

第五章・解説

藤林長門守と百地丹波守が兄弟であるという仮説の根拠となった資料

この同一人物説の下敷きになる研究をしたのは、伊賀上野の奥瀬平七郎である。著書『忍術』でその根拠として主張しているのは二人の戒名が酷似している点である。阿山町友田の正覚寺にある藤林長門守の墓に刻まれた戒名「本覚深誓信士」と喰代《ほおじろ》にある百地丹波の菩提寺青雲禅寺の過去帳にある戒名「本覚了誓善定門」とは「深」と「了」の一字ちがいであること。伊賀には養子が死ぬと養家の墓のほかに実家でも影墓をつくる風習があり、その場合一字だけ戒名をかえるのである。

さらに、それを裏付ける状況証拠として、一つには服部、藤林、百地が重縁関係にあったこと。二つには忍家には家を分けて万一に備える慣習があったこと。三つ目に天正伊賀の乱の時、藤林長門守は何の働きも見せず完全に姿を隠し去り、百地丹波の活躍のみが伝えられていること、の三点をあげている。

――中略――

この藤林、百地同一説は伊賀の研究家のなかでも否定する人もあり、どうも信じ難い話である。しかし、忍術の達人とは何かを教える話としてはなかなか面白いと思う。

この説には、藤林、百地がすぐれた上忍で、伊賀（あるいは甲賀）の頭領であるという前提がある。

しかし、当時の伊賀や甲賀には小土豪が連合した共和制に似た組織があったという史実に照らして考えると、服部は勿論、藤林、百地が上忍で、多くの下忍の統領として伊賀に君臨していたという話は、服部半蔵のところでも書いたように、後生にこれらの人たちの名が知られるようになってからつくられたものと考える方が真実に近いようだ。

忍の里の記録　石川正知　翠楊社　１６７頁より抜粋

上記の資料に基づき、同一人物説という推論を用いず、戒名が酷似しているところから、一門衆であるという考え方を採用した。

第六章　山口の謀反

信長は丹羽との敗戦の反省から、直轄軍の強化に乗り出した。とはいえ、兵は早急に育成できるものではない。当面は加世者の足軽大将を雇用して頼るしかない。

足軽大将は応仁の乱で活躍した骨皮道賢《ほねかわどうけん》のごとく、下賤の者と見なされていたが、甲斐の武田晴信が足軽大将の山本菅助を重く用いた事からその地位が見直されるようになってきた。尾張でも長谷川与次の弟、長谷川橋介《はせがわきようすけ》が兼参加世者の足軽大将をしており、先の丹羽との合戦でも他の加世者が逃げるなか、踏みとどまって信長と行動を共にしたため、信長の認めるところとなり正式に家臣として登用することとなった。そして、兼参ではなく郎党として小姓の列に加えることにした。これに対しては加藤弥三郎が強く異論を唱えた。信長の小姓たるは家柄、教養がなくてはならず、あえて長谷川橋介を小姓の列に加えるなら、漢文の試験をすべきだと主張したのだ。

信長はこれをにべもなく却下した。

「よいか弥三郎、世の中、本に書いてある事を知っているから使えるというものではないぞ。足軽は戦に精通した者が指揮すべきものじゃ。かつて街亭の戦いにおいて、蜀《しよく》随一の学識者と評された馬謖《ばしよく》は指揮を誤って敗れたが、副官の王平は知っている文字は十に満たなかったが、正しい判断をして蜀軍を全滅から救った。そなたのように学識がある者が善であり、学識無き者は悪と単純に切り分ける事は最も愚かな事じゃ、今後気を付けるがよい」

信長はそう言って弥三郎を嗜《たしな》めたが、弥三郎は不服そうだった。

信長に対しては渋々ながら頭をさげて従ったが、後で岩室に愚痴を言った。

「そもそも将来公の文書はすべて漢文にすべきだ。そうなったとき、漢文の素養がない者が指揮官であっては使い物にならぬ」

「信長様は公の文書を漢文になどせぬ故安心せよ」

「それが遅れているというのだ。弟君の信勝様は常に漢文に親しみ、明の進んだ学問を学ばれておる」

「本朝には本朝のやり方がある。何でも異朝のものを有難がるのも良し悪しじゃ」

「やれやれ、これだから教養の無い者は」

「ははは、っ」

岩室は弥三郎の愚痴を笑って受け流した。悪い男ではない。必死で信長の学識を高めようと、一生懸命漢文を読み漁り、しきりと信長に奨めてくる。信長があえて史記の三国時代の例をあげて弥三郎に説明したのは、それらの史書などすでに信長が読んでいる事を表すためだ。弥三郎はそれに気づいていなかった。信長は弥三郎を傍に置いて可愛がっていたが、それは弥三郎の学識故ではない。何事も一生懸命努力し、手を抜かぬ姿勢を認めていたからだ。しかし、弥三郎は己の学識が認められて登用されていると思っているようであった。

橋介は背が高く、目が細く、顔は縦長の四角だった。地味な風体であり、あまり目立たなかったが、足軽大将として苦労したためか、世間知はあり、よく家来の面倒を見ていた。弥三郎が横やりを入れた事を知ってか知らずか、長谷川橋介は弥三郎に対してぶっきらぼうであった。必要な事しか答えず、いつも仏頂面をしていた。このため、一時橋介と弥三郎は険悪になった。ある時、弥三郎が橋介の横柄さに耐えかねてか、岩室や佐脇藤八のいる前で言った。

「此奴はそもそも、足軽大将じゃ、幾人も殺めて来たものじゃ、その手は血で染まっておる」

それを聞いて藤八は目を丸くして橋介を凝視した。

「真か、真にそなたは多くの人を殺めてきたのか」

「如何にも」

橋介は無表情で短く答える。それを聞いて藤八は両手の拳を握りしめる。

「そなた……そなた……」

「何だ」

「ものすごく格好良いではないか、今度人の殺し方を教えてくれ」

藤八が大声で叫んだ。するといままでずっと無表情で辛気臭かった橋介の鼻の頭がガッと赤くなった。

「なんだ二人とも、そんなに褒められては照れるではないか」

「それがしは褒めておらぬわ」

すかさず弥三郎が突っ込みを入れる。藤八も橋介も岩室も驚いて弥三郎を見る。

「ぎゃははっ、こいつ」

藤八が弥三郎を指さして笑う。

「ははは」

「あはは」

岩室も橋介も笑った。弥三郎は顔を真っ赤にして怒ってどこかへ行ってしまった。それ以降、橋介は弥三郎とも普通に話すようになった。


信長が加世者の足軽大将を大勢雇い、兵力を増強するために発給した書状は、逐一伊賀者が書き写し、山口教継に渡していた。このため教継は情報において己が優位に立っていると勘違いし、信長を侮っていた。しかし、それは伊賀衆が改ざんした色付きの情報であった。人の私信を覗き見るなど至難の業であり、それを行うためには莫大な人材と金を必要とする。それをそもそもタダで人に見せることこそ疑わねばならない。人はいずれも己の利益のために動くものである。それを己に都合よく情報を教えてくれる者だけが善意で無料で教えてくれると考えることこそ間違っていた。タダほど怖いものはないのである。それら伊賀者が取ってきた信長の書状の写しの約九割は本物であった。そのため、教継は己の信長のやり取りや、周囲が見聞きした事と信長の私信を照らし合わせて本物であることを確認した。これを何度も繰り返し、山口教継に固定観念を持たせる。それこそ、伊賀衆の狙いである。固定観念をもって伊賀衆が持ってくる手紙はすべて本物であると教継が信じたところで、そこに嘘の手紙を紛れ込ませる。その嘘の手紙には信長が教継を疎ましく思っていると書かれており、機会があれば教継を討ち滅ぼしたいと書いてあった。

これを信じた山口教継が、己を討伐せんがために募兵しているとかんぐり、先手をとって謀反を起こした。
（西暦一五五二）天文二十一年四月十七日　信長十八歳　岩室二十歳
後に赤塚の合戦と言われる戦いである。

しばらく槍合戦が続いたが、お互い槍衾《やりぶすま》をつくって、密集隊形をとったので、ガンガン槍の柄で上から叩きあうばかりでらちがあかない。そのうち日が暮れて合戦は引き分けとなった。これは、手馴れた武士の習いでもあり、国境で顔も見知った者同士の場合、こうやって叩きあって時間を稼ぎ、日が暮れるのを待つのである。そうすれば、お互い大将への面目もたち、お互いが生き残れる。

織田方では味方が敵の荒川又蔵を生捕ってきたので、敵に捕まった赤川平七と交換することになったが、山口飛騨守が激怒して、「大恩ある主君を裏切り生きて帰れると思うな」と怒鳴って刀を引き抜き、荒川を切ろうとした。このため、弥三郎ら周囲の者たちが必死で山口を止めた。山口はかなり興奮しており、押さえつけた弥三郎にも罵声を浴びせたが、後で落ち着くと、何度も弥三郎に頭を下げて謝っていた。岩室が山口の処に行ってなだめると、我を忘れて暴れた己を止めてくれた弥三郎に罵声を浴びせたことを悔やんでいた。
「弥三郎はさっぱりした男故、もう怒ってはおるまいが、拙者からも口添えいたそう」
岩室は山口を励ましてその場を離れた。

ともかくも、大事には至らず、捕虜を交換して馬も双方帰しあった。

作業もひと段落ついた頃、加藤弥三郎が木陰でへたり込んでいたのを岩室が見つけた。日頃偉そうに指図している山口に罵倒されて心が折れたのか。弥三郎は日頃は己が偉いという思い込みに支えられて毅然としているが、実際は非常に心根が優しく細やかなので、すぐに傷ついて落ち込む性分である。時々、気にかけてやらねばならない。

「どうした、日頃手下のように使っている山口殿に一喝されて気が萎えたか」

弥三郎は首を横に振った。

「そうではない」

「山口殿があとで心がしずまり、其方に謝罪したいと申されておる。気がねしておられるようなので、拙者がそのことを伝えにまいった」

弥三郎はうなだれて地面に座り込んでいた。岩室は少し前かがみになって横から弥三郎の表情をうかがった。

「申し訳ないが、しばし間をおいてはくれぬか、このような心持で謝罪を受けて、それがしが不快な顔をしたままでは、かえって山口にも心配をかけてしまう」

弥三郎はうなだれたまま岩室の顔を見ずに答えた。

「いったいどうしたというのだ」

岩室は少し怪訝な表情をした。

「それがしは、かつて商売で世話になった先輩を、此度の戦で殺してしまった。この手で」

弥三郎の言葉を聞いて岩室は、ゆっくりと体を起こし、少し考えた。そして無表情に弥三郎を見下ろした。

「気にするな、戦場ではよくあることだ、これも常のことだ」

戦場でまみえればたとえ親子であっても殺し合うのが世の習いである。何も悲しむこともない。ましてや他人を殺したとて、何の悲しみがあろうか。岩室は弥三郎の悲しみは理解できなかった。そのうち慣れる。幾十、幾百、幾千と死体の山を見続け、人の死ぬ様を目前で見続ければそのうち何も感じなくなる。それが慣れるということだ。人がゴミのように死に、ゴミのように捨てられ、埋められてゆく。埋めねば腐って疫病の元になるからだ。己もいずれそのゴミの中にうずもれることとなるだろうと岩室は思っていた。それがこの世の定めゆえ仕方がない。死など怖くなかった。


天文二十一（西暦一五五二）年四月十七日に山口教継との戦いに引き分けたことによって、信長の器量を侮った守護代織田信友は兵を集め同年八月十五日、信長方の松葉城と深田城を襲撃し、信長の伯父である織田信次らを捕縛して人質とした。これに激怒した信長は織田信光とともに守護代織田信友が居住する清州城に攻め寄せようとしたが、清州側から発進した信友軍と八月一六日海津《かいづ》で激突した。この時、尾張守護斯波義統は実質的に信友の傀儡であり、信友に養われているような状況であった。

にもかかわらず、義統は兵を出し渋った上に、信友からの厳しい要請に兵を出したものの、その将兵たちは、信長軍と戦端が開かれるや、戦いもせずに早々に撤退した。

これで算段が狂ったか、信友軍五十騎が討ち死にした。

信友本隊が総崩れになった余勢で信長は深田城、松葉城を攻めて降伏に追い込む。恐れをなした織田信友は織田信光に和議の使者を送った。織田信友が織田信長をまったく評価せず、今回の戦でも信光のために敗北したと考えている証拠だった。信光はこの使者を追い返し、信友は慌てて信長に和議の使者を出した。これに対して信長は、今後とも守護斯波義統を尊び、守護代として尾張守護職斯波義統に忠誠を誓うことを条件に和議に応じた。このため、斯波義統は信長に対して強い好感を持ったようだ。

この信友方の足並みのそろわぬ合戦に勝利した事により、信長は尾張国内でようやく織田弾正忠家の跡取りとして世間から認知された。反面、信友は義統を深く恨んでいるとの噂が那古野にも聞こえてきた。内々では、守護斯波家の威光と織田信光の武力が無ければ信長など恐れるに足りぬと豪語しているようであった。その噂を岩室は信長にも伝えたが、信長は鼻で笑っただけであった。信長十九歳、岩室二十一歳の時である。

第六章・解説

足軽大将

「戦国合戦の舞台裏　～兵士たちの出陣から退陣まで～」（歴史新書　盛本昌広　洋泉社）において盛本氏が提唱する論によると、足軽大将は侍大将のような大名家の中の役職ではなく、傭兵隊長の事を指していたとしている。このため、山本菅助は地位としては足軽大という傭兵隊長の立場にあったからこそ、部外者として、武田信玄に対して献策できる軍師のような立場を保っていたという考え方だ。

半手の者

この概念も同著の中で紹介されていたものである。国境線上に領地があり、領地を接する両陣営に半分ずつ年貢を納めていた存在であった。後に登場する桶狭間村の名主も、恐らく半手の者であり、今川、織田、両家に年貢を納めていたであろうから、今川義元に挨拶に行き物資を補給することは当然であり、この村に対して今川義元が配下の乱捕り（略奪）を許すことはない。

第七章　仕事に貴賤なし

三河から駿河に向かう船の中、服部石見守は釈然としない表情で考え事をしていた。

「どうなされた」

藤林が無表情のまま問うた。

「織田信長が道を造っておる。いつ今川が攻めてくるかも知れぬ時に何を思って道など造っておるのか。そんな金があるなら武器を買い、加世者を雇って国境を固めるのが先決でござろう。しかし反対に道を造って敵が入りやすくするとは、真に尾張の民が言うように信長はウツケではあるまいかと思うておりまする」

「武器を買うにも人を雇うにも先立つ銭がいりまする。そのためには道がいりまする」

「商いの道、東海道を整備するならわかります。また、道無き新田に道を通すのは必要なこと。されど信長はすでに村々の間にある獣道を舗装して広い道を造っておりました。大名が通る道ではあるまいし、何故身分の低い者共が通る道をそのように立派にするのか。無駄遣いも甚だしい」

「獣道では荷車が運べませぬ。信長は尾張中の道を車輪のついた荷車が通れるようにしようと企んでござる」

「なぜ、そのような無駄な事をするのか」

「信長は無駄とは思うておらぬのでしょう」

「さてさて」

石見守は困惑したような表情で腕組みをした。

駿河今川屋敷に到着した藤林と石見守は尾張で見聞きした状況を書状にしたため、それを雪斎に渡して内容を整理した。その上でそれを義元に渡し、義元がその内容を読み終えたあと館の奥座敷で義元と面会した。

「信長は道を造っておるか」

「はい」

藤林が答えた。

「商いを行うためには道も大切なものだ。しかし、東海道や国人領主が熱田へ向かう道を整備するならまだしも、その街道と街道の間にはしごのように脇道を造って繋ぐなど、何故そんな無駄な道を造っておるのか」

「荷車が通れる道を造っております。牛馬を使い、荷車を使って荷を運べば、少ない人数で多くの荷が運べまする」

「そんな事をせずとも、他国から安い物を大量に買い入れれば国内の物価は下がり、人を養う費用も安くなり、賃金が安くなれば大量に人を雇える。そうやって安い賃金で多く人を雇えば、より多くの物が運べるではないか。高い銭を使って道を造るとは、やはり信長は阿呆なのか」

藤林は無言のまま首をひねる。

「これ、無礼な」

横に居た石見守が藤林の袖を引く。

「よい、存念があれば言うてみよ、藤林」

義元が微笑を浮かべながら石見守を制止した。

「されば申し上げます。信長は借書を書いて熱田や津島の儲かっている商人に買い取らせ、その銭で道を造っておりまする。道が出来れば物の往来が激しくなり、貸し馬屋が儲かります。信長は貸し馬屋の生駒氏に清洲や熱田の一等地を貸し与え、貸し馬の儲けに比して賃料を召し上げております。物価が上がれば銭の価値が下がり、借金は軽減されまするが、物価の上昇にともない馬の賃料は上がります故、信長の儲けは増えまする」

「なるほど、物価を高くして庶民の暮らしを悪くしながら己だけは私腹を肥やすとは、さすが悪辣な守旧派よ」

「しかし、民草も儲かっております故、多少物価が上がろうとも文句は言っておりませぬ」

「これ、藤林殿、口ごたえはいいかげんになされ」

青ざめて石見守が制止する。

藤林の言葉を聞いて義元は右手の人差し指を口のところにもってゆくしばし思案した。

「よろしい、其方藤林と申したか、若輩故、世の仕組みを分かっておらぬようなので教えてやろう。その信長に踊らされている無知蒙昧な庶民共も、知識がない故に信長などに騙されるのだ。

我はこの腐りきった国を改革したいと思っておる。僅かの銭や米を奪い合い人が人を殺すのが当たり前のこの国を、兄上今川氏輝公は心底嘆いておいでであった。我は僧籍に入り、京の五山でゆるゆると暮らしておったが、兄上の深き民への情、国を憂う志をお支えするため、あえてこの駿河に戻ったのだ。しかし、欲深き国人どもは偉大なる兄上氏輝公のご慈悲の心を知らず、目先の銭ほしさに戦を望んだ。合戦をすれば銭が動く。銭のために人を殺す。浅ましきかぎりじゃ。この腐りきった国を改革することを兄上は望まれた。この腐りきった国の仕組みをすべてたたき壊し、唐土のように官僚制度の整った、平和で美しい国を築くことを望まれたのだ。しかし、その希望を叶えられぬまま、先立たれてしまわれた。残されたこの義元は頼るべき支柱を失い、心乱れておったところに訪れてくださったのが、本願寺一向宗の方々であった。この国において、過去の因習を悉《ことごと》く破壊し、新しき世をつくらんと先進しておるのが本願寺一向宗じゃ。本願寺は境内に寺内町を造り、国内で始めて座を破壊して楽市を行った。そして莫大な富を得た。その莫大な富を背景として、一向宗を信奉する紀伊の雑賀《さいが》衆は最新鋭の種子島の生産を成功させ、大量に保有しておる。その戦法もこの国の最先端のものだ。優れた技術、優れた仕組み、それはすべて国の外からもたらされる。我は服部友貞から一向宗の進んだ市場の仕組みを聞き、身震いがした。これを取り入れることこそ改革であると確信した。それを邪魔しておるのが、尾張の守旧派織田信長じゃ。父の織田信秀、その家臣の林秀貞はまだ市場開放の大事さを分かっていた。しかし、信長は未だに無用の長物である朝廷や神社や座などにしがみつき、それを維持しようとしておる。このような守旧派は悉く潰して、優れた他国の知恵を取り込むことこそこの国を救う唯一の道なのだ。そなたは不勉強故まだ分からぬであろうが、一向宗から真の改革は何たるかを学び、最先端の考えを身につけるがよい。そのための留学費用がいるならこの義元が全額負担してやろう」

「はあ」

藤林は生返事をした。

「この無礼者、もっと感謝の意を表さぬか」

石見守が後ろから小声で囁く。

「恐れながら御屋形様、拙者はまだやり残した仕事がございまする。その留学の話、まことにありがたき幸せなれど、織田信長を滅ぼした後までご猶予いただけませぬか」

「ほう、信長を滅ぼした後とな、これは頼もしい。もし信長にいかなる策謀も通じず、手に余るようであればいつでも言うてまいれ。いかに日ノ本の国が遅れているか、信長が必死に守ろうとしている無知蒙昧な迷信や因習など価値がないか、信長のような時代遅れが通用せぬか、我が改革の神髄を見せつけて叩き潰してくれようぞ」

「ははっ」

藤林は平伏した。


藤林が奥座敷から出てくると、入れ替わりに僧侶が二人やってきた。

「まったく、天下の往来で肥を運ぶとは不心得な。匂いで鼻がまがりそうになったわ」

「それにしても身の毛がよだつ。我らは学問ができて本当によかった。無知蒙昧であれば、あのような卑賤な百姓のように肥を運んで暮らさねばなりませぬからな」

「まことに。我らは筆で一言、売り、買い、と書くだけで千金を稼ぐ優れもの。まことにあのような貧家のゴミに生まれいでよかった」

「これだれかおらぬか」

一人の僧侶が声を荒げた。慌てて下人がその場に参上する。

「何かございましたか」

「そとの往来で百姓が肥を運んでおった。そのために我ら貴人であるにもかかわらず、鼻が曲がるような汚臭をかがされることとなった。とんでもない不心得じゃ。折檻して二度とこのような事せぬよう思い知らせてくだされ。阿呆は口でいってても理解できぬでな」

「承知つかまつりました。早速折檻してまいります」

下人は足早にその場を立ち去った。藤林は無表情にたたぼんやりとその光景を眺めていた。僧侶たちが奥座敷に入っていく。

「本願寺の僧ですな」

石見守が呟いた。

「それだけはなりませぬぞ御屋形様、たかが足利将軍家の惣村の年貢欲しさに守護大名の地位を捨てるなど言語道断」

先ほど藤林と石見守が出て来た奥座敷から雪斎の怒鳴り声が聞こえた。雪斎はそもそも声を荒げるような人柄ではなく藤林の前で感情を露わにした事は一度も無かった。

藤林たちが屋敷の外に出ると、下人が土下座する老婆を木の棒で叩いていた。藤林はそこに歩いて行き、下人の木の棒を掴んだ。

「何をするか、あ、これは藤林様」

慌てて下人はその場に平伏する。

「ご迷惑をおかけして申し訳ない。この肥は拙者がもってくるよう、この者に頼んだのだ。お役目ご苦労であったな」

藤林は無表情のままそう言うと、懐から粒銀を一粒だして下人の前に差し出した。

「これはかたじけない」

下人は粒銀を受け取る。

「あとは拙者がこの者を連れて行く故、そなたは帰られよ」

「ははっ」

下人は早足で屋敷の中へ帰っていった。

「これはまた酔狂な」

屋敷の中から石見守が出てきて困惑した表情をする。

「恐れ入る」

藤林は軽く会釈したあと老婆のほうに目をやった。老婆は震えて平伏している。

「そなた雪斎様の禅寺で見かけたことがある。お寺に肥を貰ったお礼と言うて大根を持ってきてくだされたの。そなたのおかげでおいしい大根がいただけた。礼を言う」

「何を仰せでございますか、恐れ多いことでございます」

「そのご老体では肥桶は重たかろう。持ってしんぜよう」

「それだけはご容赦ください、このような卑賤なものを触られましては御身が汚れます」

「何の仕事に貴賤がございましょうや、その気高きお志を伺い、心が洗われました。せめて、お家までお見送りさせてください」

「申し訳ございませぬ、申し訳ございませぬ」

老婆は目からポロポロと涙を流して何度も頭を下げながら肥の入った桶を担いだ。そして藤林とともにゆるゆると帰っていった。

「やれやれ、またこのような事をして。前も何度も同じ様な事をしたために、お狂いと思われて伊賀で座敷牢に入れられたでしょうに」

石見守はため息混じりに藤林の後ろ姿を眺めていた。

赤塚の合戦の翌年、天文二十二年（一五五三年）
藤林たちは駿河の宴席に招かれることとなった。本来裏方である藤林たちが宴席に招かれる事は今まで一度もなく、これは珍しいことであった。
前年、赤塚の合戦以降、雪斎は織田信長との全面戦争を訴え続けており、後顧の憂いを無くすため、武田、北条との和睦を義元に進言していた。義元はそれを許可し、天文二十一年には今川から武田晴信の息子へ人質として娘を差しだし、婚姻が成立していた。さすれば、此度は北条から今川義元の息子、氏真へ北条から嫁が嫁いできたのかと藤林は思った。しかしそうではなかった。
今川館に行くと、今川家の家臣たちが妙に浮かれている。「駿河分権じゃ」「駿河公方様じゃ」などと口々にはやし立てている。

藤林は宴席の末席に案内され、しばし待っていると、今川義元が右手に巻き物を持ち、太原雪斎を引き連れて座敷に入ってきた。諸将皆々笑顔であったが、雪斎だけは苦り切った顔をしている。一番上座の方には本願寺の学僧がずらりと並んでいる。

義元は手に持った巻物を広げた。

「秀逸なる本願寺の名僧の方々の御助力の甲斐あって今、ここに父今川氏親公が編纂した仮名目録の追加を制定した。今より今川家は足利幕府より分権し、独立した国となる。足利幕府に毎年納めていた荘園、惣村の年貢の財源は凡《すべ》て我等今川家のものとなった」

「うおおおおー」

今川家の諸将は歓喜に沸き立っている。その者らは何も分かってはいなかった。今川家が尊ばれたのは、足利家の血筋を引く名門の守護大名であったからだ。その織田信長がどうあがいても手に入れられない特権を自ら捨て去り、目先の僅かな足利幕府に納める年貢の財源を懐に入れた。目先の小銭のために伝統と権威を捨てたのだ。権威が失墜すればするほど本願寺のような新進気鋭の新興勢力が繁栄する。頼るべき権威を失った民衆は新しき権威に頼ろうとする。それまで、限られた者しか手に入れられなかった伝統と権威を力さえあればだれでも手に入れられるようになるのだ。

「古き伝統は凡て破壊しつくし、新しき世を作るのだ。天下万民よ我に続け、これが改革だ」

「おおー」

義元の号令に応えて今川の諸将が拳を振り上げた。ただ一人、雪斎だけは白けた顔で茫然と佇《たたず》んでいた。

「……解せぬ」

藤林は誰も見ていない末席で一人首を捻った。

その翌年、天文二十三年北条氏康の娘早川殿が今川義元の子今川氏真に嫁ぎ、今川、武田、北条の三国同盟が成立することとなった。

第七章・解説

信長の道路政策

信長の道路網整備としては三つの柱があり、一つは並木道構想、二つ目はバイパス建設、三つ目は架橋工事である。二つ目のバイパス建設は他の戦国大名も、たとえば「信玄構道」のような軍用道路を作っており、また、架橋工事も一般的にみられるので、一番目の並木道構想についてふれておこう。

信長は道路整備に力を入れているが、特筆されるのは、道の規格を定めたことである。これは、それまでの歴史にはみられなかったことであり、画期的なことだったといえる。具体的には、街道・脇道・在所道の三ランクとし、本街道は道幅三間二尺(約六・五メートル)、脇道は道幅二間二尺(約四・五メートル)、在所道は道幅一間(約二メートル)に統一している。本街道は今日の国道、脇道は県道、在所道は市町村道と理解すればよいだろう。

歴史群像　織田信長と戦国時代　長の革新性・七つのキーポイント
小和田哲男　学研出版　より抜粋

これは小和田哲男氏も触れているが日本の歴史上特筆すべきことである。何故なら、本来日本の道路建設の概念はいざ鎌倉であり、君主に対して忠節を尽くす者がいかにより早く君主の本拠地にたどり着けるかが目的となっている。よって、君主の住まう首都と忠臣の所領の間の道路が重点的に整備され、その区間に隣接する都市は発展するが、その道路から外れた場所の物流は滞ることとなる。

また、首都と副都心の間には道路が通っているものの、隣町同士であっても近隣都市間の道路が整備されておらず、大量の物流を荷車などに頼る場合、一旦、首都を経由していかねばならない。このため、時間的遅延が甚だしいとともに、中心都市の混雑し、物流の遅延に拍車がかかる。また大都市と地方との発展に著しい格差が出来、物流の滞った地域には過疎地が発生する。

これら莫大な無駄に信長は目をつけ、都市に対して放射線状に敷設されていた道路に、大量の脇道を敷設し、道路を蜘蛛の巣上に構築し、近隣村落間の物流を活性化し、地域経済を爆発的に発展させたのである。この道路政策によって、信長は富を蓄え、天下を取ることができた。

よって、信長が天下をとれたのはこの蜘蛛の巣状の道路建設のおかげであり、信長の非凡な発想は楽市楽座ではなく、この道路建設の形状にあった。信長は恐らく若い頃からこの構想を持っており、それを推進しようとしたが、既存の常識にとらわれた家臣、中でも既存の概念では有能とされていた家臣ほど信長の概念が理解できず、信長は「うつけ」「馬鹿」と見なされ、信長の発言は「お狂《おくるひ》い」として切り捨てられていたものと思われる。

若年時の信長は怠惰であったか?

君主の座についたばかりの信長は津島を中心に盛んに金融政策に取り組み、金融緩和と不良債権処理に取り組んでいる。

天文二十二年
尾張津島社禰宜九郎太夫宛判物写
尾張服部弥六郎宛判物
尾張津島社々僧虚空坊宛判物写
尾張津島社神主兵部小輔宛判物

信長文書の研究 上巻　奥の高廣　吉川弘文館　より抜粋

信長は極めて多く津島の金融に関与している。むしろ、君主としては積極的に金融整備を行っている。この天文二十二年の項、信長文書の研究三十頁において奥野氏が語っている。

天文二十年、父信秀に死別してからのち信長の行動は、残された古文書を通して見るかぎりでは「大うつけ」だとはいえない。

信長文書の研究 上巻　奥野高廣　吉川弘文館　より抜粋

若年の信長は横暴であったか。

天文二十一年、浅井充親から竹二十本を進呈された事への礼状が残っている。これを見てみよう。

尾張浅井充親宛書状
竹の事を申し候の処、弐十本給い候、祝着の至りに候、猶浄申すべく候間、省略候、恐々謹言

天文二十一年七月二八日　信長（花押）
浅井源五郎殿
進之候、

意訳としては、（軍事物資である）竹を二十本も提供していただき誠にありがとうございます。粗略な文章でまことに恐悦至極でございますが礼状を送らせていただきます。というような内容である。

これは極めて丁寧な礼状で、信長の書状を見る限り若年時かなり周囲の年輩者に対して礼を尽くし、相手が家臣であっても礼状を送る心遣いをしていることがうかがえる。この姿勢は晩年まで変わらず、木下藤吉郎の妻が信長に主人の浮気の愚痴を訴えた事に対しても、妻の貞淑を褒め、なだめている。本来普通の大名であれば無礼であるとして激怒してもおかしくない事柄である。

今川仮名目録

今川仮名目録《いまがわかなもくろく》は駿河国の守護大名である今川氏親が制定した分国法であり東海以東では最古の分国法とされている。

大永六年（一五二六年）四月に三十三条からなる家法『仮名目録』が制定された。

仮名目録追加二十一条

天文二十二年（一五五三年）二月、今川義元は地方分権の思想の元、『仮名目録追加二十一条』を制定した。室町幕府によって義務付けられていた幕府の惣村《そうそん》に対する守護不入と納税の義務を否定し、幕府惣村、荘園の年貢を着服した。この事により今川家は実質的に守護大名の地位を失い、戦国大名となった。また、本来、座は神社仏閣などが古来より保有してきた寄合であり、特権であったが、その任命権を今川義元が一手に握り、義元が指定した御用商人以外の座の保有特権を禁止した。しかも、その座の責任者は甲斐の友野氏のような有能な国外の人材を登用し、地縁血縁と決別した完全な実力主義を採用した。当時、木下藤吉郎が今川義元政権下で商売ができたのも、この実力主義の結果である。本来であれば、地場の座の因襲の障壁によって他国の者は商売できない。唯一他国の者が商売できる場所が本願寺の寺内町であり、有能な人材であればいずれの国の者であれ、どんな身分の者であれ、寺内町では商売ができた。

今川義元の価値観

従四位下行治部大輔源朝臣義元敬白、

志摩国人等依無道、奪取商旅之財宝、号関路横悩参宮之道者、寔以暴悪之至也、近有仮義元力欲追伐彼悪徒之輩、即差遣人数事、併国土安穏万民和楽之起本也、然者長官神人等、蒙神慮合其力、令治罰賊党、於遂本意者、為義元存知之地、偏仰神威停止諸関、就中所々御神領之事、於皆済之地者不及是非、近年且神納且未済之地者、以其一倍可奉納之、一向無沙汰之地者、以其年貢十分一可奉納之、其外之土貢者、警固之武士可為在国之下行、是折衷上古下世覇者之権道也、弥奉仰冥感加被之願文、仍如件、

十一月廿六日　従四位下行治部大輔源朝臣義元　判（花押影）敬白

伊勢太神宮御戦国遺文 今川氏編1527

「今川義元願文写」（三重県・神宮文庫所蔵文書）宝前

意訳

志摩の国人は無道卑劣であり、商人たちから財宝を略奪し、関所を作っては伊勢神宮に参拝にいく人々の妨げとなっています。合戦がなく平和な世の中こそ望ましいものなので、いずれこの義元がこの悪辣非道な国人どもを討伐したいと思っています。関所を排した自由な貿易こそ望まれることですから、伊勢神宮も決意をもって市場開放に協力していただきたい。

ご協力いただけるのであれば伊勢神宮の領地の納税者を保護し、納税者には護衛をつけて責任をもって神宮まで送り届ける所存です。

伊勢神宮に送った書状を見る限り、今川義元は関税障壁に対して非常につよい敵愾心を持つとともに、商人に対しては国内外に関わらず、好意的な印象をもっており、保護する意向を明らかにしている。国内の座に関しても、本来座とは寺社仏閣がもっている既得権益であるが、義元自身が駿河国外から商人を呼び寄せ、駿河今宿の商人頭を甲斐商人の友野二郎兵衛尉に任せている。また、足利将軍家の権威を否定し、本来将軍家に納入すべき惣村の年貢を今川家に納入させるなど、過去の権威を破壊し、新しい秩序を作っていこうとする傾向が見える。

むしろ、尾張の織田信長は今川義元に比べれば、足利将軍家に拝謁に行き、親の代から皇室に資金援助を行い、伊勢神宮の遷宮の復活を画策するなど、先進的な今川義元から見れば、極めて保守的で、唾棄すべき時代遅れの守旧派に見えていたに違いない。また、海上交易により大きな利益を得ていたため、織田信長が尾張国内の道を整備し、本来三河の港に荷卸しされ、そこから遠州や駿河に物資が拡散し、二次的に甲斐まで物流が流れていた物流が、尾張の津島、熱田港から美濃へ、そこから甲斐へ流れるルートに流れることへの懸念と敵愾心があったのではないかと思われる。

第七章　仕事に貴賤なし

中世東国の物流と都市　峰岸純夫・村井章介　山川出版社

今川家　系図

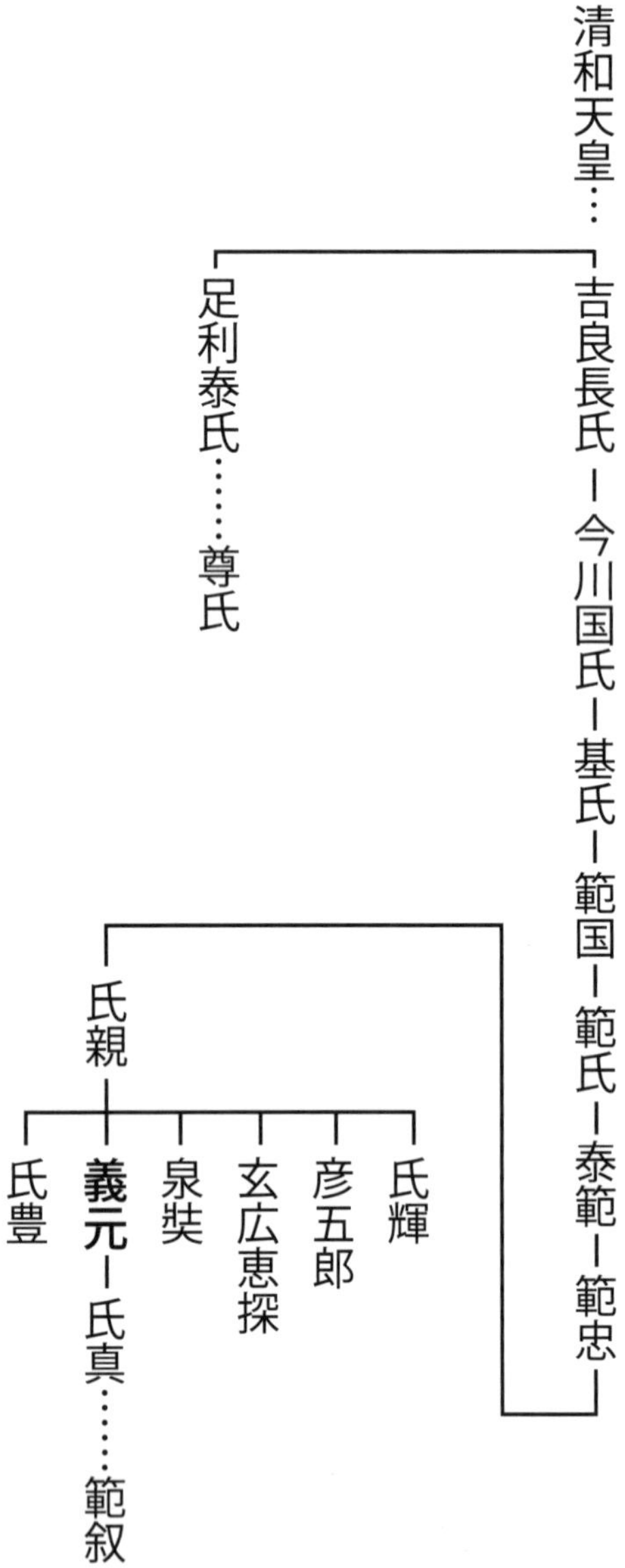

資料5：今川家系図

第八章　分断策

信長が着手した街道の整備は、信長の領地の最外縁の地域を結ぶ道だった。武家が政権を取って以降、主君の在地に対して放射線状に道を作ることは習わしであり、常識であった。このため、隣の村に行くにも一度熱田を経由していかねばならず、そのさい熱田で買いものをして手土産をもって隣村に行くため、熱田の商業売り上げは格段に上がり熱田だけが一極的に繁栄していた。この方策をより厳格に推し進めたのが林秀貞であり、緊縮財政と他国からの安い物資の大量買い付けによって、合戦によって欠乏していた物資を尾張国内に流入させ物価の高騰を抑止した。これにより林秀貞の英知は尾張中に知れ渡り、織田信秀は林秀貞を褒め称えたのであった。その構造を信長は破壊しようとしたのだ。

日頃信長に距離を置いていた林秀貞は、この計画を知って青ざめて那古野城に登城して、信長に面会を求めた。

「殿、何をお考えですか、せっかく、それがしが熱田に人が集まるよう知恵を絞ってすべての道を熱田に繋げたというに、何の意図があって、それを壊そうとなさるのですか。これは殿が不利益を被ることですぞ」

「隣村に直接行けぬは不便だ、天然自然の原理に反する。物事は道理に合ったようにせねばならぬ」

「またそのような妄想を。いいですか、僻地の村などほとんど人は通りませぬ。そんな場所に道を作っても無駄な道であり、織田家の財政支出の無駄遣いでございまする」

「すでに熱田は開発されつくし、新規需要も頭打ちになっておる。これ以上国内の需要を喚起させるためには新しくまだ成長の余地のある各地に点在したる村に網の目のように道を作り、広域に発展を遂げさせたほうが、長い目で見ればより大きな利の掘り起こしができるのだ」

「また頭の中で考えただけのような小賢い事を仰せになる。それは若い殿が頭の中でお考えになっただけの事でございましょう。それがしは現場を知ってござる。僻地の村を真に見たことがございますか。あのような草の生い茂った場所に何の栄えがございましょうや」

「それは通行の利便が悪い故、人が行かぬのだ。利便よく物が簡単に手に入り、土地が安ければ利に聡い商人たちが鍛冶場を作って鍛冶工人らを行かさぬ事があろうか。僻地は食安く土地安く、労賃安い」

「しかし、殿は賃金を上げる施策をとっておいでです」

「よってじゃ、熱田の労賃が高く、僻村の労賃が安く利便良くば人はその地に散らばる」

「殿は、それがしと信秀公が血を吐く思いで築きあげた熱田をお潰しになるおつもりですか」

「違う。父がソチに熱田の道作りを許したのは、熱田自体に拡大の余地が多くあったからじゃ。今、熱田の街に人が集まり、売り土地が無くなり、鍛冶場がひしめき合っておる。これ以上拡大の余地もないところを、高い銭を出して奪い合っておる。この末は土地が利潤を生み出す額よりも値段がつり上がり、投機目当ての売買となる。さすれば、土地の売買自体が商売になり、最期に高値掴みした者が破産すれば次々と破産の波が広がり、尾張の町衆が崩壊いたす。それを避けるためには在所を分散させねばならぬ。分散させるには、今の熱田一極につながる道に縦道を繋げ、村と村をつないで網の目のような道を作らねばならぬのじゃ」

「そのようなもの、若者が見る夢物語でございまする。現場を知らぬ方が何を言っても詮無きこと」

「現場、現場と言うが、其方等自称頭がよいとほざく連中がありがたがる漢詩の教書とて、書いた者は現場の人夫ではないぞ。菅子しかり、孫子しかり、呉子しかり、韓非子に至っては仕えた秦の臣下の出でもない遊説の徒ではないか。所詮、其方等頭が良いと自称したる者らは過去の者が書いたものを丸呑みして字面だけを追って述べているにすぎぬ。己の頭で考え、咀嚼して、自ら納得せず、ただただ暗記しているゆえ、そのような愚かな答えが出るのじゃ」

「そのお言葉、そっくり殿にお返しもうしあげまする」

「返されても困るがの、ふふふ」

信長は困惑したように苦笑いをした。岩室は信長と林の問答を凝視した。言っている事は明らかに間違ってはいるが、その信念はすさまじいと感じた。

信長は林秀貞らの意見を退け、地域の村道を網の目のようにつなぐ築土構木を繰り返したが、その街道が網の目のようにつながっていくにつれ、地域の村は栄え、民衆は喜んだ。反面、学僧や漢文を熱心に読み解くような知性ある上流の国人衆の反感は次第に強まっていった。この改革によって地方の物流量が増大化し、貸し馬の生駒氏のような陸運業者が新興勢力として肥大化し

ていった

結果的に織田家の財政は潤い、このまま繁栄に向かうと思われた。

年寄りが、岩室の屋敷に息せき切って走り込んできた。それは、いつぞや岩室に握り飯をくれた年寄りであった。

「大変でございます。津島衆がむしろ旗を振り立て、本願寺の僧院を取り囲んでおりまする。口々に本願寺の坊主を殺せと言いつのりたれば、このままでは合戦になりまする」

「そうか、よく知らせてくれた」

岩室はすぐさま配下の甲賀衆に号令をかけ、弥三郎、山口飛騨守、橋介らに伝令をとばした。この者たちであれば冷静に収めてくれると期待できたからだ。

現場に到着すると本願寺派の僧院を取り囲んでいるのは津島衆の荒武者たちであった。

「何事でありましょうや」

岩室が問うと、武者は顔に侮蔑の色をうかべた。

「これは熱田の商い武者殿ではないか。金儲け、金儲け、金儲けで信長様に忠義があるふりをしている欲深武者殿」

岩室は思わず口をつぐんで笑いをかみ殺した。

——こうきたかと岩室は思った。

この者たちは今川の間者に踊らされていることはすぐに分かった。典型的な反間だ。それにしても熱田衆をよく観察している。熱田衆を取り仕切っているのは大商人の熱田加藤家。弥三郎の一族だ。このため、「熱田の武者は金儲けのために信長に忠義のふりをしている欲深い偽忠義の者」と藤林配下の伊賀の素破が吹き込んだのであろう。そして津島衆の危機感を煽り、信長が警戒している本願寺を直接攻撃するようそそのかしたのだろう。信長の勢力はまだ小さい。この状況で本願寺と今川義元両勢力と事を構えれば確実に織田家は滅びる。口先で勇猛な事を言うのは簡単だが、今は自重すべき時であった。そこに弥三郎が千秋李忠《せんしゆうすえただ》と腕の立つ佐々政次を連れて来たが、これによって津島衆からの罵声はより強くなった。

「この商人武者が」

「なにっ」

血気盛んな佐々政次が刀にてをかけようとしたが、とっさに千秋李忠その手を掴んで首を横に振った。

「何だ、やるか腰抜け偽忠義が」

津島衆の荒武者が政次につかみかかる。

「手を出すな。頼む、信長様の御為じゃ、そなたらならわかるはず」

利忠が怒鳴ると政次は歯を食いしばってうめく。

「うぬぬぬぬっ」

「どうした腰抜け、本願寺から金を貰ったかこの本願寺の間者が」

「どうか、ここは拙者に免じてお許しくだされ」

佐々政次の前に割って入り、千秋李忠が津島衆の前へ跪いた。一瞬周囲が静かになった。千秋李忠は神聖なる熱田社宮司の弟である。

そこに山口、橋介らが到着する。土下座する千秋李忠の姿を見て橋介はカッと目を見開き、津島衆に詰め寄ろうとするが、その前に岩室が立ちはだかる。

「橋介殿、山口殿は長島本願寺から来るであろう加勢を押しとどめてくだされ、もし、津島衆とぶつかれば死人が出る。死人が出ればおしまいじゃ」

「くっ……心得た」

橋介は歯を食いしばりながらも山口と共にその場を離れた。

「い、いや、そこまでされよとは言ってはおらぬ、熱田宮司の弟殿、どうか頭をお上げくださいませ」

津島衆も津島神社ゆかりの者たちである。道理はわきまえている。しかし、そこに本願寺の僧院から武装した僧兵が出てくる。

「出てきたな、殺すぞ、てめえクソ坊主ども」

一旦収まりかけた津島衆がまた怒りはじめた。

「何を仏敵が、地獄に落ちるぞ」

僧兵が津島衆の方に向かおうとする。

「なにとぞお引きください、ここは我ら信長の小姓がおさめまする」

「ここまで煽っておいて、それではすまぬわ」

岩室の制止も聞かず僧兵が津島衆に迫る。

「待てい」

しわがれた大声がその場に響いた。岩室が振り返ると、そこには馬に乗り、鎧甲冑に身を包んだ赤川景弘《あかがわかげひろ》がいた。憤怒の表情で岩室をにらみつけている。

「おのれ素破め、今川から金をもらって尾張で騒乱を起こしよるか、信義のかけらもない糞虫めが」

織田家古参の勝幡《しょばた》衆が武装して現れ岩室に罵声を浴びせたので津島衆も一瞬静まった。

「これは赤川様、良きところにおいでくださりました。信長様は今、津島衆が本願寺より借りた大枚の身銭を切って肩代わりしておりまする。津島衆がこのような騒ぎを起こせば、その信長様の苦労も水の泡。なにとぞ津島衆をお止めくださいませ」

「何を言うか、津島衆の事は津島衆の事、信長様がそれを救うがために身銭を切ると仰せなら、たとえ死を賜ってもそれを止めるよう諫言するのが忠臣のつとめ、貴様のようにただ媚びへつらう輩は君側の害である。切り捨てねばなるまい」

赤川は刀を引き抜き、岩室ののど元に突き立てる。

「お切りくださいませ、それで、津島衆が収まるならぜひともに」

岩室は赤川の前に進み出る。赤川は不快そうに眉をひそめる。

「そなた……ただの害虫ではなさそうだの。教えてはくれぬか。信長様は何故にお身を削られてまで津島衆を救おうとなされる。熱田が殿の右腕とすれば津島は殿の左腕。されど、頭である殿が死ぬれば右手も左手も死ぬる。何故に頭を差し出して左手を救うか」

「違います。殿は右手も左手も頭も救う所存です。ただ金融を緩和し、市場に銭を流しても、それを豪商たちが投機に使うだけ。よって殿はまず、街道敷設の報酬を広く職なき黒鍬者《くろくわもの》にばらまき、それら銭を手にした者らがよりほしい物が買えるようにことごとく村と村とを道で結ぼうとしておられまする。これによって、物を買う人が増え商人が儲かれば物価もあがる。物価があがれば借金は目減りいたしまする。ここで本願寺と一戦まじえても、信長様が負債をごまかすために本願寺を襲うたと言われ、天下に恥をさらし、本願寺は同情をうけまする。しかるに、このような暴行に出ず、ただただ網の目のごとく道を作り続ければ、それで借金は目減りし、本来の目的である本願寺に痛打が与えられまする。よって、拙者は命に代えてもこの騒動を収めたき所存にござりまする」

岩室の言葉を聞いて赤川はしばし首をかしげて考え事をしていた。

「そのような事たわごとじゃ」

「言っていることの意味がわからんぞ」

津島衆からヤジがとぶ。

「黙れ」

赤川が大声で一喝する。

「たわごとはお主等のほうじゃ、この素破の小僧の言うこと、もっともである。信長様に対して忠義の心があるなら津島衆は退け。引かねば我ら勝幡衆が一戦つかまつる」

赤川の言葉を聞いて津島衆がざわめく。

「分かった、我らも男じゃ。赤川殿がそこまで仰せであるなら、我らは退こう。理屈などどうでもよいわ」

津島衆の一人がそう言って引き上げていくと、他の津島衆もそれに付いていった。

岩室がほっとしてその光景を眺めていると、そこに千秋李忠が駆け寄ってきた。千秋李忠や佐々政次は常々岩室に反感をもっているという話を知っているので岩室は身構えた。

「岩室殿」

いきなり千秋李忠は岩室の手をとった。

「は、はい」

思いもよらぬ行動に岩室は慌てた。

「岩室殿、此度津島衆と熱田衆が合戦に及ぶことあればそれがしは責任をとって切腹せねばならぬと覚悟しておった。よくぞ、この危機を救ってくだされた。余所者など所詮利でうごくものと思っていたが岩室殿、其方ほどの忠節の士、未だかつて見たことがない。今後は何卒この若輩の身をご指導くださいませ」

「何をされているのです、このような者に」

そこに小走りに佐々政次がやってくる。政次はまだ岩室に対してわだかまりがとけていない様子であった。

「このような者とは失礼な、このお方は尾張の危機を御救いくだされたのですぞ」

「何を仰せか、首一つも取ったわけでもないのに危機を救ったなどと」

「この場で合戦となり、津島衆の首を取るような事にならなんだことこそが手柄でござる」

李忠の言葉を聞いて政次は眉をしかめて腕組みをする。

「うーん、首をとらぬが手柄を仰せか、武芸の事ならまだしも、政《まつりごと》はこの政次ようわからぬ。李忠殿がそう仰せなら信じよう。岩室殿、降参じゃ」

政次が岩室に向かって深々と頭を下げた。

「降参などと、今回の事、千秋様、佐々様が食い止めてくださらねば拙者は何もできませなんだ。拙者こそお二人の勇気の前に降参でござる」

「ならば、三方皆降参ということで手打ちといたしましょう」

李忠が言った。

「これは御名案でございます」

「よくわからんが、我等は仲間ということだな」

「はははははっは」

岩室、李忠、政次は共に腹を抱えて大声で笑った。


庶民は明らかに藤林の一派に扇動されていた。しかも、信長に近い者らを扇動し、騒乱を起こし、仲間割れを誘う。岩室が配下に調べさせたところ、やはり伊賀者が動いているとのことであった。津島衆が尾張国内の本願寺を取り囲んだのはたった一回。それを針小棒大に近隣諸国の商人に言いふらし、いかに尾張の津島衆が粗暴で害悪かを浸透させるとともに、それとは反対に、津島衆の中に潜り込み、本願寺に対して非難することはおろか、本願寺がやっている銭貸しに疑問を持つことも悪であると吹聴する。実際の津島衆は物わかりがよく、一度騒乱を起こしたあとはおとなしくなっていた。尾張国内では本願寺に対する粗暴な行いもないのに、噂だけ執拗にばらまかれる。これは今川から金をもらった藤林の配下の仕業であった。藤林はそのただ一点だけを突いてくるのではなく、信長の弟の織田信勝の懐柔にも乗り出していた。まず、信勝に一向一揆の息のかかった商人を近づけ、信勝に鉄砲を買わせる。そこにまた本願寺の息のかかった別の商人を近づけてその鉄砲を高額で買い取らせ、信勝に大儲けをさせて、利殖の味を覚えさせる。買い取るのは最初のうちだけで、あとは信勝に鉄砲を買わせ、それを儲かるからと配下の武将に買い取らせる。それを配下の武将はより高値で配下の国人に売りつける。そうやって仲間内でぐるぐると鉄砲の売買を回させた。これは先に尾張に潜伏した百地三太夫《ももちさんだゆう》がやろうとした事であった。百地は小銭を持った国人を懐柔し、そこから鉄砲の転売の噂を広めようとしたが、信長からの通達があり転売を控えるよう命令が下ると、誰も怖気づいて手を出さなくなった。しかし、藤林は織田信長の弟という権威を使った。しかも、織田信勝に対しては一向宗の商人をつかって、タダで鉄砲を渡した。そしてこの商人にはこう言わせた。

「噂では信長殿が信勝様のお命を狙っておいでとの事、どうかこの鉄砲を使って御身をお守りください。決して、御自らは兄上に逆らうてはなりませぬ。これはあくまでも護身のためのもの。ご兄弟仲良く、どうかこの尾張のお国をお守りくださいい。それだけが我等の切なる願いでございまする」

そのあと、別の商人を近づけてこう言わせる。

「なんという事をなさったのです。鉄砲など多数持っておられては、信長殿に謀反の嫌疑をかけられ、討伐の兵を起こされまするぞ。ここは無実の罪を晴らすため、鉄砲を小分けにして家臣にお売りあそばせ。鉄砲は貴重品にて家臣らも喜びましょう」

そして信勝を切迫した状況に陥れ、どうしても鉄砲を売らなければならない状況に追い込む。しかし、実際に売ってみればこれは非常に銭儲けになる。しかも、信勝に鉄砲を押し付けられ、嫌々買った家臣たちに一向宗の商人たちが内密に近づき、高値で鉄砲を買う。こうやって、藤林自身があえて大損をして、信勝とその家臣たちを大儲けさせたのだ。最初から織田家家臣を大損させて織田家を混乱させようとした三太夫に対して、藤林はあえて最初、信勝とその家臣を儲けさせた。それを数回繰り返すと、信勝とその家臣たちは完全にそれが当たり前になり、喜々として自ら望んで一向宗から鉄砲を密輸することになった。

汗水垂らして働くよりも、相場物を右から左に動かせば銭が手に入る。その楽さ面白さを教えるとともに、貿易の素晴らしさを覚えさせ、こつこつと物を作って売り、僅かな日銭を稼ぐ事の素晴らしさを本願寺の学僧を通じて教えた。相場を動かし大金を貸せる信勝は時代の魁けであり、優れた者である。旧来の座を守り、農民や工人、土方を守り、土方に黒鍬者と名付けて尊ぶ信長は時代遅れで新しい事が理解できぬ、劣った者、遅れた者であるという概念を広く信勝だけではなく、その周囲の武将たちにも吹聴した。

実際に鉄砲ころがしで大金を得た実体験から、織田信勝は藤林から誘導された謀略を自らの頭で考えついたと思い込むようになり、己を優れた頭の持ち主と考え、周囲のあくせく働く者たちを凡庸な馬鹿と見下すようになった。

実際は藤林が考え、信勝は何も考えずに相手から教えられたことを丸のみしたにも関わらず、それがまるで信勝が考えついたかのように藤林は演出し、信勝の周囲にへばりついた一向宗の商人たちに、「信勝様が考え付いたこと」として信勝を褒め称えながら周囲に吹聴した。人は権威に弱いものである。どこの誰とも分からぬ者が流す噂は信じないが、大権威である織田信長の弟が言うことなら、人は何の検証もなく信じてしまう。そして鉄砲の密輸転売が密かに尾張国内で蔓延していった。

岩室は配下の猫の目らの素破を使い、それらの謀略をすべて見抜き、逐一信長に報告し、信長は時に弟の信勝を呼び出し、時に信勝の元を訪れて、それが謀略であると言い聞かせたが、信勝は不遜な笑いを浮かべるだけで聞く耳を持たない。なぜなら、それは誰かに教えられたものではなく、自分の頭で考え付いたと思い込んでいるからだ。

信長を批判する者は皆同じ事を言う。それは、己の頭で考えたと思い込みながらも、藤林が流した策謀に踊らされている証拠であった。周到なのは、信長を批判する若衆の中に伊賀者を忍ばせておいて、「信勝様を批判する者は皆同じ事を言う、なぜなら、信長殿の配下は、美濃斉藤道三の放った間者の甲賀衆に騙されておるからじゃ」「我らを非難するは間者に違いない、我らを仲違いさせて、楽座の邪魔をしておるのだ」と吹聴させ、相手方から「そなたらは扇動されているゆえ、皆同じ事を言う」という批判をかわす方策をとっていることだ。己が言われるであろう批判を先んじて相手にぶつけることによって、こちらの批判をかわすのだ。それが藤林の手口であった。

岩室は配下の猫の目を使ってより詳しい扇動流言をあつめさせた。それによると、伊賀衆が吹聴している事は、信長による座の保護や、道の建設だけではないようであった。

信長は私利私欲による既得権益の保護者であり、関税を上げ物流を阻害し、村と村を道で繋いで熱田に人が来ぬようにし、無駄な建設工事で守旧派の勝幡衆ら建築、木材業に携わる諸人に媚びを売り、無駄に織田家の財政を悪化させ、物価を押し上げ、奉公人の賃金を引き上げる事によって商人を弱体化しようとしているという流言を広めていた。

藤林は信長の政策をすべて理解していた。だからこそ、それを妨害する逆手の流言も発想することができるのだ。

たしかに、奉公人の賃金が上がれば、商売人は経費が増えて儲けが減るように見える。しかし、貧しい者に金が回れば、貧しい者はより多く消費するので、その金は商人にも戻ってくる。そこが理解できず目先の利益だけを追っている商人に向けて、伊賀衆が工作をしかけていた。

和田新助の話によると、信長は本心では新興勢力である熱田の商人たちを敵視しているという噂を流布しているのは藤林配下の響談《きようだん》であった。響談とは、宣伝工作を専門におこなう素破である。日頃より各国の庶民の間に紛れ込み、特におなご衆の井戸端会議などに不穏な嘘をまき散らす。それもあからさまにやるのではなく、日頃は近隣の姫様の日常の話や高貴な殿方の鷹狩りの様子などを話し、近所でも話が面白いと噂になるよう仕向ける。その上で、そこに一割の嘘を入れる。嘘は十割嘘では誰も信じない。九割が本当の事であり、そこに一割の嘘を入れるからこそ、人は信じるのだ。

また織田信勝に接触している商人は、いかに市場を開放する事が新しい事か吹聴し、市場を閉鎖しようとしているのは、新しい事が理解できない年寄りであり、信長は勝幡衆という建築土木の事にしか頭にない時代遅れの年寄りが言うがまま、籠絡されているのだと吹き込んだ。新しい概念はすべてにおいて正しいというすり替えによって若者を先導する。それは響談のもっとも得意とする手段であった。時代遅れ、流行に乗り遅れる。今改革しなければ尾張は滅びる。そうやって危機感を煽る。そして、織田信勝を真実に目覚めた英雄であると自ら思い込ませるのだ。元々悪意ではなく、郷土尾張を守ろうとする正義感に根ざしているので、信じ込んだ信勝には迷いはない。信長はうつけだ、時代遅れだ、と言い立てれば、周囲の者たちは織田信秀の子という権威を持った織田信勝の言葉を信じる。そうして、己の頭では何も考えず、人から吹き込まれた言説を己の意見だと思い込んだ連中が、横行に信長を批判しはじめるのだ。

「いかがいたしましょう。せめて井戸端で噂を広めたる女響談を殺すことならできまするが」

猫の目は丸い顔をあげて大きなクリクリ眼で上目使いに岩室を見た。どうにも殺したそうだ。

「ならぬ。口封じしては、その話を聞いた周囲の者たちが、噂は真であったが故に殺されたと思う。放置しておけ」

「ならば、何としましょう。このまま伊賀者に好き勝手やらせるわけにも参りますまい」

「駿河に草は生えておるか」

「はい、和田新助殿の配下の草の者が駿河におりまする」

「では、拙者が策謀を考えるゆえ、早速に手配をいたせ」

「ははっ、かしこまって候」

猫の目は早馬を飛ばし、犬山に行った。


すでに駿河に潜伏している草と顔見知りの女響談が岩室の元に送られてきた。

「此度尾張領内で今川の響談が暴れていることは存じておろう。当方も駿河でそれをやる。いかに動けば良いか分かるか」

「かしこまって候。されば、楽市楽座を目論み、座を破却せんと欲する今川義元は悪であると広めましょうか」

「さにあらず。今川義元は誰でも売り買いできるような座の破壊は望んではおらぬ。仮名目録追加八条で義元の御用商人の既得権益を保護し、それを破った者には厳しい罰則を課しておる。むしろ、その御用商人が他国から無制限に安い物を入れ、今川領内の工人らが衰亡したる事が今川の弱点じゃ。ならば、むしろ、義元様のおかげで物価が下がり、生活が楽になったと義元を賛美する噂を流布するのだ。物が安くなればなるほど、末端の小売はいくら売っても儲からず、大量に仕入れ、薄利多売ができる大商人、御用商人ばかりが栄える。その姿は大輪の花に似て表面上は美しく繁栄はすれども、物を買う立場の大多数の庶民が衰亡すれば根が腐り、いずれ国は滅びようぞ。国人領主、ましてや庶民の暮らしなど知りもしない今川義元は、土の下の根が腐り果てる事など気づきもすまいよ。そこが狙い目じゃ」

「さすが岩室様、その英知、天下に並ぶものがございませぬ」

「拙者の知恵など信長様の足元にもおよばぬ」

信長を褒める岩室の顔を見て女響談と猫の目は顔を見合わせたあと笑いを噛み殺して下を向いた。

「何だ」

「いえ、おしあわせそうでなにより。これより駿河にて響談を行いまする」

女響談は軽く一礼してその場を立ち去った。

それ以降、岩室は熱田と津島の商人を廻り、後学のためと言って大福帳を見せてもらって回った。訝しがる商人もいたが、信長からの委任状を見せると逆らう者は無かった。

岩室は、それを見るのが楽しかった。数字が踊っている。伊賀者が響談を使って、尾張を潰しにかかっている手練手管が手に取るように分かった。そのあと、商人の蔵も見分させてもらった。海千山千の尾張商人たちが藤林の謀略に容易《たやす》く引っかかり踊らされ、すんでのところで信長に救われる繰り返し。その鮮やかな手口に岩室は内心敬意を抱いていた。このような者が味方となればどれほど心強いであろう。もし、今川との合戦に勝ち、今川が亡びたならば是非とも織田家に雇い入れたい逸材であると岩室は思った。

思った通りだった。商人の蔵に蓄えられている銭、そのうち、服部友貞など寺院勢力からの借財の多くが鐚《びた》によって貸し出されていた。借用書を拝見すると、返す時は良銭をもって返すことと書いてある。そのかわり、利息は安い。

「やってきよったわ、今川義元、これだから面白い」

岩室は心の中で呟いた。この寺院勢力が尾張商人たちに貸し出した鐚、これは明らかに今川義元が寺院勢力に貸し出したものだ。岩室にはそれが分かった。

今川義元は物価を安くし、物が安く買えることが庶民の幸せだと信じ、懸命に安い物資を諸国から探し、御用商人を使って自国に入れている。それに対して、信長は雇用を喚起し、たとえ物価が上がったとしてもそれ以上庶民の賃金が上がれば、賃金をもらった庶民は浪費し、国全体の物資の回転率が上がって関税の収益が上がると考えていた。大金持ちにいくら儲けさせても、個人で使える金額はただが知れている。たとえ目に見えて豪勢な贅沢をしても、豪遊しても、それは見た目に派手ではあるが、国全体の消費としては、きわめて小さいものだ。全体のほんの一割にも満たぬ大金持ちがため込んだ金の大多数は使われずに蔵にしまわれ、動かない。これでは国の財の動きが停滞してしまうと信長は日頃より岩室に語っていた。この信長のやり方は、物価下落こそ至高と考える今川義元にとって悪逆非道の暴君であり、その暴君が悪政によって自滅する姿を天下に曝さんがため、尾張に大量の鐚を送りこんできたのだ。悪銭が市場にはびこれば人々は良銭を蔵にため込み悪銭で支払いをしようとする。しかし、支払われる方は良銭を望み、市場からどんどん良銭が無くなり、商業上の諍いも起こる。尾張商人は悪銭ばかりで支払をするとなれば、各地の商人も尾張よりも他国への出荷を優先する。よって尾張には良い物品が入ってこず、良い物品は奪い合いになって値が上がる。これによって、物価があがり、民が困窮する。今川義元が描いた筋書はこうであろう。岩室が今川領の物価をより下げるために画策しているさなか、今川義元は伊賀衆を使って、尾張の物価を釣り上げる画策をしている。しかも、ただ噂を流すだけという従来のものではなく、勘定方を精通した上で意図的に今川義元は手を打って来ているのだ。敵として不足なし。

織田信長という英傑の下に仕え、また今川義元という英知の敵と対峙する。素破として、これほど遣り甲斐のある仕事があろうか。

面白い、楽しい。岩室は心が震えた。

第八章・解説

今川義元および織田信長の経済政策

今川義元が楽市楽座を行ったという文献は残っていない。むしろ、仮名目録追加八条で今川義元に認められた御用商人以外の商取引を禁じて自由な商売を抑制している。しかし、注目すべきがその御用商人の代表的立場にあったのが友野二郎兵衛尉のような甲斐甲府出身の今川領国外の人材ということだ。これはつまり、既存の神社や地場勢力が長年保有してきた座の権利を取り上げ、実力があれば国外勢力にも売買の権利を与えたのに他ならない。また若き日の木下藤吉郎が今川領で針の売買をおこなっていたように、指定された御用商人は必ずしも国内製品の売買のみに限定せず、尾張の商人から物品を買い付けている。より安い商品を自由に仕入れているのである。もし今川義元が国内勢力保護を優先していたのならば木下藤吉郎の今川領での針の商売は成立しなかったことになる。

このように今川義元は売買を行う商人は規制したものの、物品の購入に関して自由主義的傾向があったと思われる。

しかし、楽市楽座のような極端な政策はとっておらず、そのような政策を積極的に推進した六角定頼や今川氏真の政権は家臣の忠誠心が極端に低下し、政権が崩壊している。今川義元および織田信長の経済政策に関しては、次の資料が詳しい。

研究史を概観すると、戦国大名の流通政策として現在までに挙げられているのは、大概、次のような二つの累計に分けることができると考えられる。ここでは、それぞれをA型政策、B型政策と呼ぶこととする。

A型政策……商業を中世的桎梏《しっこく》から解放し自由化することによって、その発展をはかろうとする政策。よく、戦国大名乃至《ないし》織豊政権の革新性を表すものとしてとらえられる。代表的なものは楽市楽座令。また、今川氏領国の例では、遠江見付府の町人たちが今川氏によって新たに自治を認められたことも商工業者を優遇して町の繁栄をはかろうとした政策と考えられている。商業を中世的な桎梏からの解放という上からの施策によって発展させようというのが、この政策の基調である。

B型政策……商業統制政策、今川氏における「商人頭」友野氏の登用のように特権的座商人を御用商人として起用して他の商人の統制にあたらせるなど、商業にさまざまな統制を加えていこうとする政策で、商業を上からの規制によって統制していこうというのがその基調である。

—中略—

織田信長政権が、一方で楽市楽座政策を推進しながら一方で座特権を安堵しているという事実をどう解釈するか、がこの論争の最初の分岐点となる。先ほどの分類に従えば、楽市楽座令というA型政策が、諸座の安堵という、すなわち、消極的にであれ座という制度に依拠して商業統制を行おうというB型政策と併用されていることをどう解釈するのかということであり、A型政策とB型政策の矛盾をどう解くかという問題を楽市楽座の範囲で検討することになる。

この問題に対して、豊田武氏は楽市楽座令こそが基本であり座の安堵は一時的な妥協にすぎないとされ、脇田修氏は逆に楽市楽座令は例外的なものにすぎず、織田政権は全般的には座商業を温存した中世的権力であったとされた。AとBのどちらが基本であるかという、このような議論に大きな転回をもたらしたのが、勝俣鎮夫氏の「楽市場と楽市令」である。勝俣氏の主張が従来の説と決定的に違うのは、楽市場を戦国大名権力や織田権力によって新たに創出されたものとしてではなく、それ以前から世俗的諸権力とは全く無関係に社会的慣習として容認されてきたアジール的な場としてとらえられたという点にある。その上で楽市令とは、権力とは無縁なものとして存在してきた楽市場を把握したり、またそうした楽市場の論理を利用して芯城下を建設したりするための政策にすぎなかった、とされる。つまり、中世的桎梏である座から商業を解放するA型政策としての楽市楽座令などはそもそも存在しない。楽市楽座令はむしろB型の統制政策の意味合いが強いものである、ということになるわけである。

今川氏の研究　戦国大名論集十一　四　中世のなかに生まれた「近世」　吉川弘文館
四四七―四四八頁より抜粋

このように、専門家の分析結果として、織田信長は市場開放型自由主義経済を目的とした楽市楽座をやっていない、という結論が導き出されている。

津島十五党の棟梁は堀田右馬太夫、堀田正龍親子なのか?

地域において歴史講演会をするさい、最近頻繁に聞かれるのが堀田正龍についてである。また堀田正龍は堀田道悦なのかとも頻繁に聞かれるようになった。歴史に関する質問の場合、すでに自分で調べて確証がある事項以外、その場で即答はできない。

後日調べてみたが、堀田正龍なる人物に関する発給文書を見つけ出すことはできなかった。ヒントとなるのはこの人物が堀田右馬太夫の息子であり堀田道悦と呼ばれているということだった。堀田道悦は信憑性のある資料では信長公記にしか出てこない。しかも織田信長と斎藤道三の面会の場や堀田道悦の津島の邸宅で信長が遊んだなど、数行である。斎藤道三の家臣として面会に参加しているのであれば織田、斎藤両氏に仕える兼参であり、そのような人物が津島十五党の棟梁であることは絶対にない。通説では、堀田道悦の誤記ではないのかと言われている。しかし堀田道悦の名は堀田正定である。

堀田右馬太夫に関する資料を見てみよう。

(一五六五)永禄八年十二月二十八日、信長より檀那である美濃遠山氏の尾張出入りを許されている。(張州雑志抄)

織田信長家臣人命辞典　高木昭作　監修　谷口克広　著　吉川弘文館　より抜粋

このようにどちらかと言えば美濃よりの人物に見える。また熱田加藤家が信長と頻繁に行政文書のやり取りをしているのに対して、堀田右馬太夫にはそのような文章の発布は一つしかない。元亀三（西暦一五七二）年五月十八日に右馬太夫宛の信長発給文書がある。

尾張津島社家でありながら信長政権初期には一切記録が無い事から恐らく織田信長よりも年齢的に若い人物と推察される。

津島十五党の棟梁と称されるにふさわしい人物がいるとすればそれは大橋重長であろう。著者は愛知県名古屋市緑区在住の大橋氏子孫の方のご自宅を何度も訪問させていただいている。また、津島神社にも取材に行き地域取材も行った。

津島には、四家・七名字・四姓の土豪によって構成された南朝方十五党があり、四家の長が大橋氏である。大橋氏が十五党の長の立場にあるのは理由があり、大橋信吉の代に良王親王嫡子を大橋氏の養子とし大橋氏を継がせたのである。弱体化していた南朝方への助力を地方に請う最後の手段であったと思われる。

このため、大橋氏が津島南朝十五党の長に立つ必然性があり、またそうであるからこそ、織田信秀は大橋重長に自分の娘を嫁、つまり人質として差し出したのである。津島十五党を語るにおいて大橋氏を抜いては語る事はできない。

参考資料
京都大学大学院工学研究科　都市社会工学専攻修士論文　中尾聡史

柳田国男　山人論集成　柳田国男（著）大塚 英志（編集）　角川書店（角川ソフィア文庫）

百姓から見た戦国大名　黒田基樹　ちくま新書

今川氏の研究　戦国大名論集　有光友学（編）　吉川弘文館

第九章　遠景と近景と多様

響談《きょうだん》からの報告によると、駿河の物価は確実に下がっているようであった。駿河よりもその状況が顕在化しているのが三河である。三河の領主、松平氏は今川義元が今川家当主になった当初からその思想に共感し、実践していた。つまりは武士たるもの質素倹約にいそしみ、自らを研鑽し、決して弱音を吐くべきではないとの精神を貫いて、土木普請作事を削減し、君主自ら緊縮にはげみ、浪費を控え家臣にもそれを奨励した。財政均衡を目的とした土木普請の経費削減により、三河の灌漑《かんがい》設備は貧弱を極め、米作に必要な水量を確保できず、水田を維持できない田圃《たんぼ》は畑に転用され、豆の生産が行われた。市場価値の低い豆に価格的付加価値をつけるため三河松平氏はこれを味噌に加工したが、これには大量の塩を必要とする。塩は三河に隣接する国境の山口氏から安価で求めていた。ところが山口教継《やまぐちのりつぐ》が今川方に寝返ってしまったことにより、今川方と織田方の関係が悪化。山口一門の中で実際に塩を生産していた星崎、笠寺の山口飛騨守の一族は織田信長についたため、三河松平氏は山口教継から塩を求められなくなった。松平氏にとって山口教継の重要性が低下したのである。それどころか、今となっては山口教継は、同じ今川氏の配下の松平氏にとって商売仇であり、いつまた織田方に寝返るかもしれぬ危険要因にすらなっていた。

また、知多の水野氏が塩を欲して織田方に寝返り、姻戚関係にある松平氏の一部や戸田氏も内内にそこから塩を融通してもらうようになった。このまま三河国内の塩不足が深刻化すれば、佐治など知多、西三河の国人衆が織田方に付くのにさして時間がかからないと思われた。

しかし、尾張国内の不和が意外な処から起きた。当初、星崎山口氏の塩田に対する保護政策によって、信長は市場開放を否定しているのではないかと訝しがっていた熱田衆であったが、尾張船の帆を麻から木綿に代え、道幅を広げて物資の流通経費を削減し、瓦などの運搬時における割れによる歩留りを良くしたため、意外に儲けが下がらないことを実感するや、信長の政策に対する不満は熱田からは聞かれなくなってきた。むしろ、当初より信長に対して積極的に賛同し、協力してきた津島衆から不満の声が出て来た。信長は、服部友貞ら大富豪の土蔵（金貸し）からの借金を止めるよう津島衆に内々に要請したからだ。

津島衆の心ある者たちは信長の政策を理解し、儲かった分は奉公人の給料を上げ、借金をして新しい生産拠点も作った。たとえ借金をしても、物価が高騰して物流が回転すれば銭を蔵にしまっておくより儲かる。物価高騰によって実質的な返済負担が目減りするため、借金をすることはむしろ称賛されるべきことだと、津島衆の多くは理解していた。

ただ、同じ借金をするなら、利息が安いほうがよいと考え、鐚《びた》による寺院勢力の貸し出しに積極的に乗った軽率な者たちも存在した。その者たちは信長の意図を完全には理解できず、鐚の蔓延の害悪をよく理解していない者たちであった。これに対して、信長は鐚による借入を制限した。すると寺院勢力は良銭による貸し出し金利を格段に引き上げ、追加融資を断る者には、鐚で貸した銭の一括即時返還を求めた。このため信長に従った津島衆の多くが財政破綻の危機に見舞われたのだ。信長はこの危機に際して、織田家への借財の借り換えや、利子の減免で答えた。この方針に、財政均衡を訴える林秀貞が激怒した。林としても織田家の財政を思えばこその忠義心から出た怒りなので、無碍《むげ》に否定することはできない。秀貞に同情的な国人衆も多かった。というより、秀貞の言動のほうが一般常識としては正しいと受け止められた。

信長は足りなくなった資財を熱田衆の商人から借り入れるとともに、熱田衆の土蔵（金貸）にも借財の減免をするよう求めた。このため、津島衆だけではなく熱田衆にまで不和が広がることとなった。この不満を抑えるために奔走しているのが平手政秀だった。平手は何度も執拗に信長に対して寺院勢力とは敵対せぬよう、寺院勢力には平身低頭に服従するよう換言していた。一向一揆は末端の法螺吹き僧を使って、いかに寺内町の楽座が素晴らしいか、座を保護する信長が私腹を肥やし、民を害しているか吹聴していた。

信長側は一方的に言われっぱなしではたまらないので反論しようとする。すると本願寺との確執を恐れた平手政秀がそれを諌《いさ》めるので、信長は苛立ちを募らせていた。

平手は「長島など川の中州の取るに足らぬ僻地、そのようなもの相手にしても仕方のない事でございます。我等は大人の対応を取っておればよいだけのこと」と言って信長を諌め、信長は「そのような事を言って放置していたからこそ、一向一揆が我が国の富の大半を独占するような土蔵（金貸し）にのし上がってしまったのであろう」と言い返す繰り返しであった。無論、平手は一向一揆の恐ろしさを知らぬわけではない。むしろ、知りすぎているが故、今信長が本願寺という巨大勢力と戦端を開き、滅ぼされてしまうことを恐れていた。その考え方は岩室も賛同する事であった。

自ら物を作らず、銭と米を右から左に貸し借りして私腹を肥やし、自らの学識をひけらかして見下してくる知識階級の僧侶たちへの信長の憎しみは日増しに膨らんでいった。反面、平手政秀や加藤弥三郎ら知識階層の者たちは、必死で一向一揆という大富豪との開戦を回避するよう信長に求めていた。

弥三郎は信長と顔を合わすたびに本願寺との和解を勧め、楽市楽座の重要さを訴えた。信長はその言葉に理解は示したが決して弥三郎の献策を受け入れることはなかった。

「よいか、博打は常に胴元が儲かるものじゃ。故に我が天下を取った時には其方の話を聞かぬではない。しかし、其方が今言っているのは賭博場に行って全財産賭けよというような無謀な事じゃ、それは出来ぬ相談じゃ。いずれ其方の力も必要となる。その時まで待て」

信長は弥三郎に対して優しく微笑んだ。

相変わらず尾張の市中では藤林が暗躍し、織田信勝に近しい者たちを煽り、それを仲裁しようと必死で動く平手政秀を誹謗中傷する落首が市中に建てられるようになった。岩室への誹謗が通じぬと見て手を変えて来たのであろう。もとより、信長近くの者たちでそれを信じる者はいなかった。それが分かると藤林はまったく信長周辺の岩室や弥三郎、藤八、橋介、山口飛騨守などには扇動をかけてこなくなった。藤林の動きが見えなくなった。これで事態は収まるかに見えた。そんな矢先である。

偶然、平手政秀の養子の平手五郎右衛門と信長が道で出くわした。五郎右衛門は馬に乗っていたが、その馬を信長が高額で買い取ろうと言った。さしたる馬ではなかった。信長ほどの身分なれば海道随一の駿馬をいくつも持っている。あえて高額で買い取ってやる事によって、平手の子供に小遣いでもやろうと思ったのであろう。しかし、五郎右衛門はこれを拒絶した。

「この馬は殿への忠節を尽くすため、手柄を立てるのに必要な馬でござる。あいにくそれがし、殿に言われた事であれば不忠であってもなんでも言う事を聞く、そこな諂《へつら》い者とは違いまする。我等平手一族こそ織田家の行く末を思う真の忠臣。諂い者と同じに見られては迷惑至極でござる」

五郎右衛門は信長の傍に付き従った岩室を真っ直ぐ見ながらそう言った。

「おのれ、岩室を愚弄いたすか」

己に対する批判諫言には聞く耳を持つ信長ではあったが、岩室に対する愚弄には感情をむき出しにした。己のために信長を激昂させてしまった岩室はいたたまれない気持ちになる。五郎右衛門はそのまま馬に乗って立ち去った。


これは単に馬を欲しいか否かの問題ではない。部外者が外野からいかに主君を誹謗中傷しようと、家臣団の結束が揺らぐことはない。団結に亀裂が入るのは、これまで忠節を尽くした家臣の中心となった一族から不和が出た時である。岩室を愚弄された事よりも、この家臣団の亀裂に伊賀者がつけ込んでくることが予測できるだけに、平手五郎右衛門の不用意な発言に信長は激怒した。

信長は岩室に平手五郎右衛門の身辺を調べるよう命令した。このような事を軽々しく外部に吹聴しているか調べる意味もあった。もしそうしているなら、すぐさま止めねばならない。

密偵の探索の結果、意外な事実が判明した。平手五郎右衛門は、知り合いの一向宗の僧侶の奨めに乗り、密かに伊賀者をやとって林秀貞や織田信勝らと接触していたのだ。これは平手五郎右衛門が自ら動いたというよりも伊賀衆にまんまと乗せられた状況であった。

早急に信長に伝えなければならない。屋敷で配下から報告を受けた岩室は那古野城へと急いだ。その時、草むらから視線を感じた。大勢に監視されている。岩室は足を速めた。そして、那古野城も近くなった草が生い茂る間道で岩室は覆面の武者の集団に取り囲まれた。いずれも抜刀して、岩室を三方から囲み、確実に殺しに来ている。いかな岩室といえども三方から同時に心得のある者に切りかかられたのでは命がない。いずれか一方に踏み出して相手を切り倒して逃げるしか方法はなかった。だが、平手の一族であると分かりきったこの集団を切れば、平手を敵に回すことになる。一方、ここで岩室が切られれば信長は激怒し、たとえ破滅しようとも平手の一族を皆殺しにするだろう。殺すべきか、殺されるべきか、一瞬の合間に岩室は考えを巡らせた。ここは一人切り倒して逃げるしかない。岩室が一歩前に出ようとした時である。

「待てい」

どすの利いた声が響いた。それは平手政秀であった。

「その方ら不審な動きある故、後を追ってくれれば、畏れ多くも信長公の腹心に刃を向けるとは何事ぞ」

「お見逃しくだされ、この者こそ君側の奸臣」

その声は平手五郎右衛門の声であった。

「何をいうか、大浜でも赤塚でもいずくの戦場でも岩室殿のご活躍は知ってのとおり、それをなにゆえに奸臣というか」

「確かに武芸には優れてはおりますが、頭の中は時代遅れの阿呆そのもの。いずれ我等尾張衆も、時代の先駆けをゆく、長島本願寺の寺内町のように楽座をおこない新しい国造りをしていかねばなりませぬ。そのためにこの奸臣を討ち、信長殿には魁《さきがけ》の名士、織田信勝様の御差配に従っていただきまする。それこそ時代の先をゆく事」

「血迷うたか、信勝殿に何の知恵があろうか」

「叔父上、それこそ時代遅れ、年寄には世の先が見えておりませぬ。座などという古き因襲に囚われておるがゆえ、尾張は駿河の今川のように優れた国になれぬのじゃ」

「敵を尊び、味方をさげすむとは、そなたの忠義はいずこにあらんや」

「我等こそ、いや我等だけが尾張の行く末を憂うる者、既得権益にしがみ付く年寄こそ私利私欲の輩なり」

「ならば、誰が私利私欲か見るがよいわ」

激昂した平手政秀は短刀を引き抜き、己の腹をかっさばこうとした。

「お待ちあれ」

岩室が慌ててその腕にしがみ付く。

「何をしておる、各々方、政秀殿を止めよ」

岩室が叫んだので覆面の者たちも慌てて政秀に駆け寄って羽交い絞めにした。これによって岩室は命拾いした。

その後、那古野城に駆け込んで事の次第を信長に話すと、信長は顔を紅潮させ、「政秀以外の平手一族を悉く誅殺する」と言い放ったが、「平手政秀ほどの忠臣は他になく、一族の長として、一族を根絶やしにされたならば政秀殿は必ず腹を切りまする」と岩室が必死で信長をなだめた。それでも、信長の平手一族に対する不信感は消えなかった。

次の日、平手政秀が信長の元へ謝罪に訪れたが、信長は五郎右衛門が秀貞一派と接触している事を例にだし、本願寺との対立を諫めた事も策謀であろうと平手を罵倒した。平手は、「すべての責はこの政秀にあり。お怒りとあればこの政秀一人を誅殺してくだしませ」と言い信長は「なんぞ忠臣を殺す事があろうか」と言って政秀を打擲《ちょうちゃく》した。

平手政秀は忠義の臣ではあるが、知性派であり、自尊心の高い人物である。岩室は政秀が追い詰められすぎているのではないかと心配した。

このままでは政秀が腹を切る。そう直感した岩室は、何度も平手五郎右衛門の元を訪れ、信長に頭をさげて馬を献上するよう説得した。最初はまったく取り合わなかった五郎右衛門であるが、岩室が涙を流して、政秀の命を心配する様を見て、ついには折れた。

「信長殿は時代遅れの頭が固い殿さまではあるが、それはさておき、その方の忠義の心は真である事が分かった。武芸馬鹿は今後武芸のみに専念し、政には口を出さぬと約束するなら信長殿に形ばかりは謝罪しよう」

五郎右衛門は渋々ながらそう承諾した。岩室は歓喜して五郎右衛門の言を受け入れると約束した。そして、五郎右衛門と岩室は馬をつれて那古野城に参上した。

「なんぞ」

信長は露骨に不快の表情をあらわしながらも五郎右衛門を向かい入れた。

「それがしが間違っておりました。お馬を献上したしますゆえ、なにとぞお許しくださいませ」

五郎右衛門は恭しく頭をさげた。

「ちっ、本来であれば許しがたき事なれど、政秀の顔に免じて此度ばかりは許してやろう。今後は殊勝にするがよかろう」

「ありがとうございまする」

五郎右衛門は頭をさげた。

その時である。けたたましい馬のいななきが那古野の門前で響き渡る。

「何事じゃっ」

門番に何者かが押しとどめられて騒いでいる。

「一大事でござる、殿に、殿に一刻も早くお目通りを」

「何事じゃ、今川が攻めて来たか」

信長は慌てて玄関に走り出る。岩室と五郎右衛門もその後に続く。

早馬の伝令は息を切らして小刻みに体を震わせながら真っ赤に泣き腫らした目で信長の顔を直視した。

「はあっ、はあっ平手政秀殿……ぬぐぐっ、」

「死んだか」

「割腹にて見事なご最期にございまする」

信長は一度身震いをしたあと唇を噛んだ。

「平手の屋敷へ行く」

信長は平手長政の屋敷へ馬を飛ばした。

平手の屋敷では土気色の顔色をした奉公人たちが居住まいをただし、平伏して信長を迎えた。

「平手は、平手のじいは」

郎党に案内され廊下を早足で歩きながら信長は譫言《うわごと》をつぶやいた。

奥の座敷で平手政秀は白装束で割腹して果てていた。その横には書状があった。

「我、地位もいらず、名もいらず、金も要らず、ただ信長様の御代のご繁栄希うばかりなり」

そこには、一言も信長に対する叱責の言葉も、戒めも書いてはいなかった。

「あああああああああ、じいよおおおお、じいよおおおおーあああああー」

信長は叫びながら号泣した。


天文二十二年閏一月十三日。信長二十歳、岩室二十二歳の時の事であった。

平手政秀の死以降、信長は一向宗に対して敵対的な言動をしなくなった。尾張の国人衆たちにとっても良識派であった政秀の死は大きな衝撃であったのか、それまで不満を述べていた商人たちも口を慎むようになった。信長も商人たちもお互い歩み寄り、尾張国内での信長と熱田衆、津島衆との軋轢は鎮静化していった。そのうち、景気も浮揚し、物品が売れるようになってきたので、信長の政策もようやく軌道にのりはじめた。

そんなある日、尾張と三河の国境の松の木に数人の女の死体が吊り下げてあった。

駿河に響談に向かわせた女たちであった。

「勝った」

岩室は無表情のまま心の中で呟いた。殺されたのはいずれも駿河に派遣した甲賀の響談。それを野放しにできず藤林が皆殺しにしたのだ。殺せば、その者たちの言った事が真であるという思いが駿河の民衆の心に残る。事実だからこそ殺されたのだ。不都合な事実でなければ殺す必要性もない。その残忍な殺し方、岩室に対する威嚇の中に、伊賀衆の焦りと苛立ちが見てとれた。


国境からの帰り道、父の小者が岩室に実家に帰るよう伝えてきた。家に帰ると、父は床で伏せっていた。そういえばずいぶんと家には帰っていなかった。横で童が看病をしていた。

「これは兄上」

その童は岩室を見ると深々と頭をさげた。

「これは初めまして」

岩室が父と共に武田家を追われた時、母の腹の中に居た弟だとは察しがついた。岩室は周囲を見回す。

「母は亡くなりました。長患いをしておりました故、尾張に参上するのが遅くなって申し訳ございませぬ。織田から武田に使者としてこられた甲賀衆にここまで連れて来ていただきました」

弟は礼儀正しかった。母と甲斐の武田氏がいかに大事に育ててくれたか分かった。

「して、此度は何用でございまするか、父上」

「重休《しげやす》よ、猫の目から聞いたが、仲間の甲賀衆が殺されて吊るされているのに平然としていたそうじゃの」

「左様でございまするな」

「そなた、仲間が死んで悲しくはないのか」

「所詮人は死ねば土くれ。いずれ拙者もそうなりまする」

「ふーっ、そなたは命の重みを知らぬ。育て方が悪かったか」

「いいえ、敵と対面した時、まったく死ぬるも怖くはありませぬ故、このような心に育てていただいた事、感謝しておりまする」

「違うのだ、素破というものは、本来臆病でなくてはならぬ。ただ猪突猛進して死ぬるは人にあらず獣と同じじゃ。死を恐れ、恐怖に苦しみ、その苦しみの中から死に向き合って恐れず戦う者こそ生き延びる。そなたのような事では早死にする」

「それも一興にございまする」

「バカ者がっ、父より先に死ぬる奴があるか」

「されど、人は所詮、己の事しか考えぬのでしょう。拙者が死んで何が悲しいのですか」

「違う、子を大事に思わる親はおらぬ。他人がどうあれ、子は大事だ。子と戦場でまみえれば、あえて殺されるのが親というものじゃ。そなた、人の心が分かっておらぬ。嫁を娶らせるゆえ、早く子を成せ。そなた、そのままでは素破としても人としても二流じゃ」

「かしこまりました」

岩室は無表情で頭を下げた。病の床に臥す父の姿が小さく見えた。

――老いたり。岩室は心の中で呟いた。

ほどなくして父は信長に頼み、尾張の国人衆の娘を岩室の妻とした。また岩室には孫は素破として育てるなと厳命した。今の岩室の姿を見て父はよほど心に堪《こた》えたのであろう。父の命令ゆえ、岩室は義務的に妻と肌をあわせたが、己から進んで妻を求めることはなかった。それより、熱田や湯島から送られてくる駿河商人との取引を記した商家の大福帳の写しを見るのが楽しかった。駿河では順調に他国の安い物品が市場に広がっている。尾張からも多くの物品が納入されている。先日まで納品していた駿河や遠州の地場の工人の名が櫛の歯が抜けるように消えていくのがよく分かった。真に楽しかった。

ふと、人の気配に気づいた。誰か部屋に近づいてくる。足音で分かった。信長だ。

「おい」

信長が声をかけると、岩室は小さく体を浮き上がらせた。

「なんだ、その子兎のような動作は。日頃は牛のように泰然自若としておるくせに、我が声をかけると、兎のように飛び、猫のように体をまるめる。まったく困った奴め」

「申し訳ございませぬ」

「よい、それも含めてそなたを気に入っておる。こい」

信長が小走りに岩室の屋敷を出る。岩室は慌てて後を追う。

信長は馬に乗って駆け出した。岩室も慌てて馬屋に行き、馬を屋敷の外に出した。すると、信長が三十間ほど先で馬をとめて、岩室が出てくるのを待っている。先に行ってしまわないで岩室を待って振り向いている。岩室の胸がきゅっと絞まった。

「いくぞ」

信長が声をかけ、岩室は後ろに続いた。どこへ行くのかも分からない。しばらく馬を走らせると、遠く北方に小高い丘が見えた。信長が馬を止める。岩室が信長に馬をよせる。

「見よ、あれが小牧山じゃ」

「はい」

「見えるか」

「はい、見えまする」

「この尾張はだだっぴろい平野故、己がどこにいるか分からなくなる時がる。そんな時はあの小牧山を探す。小牧のお山の位置を見て、己の位置を知る。春日井に平手のじいの所領があったゆえ、小牧にはよく遊びに行ったのだ」

信長はそう言って遠くを見た。

「はい……」

岩室はその信長の視点の先を追った。

「岩室よ、この里山の田苑をなんと見る」

「はい、田苑でございまする」

「だから何と観ると言うておる」

「はい、すべて織田の所領でございまする」

「そうではない。これはすべて人のつくりし風景じゃ、分からぬか」

「それは分かりまする」

「その意味が分かるか」

「織田が攻め取り、あるいは財をもって……」

「そうではない」

信長は岩室の言葉を遮った。

「これは、人が作ったのだ。何年も何百年もかかり、堤を作り、水を引いて、何代も、何代も積み重ねて造り続けてきたゆえ、我等は安直に米を植え、飯が食える。金の板一枚あって飯が食えると思うな。荒れ野に一人あっては金塊もただの石ころと同じじゃ。人は堤を作り、溝を掘り、何代も何代も続けて来た。それが何のためか分かるか」

「己が豊かになるため……」

「違う」

信長の厳しい声に岩室は少し飛び上がった。

「人一人食うためなら、野の獣を狩り、栗をひろい、芋を掘れば生きていける。それをなぜ、人は堤を作り、溝を掘り、田畑を作ったか」

「それは……分かりませぬ」

「それはすべて後代の繁栄のためじゃ、己がためではない。よいか、織田家は元々木材業を生業としてきた。父も街道に盛んに松を植えた。その木が使えるようになるまでに何十年もかかる。それでも父は大枚の銭をはたいて松を植林した。それは、祖父も同じ事をし、曽祖父も同じ事をし、それがために織田家は食いつないでいくことができた。この土地も、木も水もすべて預かりものじゃ。そして我等は後代の繁栄のために今を生きておる。己がためではない。そなた、己が足の下の土しか見えておらぬ。そこには馬糞が転がっておる。ゆえに、そなたには、世が醜く糞にまみれているように見えるのじゃ。分かったか」

信長にそう言われて岩室は下を向いた。

「これこれ、泣くことはなかろう。そなたは素直でよい子だのお」

信長は笑いながら岩室に馬を寄せ、岩室の頭をなでた。

——信長のために生きよう。

岩室は改めて思った。

信長の雇用促進策によって尾張の民は豊かになり、需要が喚起されることによって物流が活発になった。前もって街道を整備し、船の帆を木綿に替えていたため、物不足に陥ることもなく津島、熱田の商人も大いに潤った。

この時期、天文十八年に近江国友に発注した種子島五百丁がようやくすべて信長の元に届いた。これまで鉄砲といえば領主などへの貢物として宝飾品の位置づけが強く象嵌《ぞうがん》など装飾が付けられて売られているものが普通だったが、それら装飾を一切付けず大量発注することで値下げ交渉をした。国友側としても今後の鉄砲の普及と宣伝という意図もあり、隣国との会見で鉄砲五百丁を持参して宣伝するという条件の下、格安での受注を了承した。

以前より、斎藤道三から会見の申し込みがあり、信長は大伯父の織田秀敏に命じて会見の場をしつらえるよう手配した。

手配に当たっては、本願寺が尾張、美濃の守護から不輸不入の印判を貰っている富田の正徳寺で行う事とし、料理の手配も本願寺配下の者を使うなど、寺院勢力に銭が落ちるよう心を配った。

天文二十二（西暦一五五三）年正徳寺の会見に向かう信長の行列は一種異様な様相であった。本来、軍は国人領主の周辺に槍や弓を持った国人お抱えの郎党が囲み、その外側に中間、その外に小者が居並ぶのが通常であった。しかし、信長は五百丁の鉄砲を足軽大将に指揮された加世者足軽衆に持たせ、列をなして行進させた。これは事前に長谷川橋介の指導のもと、何度も練習して行ったものだ。加世者足軽を使ったがために出来た事であり、国人配下の郎党はこのような事を命令されても聞かない。槍隊が持っている槍も長さが統一された長槍であった。武器に関しても、通常であれば、招集された国人の軍役衆が己の使い慣れたものを己で調達するものであるが、信長はそれをすべて自前で買いそろえて配給しているという事であった。手伝い戦にかり出された急募の走りや野伏に与えられる貸し具足は本来質素なものであり、陣笠も布や紙を膠で塗り固めたようなものが通常であったが、此度の足軽の陣笠はすべて鉄であった。いかにも織田の財力を誇示する陣容である。恐らく美濃の物見がどこかから見張ってはいるであろうが、周辺はきわめて平穏で静かであった。

信長は正徳寺に着くまであえて粗暴な婆娑羅風《ばさらふう》の装束を着て移動したが、道三と会う直前になって正装の羽織袴に着替えて道三と面会した。道三はその凜々しい姿を見て、一瞬たじろいだようだが、日頃の勘定方の差配を見て、その実力は知っていたのだろう。すぐに信長と打ち解けて笑談した。材木の件に関しても、すぐに書面を交わし、帰りは門前まで来て信長を見送った。

美濃斉藤道三との関係も深くなり、財政も潤い、このまま何もかもうまくいくと思われた。そんな天文二十三年の冬の事。熱田の商人たちの帳簿で不審な点がいくつか見つかった。社の瓦の修繕の延期、相手先への挨拶の付け届け。明らかに人が移動したり居なくなったりしている。信長の普請作事により土木普請の仕事は増えているはずだ。それなのに、人を解雇した形跡がある。猫の目ら甲賀衆を使って調べてみると、熱田の普請作事の中心的存在であった小島一族の織田彦八郎が多くの職能を持った鳶職《とびしょく》にひまをだしたため、熱田周辺での普請作事の進行が停滞していたのだ。

織田信長の母、小島御前の弟である。

岩室がその事を信長に報告すると、信長は那古野の屋敷に彦八郎を呼び出して詰問した。

彦八郎は、津島の大橋氏が伊勢方面の材木の直接取引の市場を奪ってしまったため、これまで通り鳶職を雇えないと訴えた。これに対して信長は、内々の話として、「いずれ小牧に遷都するので莫大な鳶職を必要とする。ひまを出さず人数を維持しておけ」と命じた。

その言葉に彦八郎は表情を明るくした。

「なんと、それは幸先良い事でございまする。して、いつ頃遷都いたしますか」

「今は今川の動向が分からぬゆえ動けぬが、今川義元を討ったあとすぐに遷都しようと思う」

信長がそう言うと、彦八郎の顔から生気が抜けてうなだれてしまった。

「今川といえば駿河、遠州、三河を手の内に納めたる大領主。それを倒せるはずがありませせぬ」

「いや、倒せる」

「そうやってまた騙されまするか」

「我がいつソチを騙したか」

「我ら土木に関わる者らを守るそぶりを見せて山口との戦に動員し、その後材木の売買を小島氏から取り上げ津島衆に渡しました」

「取り上げてはおらぬ。斉藤道三と縁が深まり、長良川から河口の津島に流れ下った美濃の木材の取引が増えた故、熱田での財木の取引が減っただけじゃ。そのぶん熱田では作事普請の仕事を増やし番匠も育成しておるではないか。目先ばかり見ず、先を見よ。必ず遷都はいたす故、それまでは我慢せよ」

「今が精一杯で先は見えませぬ」

「苦しければ仕事を回す。我は決して私腹を肥やすために津島に材木を回したわけでもない。熱田の事も考えておる。近いうちに、必ず金が入るようにする。分かったか」

「はい……」

沈んだ表情で彦八郎は答え、肩を落として帰っていった。

彦八郎が帰ったあと、信長は岩室を呼んだ。

「岩室」

「はい」

「尾張国中に素破を走らせ、木材を要する伝統工芸なり技能なりを探して参れ」

「お急ぎであれば、京などから職人を呼び寄せ、何なりと産業をお作りあそばされればよろしいのでは」

「そうではない。元よりその地に根付いているものを見つけ、育てていかなければ大きくはならぬ。技能というものは積み重ねじゃ。余所から持ってき急造しても土地に根付かぬ。岩室よ、我らは傲慢になってはならぬ。人も草も風の水もその土地に合わせて動いておる。それを鑑み、合わせ、決して無理強いせぬことが大事じゃ。何でも思い通り、一色に塗りつぶせば、それは一瞬にしてはじけ飛び消え失せる。長年営々と築いてきたものが崩れ落ちる。以前、弥三郎が小姓を用いるに漢文を読ませよ、試験をせよと言ったが、我はそれを拒んだ。なぜだか分かるか」

「いえ、見当もつきませぬ」

「先だって言うたように、織田家は元々木を植え、育てることを生業としてきた。木は、一族一種だけを山に植え、埋め尽くせば、一つの病気で山一つ一気に枯れ果てることがある。また土地が脆くなって山崩れを起こすことがある。よって、雑多な木を混ぜる。歪んで使い物にならぬと思える木でも、寒さをしのぐ薪にはなる。多様である事こそ我ら人が生き延びるすべじゃ。よって、今川のように京の学僧どもをはべらせ、何でも己の枠に嵌めようとする者はいずれ一瞬で滅びるのだ。分かるか」

「……いえ、何とも難しいお話でございまする」

「まあよい、今に我が言うたこと、見せてやる。さすれば分かる」

信長はニンマリと笑った。

第九章・解説

遠州以西における灌漑施設の未整備

今川政権における遠州以西の公共事業費の削減は顕著であり、三河地域においても、その政策を踏襲していたものと思われる。このため、大豆の生産が多く、三河地区での保存食として豆味噌の生産が盛んになったものと思われる。

遠州以西の灌漑設備の未整備に関しては、今川氏の研究　室町期の在地構造が詳しく分析している。当時の状況の数値データも詳細に掲載しているため、ぜひ手に入れたい一冊である。ここではその代表例として挙げられている蒲《かばの》御《み》厨《くりや》地域の在地構造を見てみよう。

①蒲御厨の田地は「天水所」であって、五年―三年に一度は耕作不可能になる。
②畠作への依存率が極めて高い。
③麦が年貢の重要な部分を占めるという。すなわち、一五世紀中葉の蒲御厨は適当な灌水路をもたなかったため、第一に畑作によって特色づけられ、第二に多少の水田も須年間隔で恒常的に耕作放棄を余儀なくさせられるという状況にあったというのである。

今川氏の研究　吉川弘文館　十五頁より抜粋

このような公共事業費削減により知多地域では穀物生産の自営が困難となり、国外に主食を依存しなくてはならない状況に陥り、今川方の方が軍事力で圧倒する状況でありながら、織田方に付いて穀倉地帯である尾張から穀物を輸入するため知多の水野氏は織田方に味方するしかない状況であったと思われる。つまり、効率化を優先するあまり、食糧自給を放棄し、安い海外産の穀物を輸入し続けたため、食糧安全保障上、穀物輸入先への従属を余儀なくされたのだと推察される。

信長と家督を争った同母弟の名前

一般に織田信行と言われ、ほとんどの小説で織田信行と記述されている。しかし、当人が発給した文書に織田信行という署名は行っていない。もっとも多い署名が織田信勝である。その他、信成、信達などと改名を繰り返している。通名として日常では勘十郎と呼ばれていたものと思われる。この小説では混乱をさけるために信勝という名前で統一する。

鉄砲伝来

ここでは、種子島への鉄砲伝来の前に沖縄の火矢《ヒャー》などを中心とし、その他にも倭寇を通じて明から密貿易の火器が輸入されていたという歴史学者長沼賢海氏の説を採用する。信長が国友より五百丁の鉄砲を購入したとは信長公記の記述である。

織田家と材木

織田家が材木と関わりがあると仮定したのは、元々織田家が伊勢神宮に起因する神官の家系であり、その財政的基盤を支える熱田の加藤家も伊勢神宮の神官の出であるからである。また、守護代織田家の重臣である坂井氏が土木に関わる一族であると類推したのは、その一族の坂井利貞が常に信長の道橋奉行として登用されているからである。他の人材は入れ替えがあるものの、後に織田信雄が尾張の領主になった後も坂井利貞は道橋奉行として登用され続けたため、普請に関する一族であると推測をたて、この小説では土木に関わる一族としたのである。赤川景弘が坂井一族であると断定したのは、坂井一族の惣領の立場にあった坂井大膳が信長との闘争に敗れ逃走した後、赤川景弘の長男が坂井氏に改名しているからだ。次男であれば養子の可能性もあるが嫡子を坂井と改名したからには、坂井大膳の逃亡により坂井氏の家名を絶やさぬ配慮があったと推察したからである。次男は赤川の名を継いでいる。

作事と普請

作事とは土木建築であり、普請とは基礎工事、石垣、道路整備、橋脚建設などである。この両者は素人目に見て同業と思われがちだが、基礎的な技術の習得範囲が乖離しており、専門職としてまったく別物であるため、この両方の知識を持つ者も数少ない。通常、管理者も作事方と普請方に分けられる。信長政権下では普請方が道橋奉行である。信長は特に道路建設に力を入れたので、通常四人が土橋奉行に任命されていた。それは尾張に定着した奉行である。天正二（西暦一五七四）年閏《うるう》十一月に、坂井利貞・河野藤三・山口太郎兵衛、篠岡八右衛門であり、翌年は、坂井利貞・高野藤蔵・篠岡八右衛門・山口太郎兵衛であった。

織田彦八郎

織田彦八郎は坂氏と婚姻を結び、その子供が小島兵部少輔である。小島兵部少輔が織田信孝の異父兄であるとは神戸録、勢州軍記に記載されている。ここから類推して織田彦八郎は元々小島一族であると仮定し、その小島一族が主君である織田の名字を名乗るのは、姉が織田信秀の妻の小島御前であるからであろうと類推し、小説の中ではこのような位置づけとなった。小島兵部少輔は後に神戸城に籠城した時、林予五郎に攻められ降伏したあと高野山に登り、その後前田利長に仕え、子孫は加賀大聖寺藩士となった。その由緒書きによって父が織田彦八郎であった事が分かる。

参考文献
勢州軍記　上・下　神戸良政（著）　三ツ村健吉（編）　三重県郷土資料刊行会
信長の政略　谷口克広　学研パブリッシング

第十章　騒乱の始まり

　和田新助が目をかけていた女響談が駿河で殺害されて以降、今川の動きが掴みにくくなっていた。岩室の新しい人員補充の要請に対して、和田新助は怠慢で答えた。言を左右にして新しい人材をよこさない。以前と比べて明らかにやる気を無くしている様子であった。かつて尾張の甲賀衆を一手に動かしていた和田新助であるが、信長の命令で那古野に住むよう要請しても犬山を動かなかったため、信長はもっぱら岩室ばかりを使うようになった。本来は尾張の郡中惣の奉行である新助を通すのが筋であるが、信長はそのようなもったいぶった新助のやり方を嫌っていた。今川の状況を早急に探らねば織田家の存亡に関わる。そのような状況では、事が先に進まぬと考えた岩室は、躊躇なく、織田家家臣の中から人選して響談を育成することにした。しかし、これは禁じ手であった。武田家においても望月千代女《もちづきちよめ》が歩き巫女を、今川家では山伏村山衆を密偵として育成していたが、それはあくまでも陰術である。響談は陽術であり、素破の同族、甲賀衆なら甲賀衆、伊賀衆なら伊賀衆の内々だけの秘伝である。これを他家に教えるという事は、その技をもって扇動を行い、伊賀、甲賀を攻めさせる事もあり得る。それを破るのは許されぬ御法度であった。だが、岩室は信長のためにそれを破った。表面上は陰術の技能を教えながら、見どころのある者を選抜し、密かに陽術を教えた。
新しく今川方に送り込んだ者たちに関して岩室はこれまでの方針を大転換した。すなあち、新しく今川方に送り込んだ尾張衆には一切諜報活動をさせなかった。むしろ、いかに尾張衆が卑劣か、今川方が素晴らしいかを主張させ、懸命に今川方の団結を強くするために奔走させた。その上で、その献身的な努力に感動して親しくなった今川方の武士と懇談し、尾張方を糾弾する集まりを何度も開かせた。尾張を悪くしているのは神社の座であり、座を潰さぬかぎり尾張はよくならない。尾張の民は悪くない。悪いのは座である。尾張の座を悉《ことごと》く破却して尾張の民を開放せしめねばならない。と煽りたてさせた。それは今川義元の主張であり、諜報活動もなにもせぬ以上、この者たちを懲罰する理由がない。拳をふるって尾張が悪であると訴えさせる。その上で今川方と付き合いがある商人を集めて盛大な茶会を行う。自然と、今川方が「尾張の座を徹底的に潰すべきであり、それこそが正義である」と訴えている風評は広く熱田や津島の商人に広がる。熱田も津島も座によって保護された商人たちの群れである。者共悉く義元を恐れ、憎み、進んで信長に矢銭を納め、今川方から仕入れた情報を岩室に伝えた。

それからしばらくして、小島氏を解雇された鳶職《とびしょく》のうち、半手の者、加世者が大量に今川家に雇用されている事が分かった。今川家では他国から安い物資を大量に入れ、故に国内で生業を失う者が続出し、人余りを起こしているはずであるのに妙な事であった。今川方から入手した書状から物の動きを類推し、三河の辺りで今川方が策動していることが分かった。素破を動員して調べたところ、今川方は知多郡村木に港湾城郭を築城しようとしている事が分かった。

信長はすぐさま知多の各地に高札を立て、今川方に付く者は悉く斬首するとふれを出した。天文二十三（西暦一五五四）年一月にはすでに砦は完成しており、松平勘太郎義春を主将として今川軍がそこに立てこもった。　織田信長二十歳　岩室二十二歳。

この地は織田信長が水野藤次郎にまかせていた土地なので、当然ながら水野元信をはじめとして、水野一党がそのことを知らぬわけがない。よしんば、砦を建て始めたところで織田信長に通報しておけば、砦の完成を許して今川方に立て篭られることもなかった。しかし、水野元信をはじめ水野一族は、素知らぬふりをした。それが嘘である事など誰でも分かることだ。しかし、味方の兵数が少ない現状で、水野を断罪して敵にしてしまう事はできなかった。

今川の目的は、堺から伊勢を通って駿河に来る船に水や食料を補給する港湾城郭を造り、津島、熱田を素通りさせる算段であることは明らかであった。津島衆、熱田衆にとってこれは死活問題であったが、内陸の春日井あたりの国人衆にとっては実害のない他人事であった。そのため、危機意識も薄く、林秀貞は招集に応じず、与力の前田家の荒子城に軍勢を引き入れ、信長のもとには参上しなかった。

信長は伝令を飛ばし尾張国内で兵を集めるとともに、美濃斎藤道三に援軍を頼んだ。織田軍は全力で村木砦攻略に当たり、斎藤軍に留守をまもってもらうためだ。これは、ヘタをすれば熱田、津島とも斎藤軍に奪われかねない状況であったが、そんな事をして信長を滅ぼせば一番損をするのが道三である。しかし、斎藤軍がおとなしくしているかどうかは賭けであった。

今回は熾烈な戦になると予測してか、熱田羽城《あつたはじょう》の加藤《かとう》又八郎順盛《よりもり》は、無償で大量の種子島と弾薬と援軍を出すことを条件に、息子の加藤弥三郎を戦場に出さぬよう懇願してきた。非常に智慧が回り金に貪欲な男であったが、とにかく己の子供を愛していた。子供のためなら銭をいくら出してもかまわぬというその姿勢に免じて、信長は弥三郎に留守役を命じた。代わりに又八郎が差し出したのは、滝川一益という加藤家の居候だった。信長の伯父の織田信光も援軍として駆けつけた。

美濃からは安藤伊賀守が援軍千人ほどを引き連れて参陣し、信長自ら出迎えた。信長が礼を言うと安藤は恐縮し、「僅かばかりではございますが」と美濃武士三十位ほどを信長に預けた。これに信長は非常に喜んで見せたが、内心それが村木砦における織田軍の戦況を偵察して美濃に報告する目的であることは十分に知っている。安藤伊賀守は那古野城に近い志賀田幡の郷に招かれ、そこで陣取りした。

信長が率いた軍の中には岩室や長谷川橋介、山口飛騨守、佐脇藤八もいたが、藤八が目を充血させて、怒りの表情で口をつぐんでいた。どうしたことかと思い岩室が長谷川橋介に聞いてみると、兄の利家は林秀貞とともに荒子の城にとどまり、此度の戦いには参戦しないという。それは前田利家が林の与力なのだからしかたがないことだ。

信長は村木砦に船で攻めよせようとしたが、風が強くて敵前上陸はとても無理との漁師の言葉を聞き、船に乗って海に出たものの、村木砦の前の荒尾空善の木田城に入城してそこで夜を明かし、夜明けになって水野の緒川城に入り、そこから織田軍は陸路を使って、水野軍は船を使って村木砦を挟み打ちにする算段となった。

「おのれい、腐れ水野めあいつら今川に内応しているに違いない、絶対にちがいないわ」

元々水野を嫌っている佐久間信盛が信長の近くで聞えよがしに怒鳴っていた。

「まあまあ、叔父上、落ち着かれて」

愛想のいい甥っ子が信盛をなだめていた。この信盛の甥は今回が初陣だった。

村木砦に到着すると信長は一番攻めにくい南大堀の前に陣取り、鉄砲の射撃に手慣れた者に射撃をさせ、その後ろに二人つかせて横に大量の鉄砲を積み上げ、後方の二人に弾入れと撃ったあとの鉄砲の筒掃除をさせ、連続討ちをした、鉄砲の射撃においても回転率を上げることが攻撃力を高める事だと信長は考えていた。相手は火器を持っているにしても主力武器は丹羽戦で使っていた石火矢であると想定して、種子島で敵の射程の外から銃撃を浴びせかけた。

その時である。

「危ない」

信盛の甥が信長の前に立ちふさがった。敵が信長を狙っているのを見つけたのであろう。

ボンと炸裂音がして、信長の胸元近くでガチンと金属音がした。

「ぐふっ」

信盛の甥が口から血を吐いた。

「おい、大事ないか」

信長が抱きかかえる。

信盛の甥はにっこりと笑い、そのまま動かなくなった。

「ぎゃ」

「うわあ」

「なんだ」

次々と信長子飼いの小姓たちが倒れていく。

今川方も織田方を圧倒するほど大量の種子島を揃えていたのだ。

「うううううっ」

信長が歯を食いしばってうめいた。

信盛の甥が殺されたと知るや、日頃は先駆ける事の少ない佐久間隊が激昂して村木砦に突撃する。それに遅れをとるまいと信長の小姓たちも次々に石垣をよじ登り、敵の鉄砲の餌食となっていった。

「おのれい」

信長も銃を捨て、槍を持って突撃しようとするが、岩室がそれを羽交い絞めにして止める。

「殿が行ってはなりませぬ。殿を庇《かば》い立てして余計に死人が増えまする」

「ぬううっ」

信長はうめき声を上げた。信長軍の激しい攻勢に応じるため村木砦の軍勢が南口に集結した所、海上から砦の東方追手門に近づいた清水家重の軍勢が門に取り付いて開門させた。それと同時に織田信光の軍も西の搦め手に攻め寄せた。門を破られた今川方は総崩れとなって瓦解した。しかし、その中にあって松井宗信だけは槍を振り回して織田方に食い下がり、むしろ信長本隊に突進する動きを見せた。

「道を開けろ、今川本隊を逃がしてやれ」

信長が大声で怒鳴った。

「何で手心を加えることがございましょうや、皆殺しじゃ！」

少し離れたところで佐久間信盛が叫んでいる。

「敵を追い詰めすぎては死狂いとなりて味方の被害が増える。逃げ道を作って落ち武者を狩ったほうが容易く敵を屠《ほふ》れるのじゃ、岩室よ、使者を送り皆にそう伝えよ」

「はっ」

岩室は配下の者たちに指示を出して使者として走らせた。自らは松井本隊に配下数十人とともに突撃する。

「おのれ、どこまで我等の邪魔をするのか、松井め！」

「おお、誰かと思えば今川で誰からも相手にされず雇ってもらえなかったあぶれ者ではないか、ははははっ」

宗信は余裕の表情で笑うと、横を向いた。

「松平義春殿、配下を連れて速う落ちられよ。ここは我等だけで十分じゃ」

「かたじけない」

頭の側面、コメカミは討ち抜かれたら即死する。一番危険な部位だ。それをあえて宗信はよそ見をして、岩室の前にさらした。

「よそ見をするなあああー」

岩室は宗信に向けて槍を突きだす。それを宗信はギリギリの処でかわす。宗信のコメカミの少し上を岩室の槍がかすり、血がほとばしる。

「ふん、貴様のような腰抜けでも尾張ではいっぱしの勇者扱いとみえる」

宗信は平然と槍を振りかざし、岩室に突きかかってくる。それを岩室は素早く避ける。

信長の通達がとどき、織田軍はあえて今川方に道を開ける。

「ははっ、腰抜け共め、そんなに我等今川方が怖いか。今川で選ばれなかった落選小僧、またいずれ戦場で会おうぞ、さらば」

宗信はそう言うと織田軍が開けた方向に駆け去っていった。

「今だ、今川の背後から鉄砲を撃て」

信長が叫ぶが、織田方はまだ城に残っている兵卒と乱戦のまっただなかでそんな余裕はない。

「ちいっ、何をしているのだ」

信長は怒って地面を何度も踏みつけた。

信長の鉄砲隊の邪魔をしていたのは城に残された城兵たちであった。その多くは加世者と地場の者たちだった。今川方はその雇われ者たちには声をかけず、今川隊だけで逃げたのだ。指揮者を失った兵卒たちは戦意を失って降伏した。

縄で縛られた敵兵の群れを信長は憤怒の表情で睨み付ける。

「お待ちくだされ、信長様、それがしは昔信長様が幼き頃、よう遊んでもろうた者でござる。うちの婆様の手料理を喰われたこともござる。此度は庄屋様のお願いにてどうしても与力せずにはおられなんだ。どうかご慈悲を」

信長はその者に視線を送る。

「事前に今川に味方したる者はすべて斬首すると告知しておる。法は万民に対して平等である。いかな親兄弟、親友であろうとも、その鉄槌は平等に下されるものである。それが秩序だ。この者ら凡て斬首せよ」

信長が大声でどなった。

「おおー」

織田方の兵士たちは歓声をあげた。そして、次々に悲鳴をあげる兵卒たちの首を刎ねていった。


村木砦は落としたものの、信長は多くの将兵を失った。特に此度の戦は林秀貞が動かなかったばかりに春日井など尾張内陸の軍役衆を召集できず、軍の主力は信長が幼い頃よく遊んだ勝幡衆《しょばた》や津島衆、熱田衆などが大半であった。必ずしも武芸が達者なものばかりではない。算術が得意なもの、染め物が得意なもの、木工細工が得意なもの。


信長がとある死者の足元で立ち止まった。死体の胴が少し浮いている。信長はその死体を裏返させてみた。背中に木で彫った、寝ている猫の根付けが挟まっていた。それは、首から革紐で吊り下げられていた。恐らく自分で彫ったものであろう。信長はそれを手に取ってみる。まことに手触りがよく、うまく仕上げられている。この者も生きていればその道で称えられ、木像は寺の仏像として累代世間の人から手を合わされたかもしれぬ。孫子《まご》に囲まれて幸せな余生を暮したかもしれぬ。信長は周囲を見回した。皆々、すぐれたる者たちであった。信長が目をかけ、将来を楽しみに育てた。大枚をはたいて本を与え、学ばせ、武芸を教え、皆頭の良い者たちであった。将来は国持大名として国を支える素養があるものたちばかりだ。綺羅星のごとき逸材。それが今は目の前で物言わぬ死体となって幾列も並んでいる。

「こんな処で死ぬべき者たちではなかったのだ……」

信長は涙を流しながらその場に崩れ落ちた。

佐久間信盛は甥の死体にすがって、大声で泣き叫んでいた。

ひどい戦であった。今回は今川方も大量の種子島を用意していたため被害が広がった。

岩室は味方の死体を確認し、死者を記録するとともに、顔が撃たれて誰か鑑別できない者は兜の家紋を確認、周囲で戦っていた者に身元を確認した。信長の嗚咽の声に反応してそちらを見た。今更気づいた。泣いている。信長が泣いている。死者のために信長が泣いていた。岩室の心が崩れそうになる。しかし、ここで岩室が取り乱してはならない。泣くのは信長でいい。岩室はどんなに辛くとも、信長を支えて冷徹に動かなければならない。信長に尽くすために、そうしなければならない。岩室は気を取り直して死体の確認作業に戻った。

そこに猫の目がやってくる。

「何だ」

「戦のさなかでは御気になさるといけないと思って申し上げませんでしたが、奥様がご出産なされてからもう十日もたっているのに、ご主人様は一度もお家に帰られておられません。戦も終わりました事ですし、一度、お子様のお顔をご覧になられては」

「そうか、男か女か」

岩室がそう言ったので猫の目は唖然としているようだった。

「どうした」

「あ、いえ、男の子でございまする。合戦の前にその事はお伝えし、奥方様の文もお渡ししました」

猫の目は深々と頭をさげた。

「そうか」

岩室は軽く受け流した。

岩室は子供には興味は無かった。しかし、実際に家に帰って子供の顔を見ると、なんとも可愛いものだった。

「でかしたぞ、戦のさなかとはいえ、一人で心細かったであろう」

岩室が微笑んで頭をなでると、妻は涙ぐんでいた。

岩室は幸せな家庭にも子供にも興味が無かった。今信長の下に仕え、大業を成している事に生きがいを感じていた。子供には小十蔵と名付けた。子供には興味は無かったが、自分の子供は面白かった。この子は少し育って言葉をしゃべるようになると、仏頂面で表情に乏しかった。人から見たら可愛くないのだろうが、己の小さい頃にそっくりで岩室は笑いそうになった。丸まって寝ている姿はまるでつきたての餅のようだ。歩く姿は凛々しく、まるで麒麟のようである。別に子供が好きだというわけではない。ただ、面白いので観察していただけだ。色々と面白いので、暇ができるとあちこち肩車をして連れ歩いた。加藤弥三郎ら小姓仲間に出会うとバツが悪く、なんとなく、挨拶してその場を離れた。弥三郎は気をつかってすぐに立ち去ったが、藤八は息子を見ると興味津々で手や足を触ろうとしたので、怪我をさせられては大変と思い、飛びのいた。山口は柔和に笑って息子を褒めてくれた。長谷川橋介は岩室の顔を見ると薄ら笑いを浮かべて軽く会釈し去っていった。こいつは何を考えているのかよくわからない。

しばらくして病の床に伏していた父が亡くなった。荼毘《だび》にふされた父の骨を拾いながら、父も己を育てる時は同じように思ったのだろうかと想像した。岩室にはこの小さな玉のような生き物に、父と同じような素破の心得を教える気にはなれなかった。ただ、貧しくても出世しなくても静かに生きてほしいと思った。

父の死の後、岩室の心になんとなく詰まるものがあった。己が殺してきた数々の人にも親がいて子が居たのだろう。所詮は他人事であり、関係無き事と己に言い聞かせつつも、何とのう背筋に悪寒が走り胸の閊《つか》えが取れなかった。そんな岩室の姿を信長は目ざとく見抜いた。

「おい、何か気に病むことがあるのか」

「いえ、これといって」

「嘘をもうせ、言うてみよ」

「はい、甘いと思われるかもしれませぬが、父の死と向き合って、己が殺してきた人にも親があり子があったのだなと思うておりました」

「殺したことを許されたいと思うておるのか」

「いいえ、報いは当然受けることでしょう。それは覚悟の上です。ただ、なんとのう心の閊えが取れぬのです」

「ならば、己が殺される時が来たならば、こう言うてやるがよい、是非もなしと」

「さすれば、それまでの罪が許されますか」

「いや、殺す相手がそれを聞けば少しは気が楽であろう」

「殺される時に、己を殺す相手の心配ですか、あはは……」

岩室は乾いた声で笑った。しかし、なにやら胸の閊えが落ちた気がした。


村木砦の戦いに勝利したあと、信長は熱田社に重臣と熱田宮司千秋利直《せんしゅうすえなお》を集めた。

「此度集まってもらったのはほかでもない。各村々で養うておる解死人についてである。今後は解死人《げしにん》を直轄の軍役の夫丸《ぶまる》として使おうと思う。解死人は士気が高く、物資を横領したる者もおらぬであろう故、うってつけとは思わぬか」

信長がそう言って周囲を見回すが、大橋重長、佐久間信盛、織田秀敏ら主だった者たちは口を開かず視線を逸らした。

先の村木砦の戦いで織田軍は大きな痛手を被っている。また直轄の夫丸が増えれば国人の負担も減る。

「あいや、待たれい」

口を開いたのは熱田社宮司千秋李直であった。

「解死人に人を殺せと仰せありまするか」

「夫丸は殺さぬ。荷駄を運ぶのだ」

「されど戦場で敵が荷駄を奪おうとすれば戦うことになりましょう。神使《しんし》とは神の使いにて解脱人は死ぬことなり。己が命をささげ、諸人を救う献身なればこそ、死して天の国に登れるというもの。人を殺してその身を汚させてなんとしましょう」

「それは詭弁であろう。国が亡び、熱田が焼かれれば、その拝む社殿も無くなろう。隣国三河の猿投神社を見知っておろうが」

「たとえ殺されたとて、殺さぬが信仰の道であります。神と関わる解死人に人を殺させるなどもっての外」

「そう言うて、人柱にして奴らを無為に殺していたであろうが」

「神への捧げ事を無為と仰せか」

李直がいきりたったので、周囲の重臣が慌ててその体を押える。

「土木において人を埋めて決壊を防ごうとしたるは邪道なり。人を埋めて腐り、そこが空洞となって堤が弱くなる。城とて、支柱の下に埋めれば、柱がずれて歪む。何もよい事がない。神の道は天道にて、天の道理に従ったものじゃ。人を埋めて堤が弱くなり、城が軋むなら、これは天の道に反した事にて、神に反する行為じゃ。それにも拘わらず、むざむざとこれを続けてきたのは、因襲を破ることによって人から嫌悪されるを恐れるがための保身であり俗情との結託である。因襲が間違っていようと、今まで通り続けておればわが身が保てる。それで道理が違い、堤が壊れ、人が死んでも、先達のやったとおりにやっておれば責任は問われぬ。間違いを正し、因襲を壊せば、人から非難され、失敗すれば末代まで嘲笑される。それを恐れるがための保身じゃ」

「拙者が保身と申されますか、ならば、ここでお切りあそばせ。神を信奉したる身にて、死など恐れぬ。切られるがよい」

「そなたは保身ではない。そなたは頭が固いだけの阿呆じゃ」

「阿呆と申されようとも、物事の筋道は守るべきもの。解死人の命を救うだけならまだしも、人殺しに動員するなど断じて許されぬ」

「その人殺しに守られて、ヌクヌクと生きて居るのがソチであろうが」

「ならばここで切られよ」

「ソチを切っても意味がない」

信長と李直は大声で怒鳴り合った。

「あいや、待たれい」

末席の赤川景弘《あかがわかげひろ》が口を開いた。

岩室はまずいと思った。作事普請の事しか頭にない無骨者の赤川である。何か言うとしたら、人柱廃止に対する反対であろう。しかも頑固者故に後には引くまい。これまで作事普請を持ち上げ、味方に付けて来たのに、赤川を怒らせれば勝幡衆全体を敵に回す可能性もある。

「言うてみよ」

信長が発言を許可した。

「堤に人柱を埋めたるも、城の支柱の下に埋めたるも、人は腐って嵩《かさ》が減るゆえ、前々から苦々しく思っておりました。城の支柱の下に墓石や石仏を敷けば、歪も少なくなり、城が長く持ちまする。堤も壊れにくくなる。真に清々しく思っておったところです。もし、天の神がこれをお怒りなら、そのような城は壊し、堤は潰しておることでしょう。されど、そのような事、一度も起こってはおりませぬ。理屈ではなく、天佑神助を御信じあそばすのが神の道ではありますまいか」

赤川の言葉を聞いて信長は目を見張った。

「おお、そうであろう、さすが赤川は良く分かっておるわ。次の城壁補修の発注も勝幡衆に任せよう」

「ははっ」

赤川は平伏した。

「俗物め、左様に受注が欲しいか」

千秋李直は叫んだが、家臣たちに体を掴まれてその場を退席させられた。

その後、信長の怒りを恐れた熱田衆は合議を開き、熱田宮司を弟の千秋李忠《せんしゅうすえただ》に挿げ替えたのだった。


その後も信長は国人衆の三男以降を自らの小姓とし、直轄軍を肥大化させていった。雑兵も走りや野伏を加世者として雇用するのではなく、正規雇用し、訓練を施し、家を与え、戦の無い時も飯を食わせて育成した。国人衆から軍役衆を集め、足りぬ兵は加世者足軽の雑兵を雇うのが慣習となっている世情において、雑兵を正規雇用して専業化するなど正気の沙汰ではないと多くの国人衆が陰で囁き合っているのは、岩室も響談からの情報で把握していた。最初の頃こそ林秀貞が強硬に反対していたが、最近ではめっきり那古野城にも出仕しなくなった。

それまでは林秀貞一派と織田信勝一派だけの不満であったが、先頃の熱田神社宮司との諍《いさか》い以降、熱田でも信長に対する不平を言う者が増え始めた。信長はその空気を機敏に察知して、新しい宮司、千秋李忠と熱田衆を招いて大茶会を開くことにした。そこに尾張守護、斯波義統《しばよしむね》を招こうと信長は招待状を送った。しかし義統はむしろ清洲城に招いて大茶会がしたいと提案してきた。これに信長は感動し、礼状を送り、お礼の品をもって清洲城の斯波義統に挨拶に行くことを伝えた。

久々の大きな消費に熱田の商人たちは大いに盛り上がった。最近仕事がふるわず、塞ぎがちであった信長の母の弟の織田彦八郎も、この大宴会に大喜びして信長に礼を言いに那古野の信長の屋敷に来た。その場で信長がこの大茶会で使う炭と薪はすべて織田彦八郎に発注すると告げたので、彦八郎は感動のあまり大声を出して泣き、何度も礼を言った。それ以降、信長の熱田での評判もよくなり、何もかも順調に進んでいた。

それから数日後、守護斯波義統から早馬の使者が那古野城に差し向けられた。その使者曰く、信長が清洲城に来城する機会を狙って守護代織田信友が信長を暗殺するために兵を集めている故、清洲城には来ぬようにとの事であった。使者は興奮して大声でまくし立てるように言ったので、その声は多くの者に聞かれ、噂として広まった。このため、斯波義統が信長に暗殺の件を暴露した事は、織田信友の耳にも入ったようだ。織田信友が怒って家臣に怒鳴り散らしている姿が甲賀の響談によって岩室に報告された。

信長は軍備を整えるとともに、茶会は日延べになったが必ず場所を変えて執り行うと織田彦八郎に伝えるよう岩室に命じた。このような小事、小者にでも伝えさせればよい事だが、岩室を使者として立てる事により、彦八郎を軽く見てはいないという信長の意思表示でもあった。

岩室がその事を彦八郎に伝えると、彦八郎は極端に落胆しているようであった。蔵だけではなく、屋敷の中まで買い込んだ薪が積み上げられていた。

「そのような事情ならば致し方ございませぬ」

彦八郎は岩室に対して無理矢理笑って見せた。左の頬が微妙に引きつっていた。


しばらくして信長の伯父、織田信光が那古野城へ来訪した。信光は信長に守護代織田信友の重臣坂井大膳より内応の誘いがあった事を告げた。織田信光は織田信友の前で熊野権現の誓詞に署名して裏切りを約束したことも信長に伝えた。熊野権現の誓詞において約束した事を違えれば、たちまち不運が降りかかり、神罰によって死ぬと世間では信じられており、それが常識となっている。しかし、織田信光はおよそ神や神罰など信じぬ者であった。織田家は元々越前織田劔《つるぎ》神社の神官の家柄にて、神道による誓詞をたがえる者があるとは織田信友も思いもよらなかったであろう。


織田信光という信長の最大の後ろ盾を味方にしたと思い込んだ信友は気が大きくなったのか、斯波家嫡子である斯波義銀《しばよしかね》が家臣を引き連れて川遊びに出ている隙に清州城下にある斯波義統の館を襲撃した。義統は屋敷に火をかけ、自害して果てた。

天文二十三年七月十二日の事であった。

屋敷から逃げ延びた者の話によると、義統は切腹の時、信長に最後に貰った茶碗を傍らに置き腹を切ったという事だった。

信長はその報告を無表情で聞いていたが、その手は小刻みに震えていた。

怒りに震えた信長は同年七月十八日、軍勢を整えて清州に攻め寄せ、三王口で開戦。信友軍は主殺しの引け目もあって士気があがらず、乞食村《こつじきむら》（春日井郡安食村）まで撤退するが支えきれず、誓願寺前でも敗れ、大敗した。

追い詰められた織田信友にすでに織田信光を内応させ信長を挟撃するだけの余裕はなかった。天文二十四年四月十九日、織田信光に要請して清州城に入城させ、城の守りを固めようとした。しかし、城に入った織田信光の不穏な動きを察知した家老坂井大膳《さかいだいぜん》が単身で逃亡するや、信光は信友に主君殺しの罪を理由として切腹を迫った。逃亡した坂井大膳の一族のうち、城内に残っている者たちも誅殺した。せめて切腹させてほしいと懇願する者も容赦なく斬首したという。主君殺しの大罪を犯したのであるから世間の者たちはむしろこの信光の行為を称賛した。

信光はその後、清州城を信長に明け渡したので、信長は己の居城である那古野城を信光に与えるだけではなく、信友から得た領土の半分を信光に与えた。

しかし、弘治元年十一月二十六日、織田信光は坂井氏の一族、坂井孫八郎によって謀殺された。怒った信長はすぐさま佐々孫介に命じて坂井孫八郎を討たせた。織田信長は尾張国内における最大の後ろ盾を失ってしまった。

伯父信光が死んだ那古野城を不快に思い、信長はこの城を廃城にしようとしたが、日頃は信長と距離を置いていた林秀貞が、この時ばかりは清州城に乗り込み、この城は織田信秀が今川から奪い返した記念すべき城だから絶対に廃城にしてはならないと主張したために、信長は那古野城を林秀貞に与えた。

尾張守護、斯波義統が暗殺された直後、困った事が熱田で起こっていた。斯波義統が暗殺され、館が燃えて貴重な茶器が悉く灰塵に帰したと聞いた熱田の織田彦八郎が、蔵と屋敷にため込んだ薪を家の前の野原に積み上げさせ、笑いながら火をかけたというのだ。

「燃えろ、燃えろ」

と叫びながら火を放ったが、その薪の量があまりに大量であったため、これを放置すれば大火事になると判断した家人たちが彦八郎を取り押さえ、薪についた火を消した。

この事が、織田信友討伐のあとに問題となり、織田彦八郎は材木座の取り仕切り役から降ろされ、勝幡衆の赤川景弘が世話役となった。

この事に激怒した信長の母である小島御前は、激しく抗議したが、織田彦八郎の憔悴は激しく、到底任務を果たせぬ状況である事を信長は熱心に母親に説明していた。それでも母親は納得していなかった。

小島御前が信長の元に乗り込んで抗議した事を聞いた彦八郎は大変恐縮し、郎党の立場を辞して加世者になると信長に申し出た。信長はそれを許した。心労から売り物の薪に火をつけたことで、材木を扱う商売人から忌避されるようになっていた彦八郎は別の収入を得なければならなかった。以前、麻畑の拡大を図った時期に海外からの木綿の輸入拡大が決まり、事業に失敗して破産した木下弥右衛門が織田家の郎党の立場を捨て、加世者となって他家の手伝い戦をする侍大将の道を選んだのと同じく、彦八郎も侍大将の道を選んだ。侍大将は手伝い戦があるたび日銭が入ってくる。元手は体一つあればよい。しかし、ひっきりなしに合戦に参加しなければならぬ危険な生業であった。

彦八郎は知識教養に優れた良家の出であった。慣れない手伝い戦に翻弄され、疲労して動きが鈍った処を敵に槍で刺された。その傷が元となり、彦八郎は命を落とした。

可愛がっていた年の離れた弟が亡くなった事により、小島御前は以後、信長の弟である織田信勝の住まう末森に引きこもり信長と会わなくなった。

第十章・解説

和田新助

和田新助定利は重修譜《ちょうしゅうふ》によると和田惟政の弟である。信長公記によると織田信康の息子、信清の家老であり黒田城城主となっている。子の和田八郎定教《わだはちろうさだのり》は後に甲賀郡に移住したと寛永伝に記載されている。浮野の戦いに信長方として参戦した記録が甫庵《ほあん》にあり。

鉄砲の三段撃ちは嘘か？

現状、鉄砲の三段撃ちは無かったという言説が流布されていますが、村木砦の段階ですでに信長の指示で鉄砲の連射戦法は使われていています。

　信長公は堀端にいらっしゃって鉄砲で狭間（城壁の窓）三つを分担する旨を仰せになって、鉄砲を取り換えひきかえうち放させられた。

　　信長公記（上）原本現代訳　教育社　七十頁より抜粋

このように、名前がどうあれ、信長が鉄砲を使用した直後から連射戦法を実践していた事は記録に残っている。

この三段撃ちはなかったという言説の元となったのは、恐らく鈴木眞哉氏の「鉄砲と日本人」（洋泉社）八六頁―九十頁の記述が元になっていると思われる。

ここで指摘されている小瀬甫庵の記述「三千余挺の鉄砲を一度に放立しに先に進んだる兵卒共将棋倒しをするが如く五六百余騎はらはらと射たおされ」は数々の実証実験から事実ではないとされている。それは鈴木氏の指摘の通りであり、無線機でもなければ起伏の激しい長篠で一斉射撃など不可能である。また、三千挺の鉄砲を一斉射撃しなければならない戦術的優位性もない。その上、鈴木氏が指摘しているように織田軍は「身隠し」に拠って射撃をしている。つまり、塹壕を造ってその中から射撃しているのである。

また三段撃ちについては八六頁にこう記述されている。

三段撃ちなどという面倒なことをやらなくてもそれを可能にする方法はあった。銃手を数名ずつの小グループに分けて、彼らの中で順番に撃たせていく方法である。弓矢の時代から守城の際には矢狭間を複数の弓手に受け持たせるのは定法だったから、だれの発明というものでもないし、よくしられていたはずである。

もう一つは、はやり数名のグループをつくって一人が撃ち手となり、他の者はもっぱら弾込めにまわるものである。火縄銃の場合にはこの方法が効率的だったし、ドタバタと入れ替わったりしないから安定性も高い。これもだれの発明というわけでもあるまいが、雑賀衆などはこれを得意としていたようである。その名残りか、紀州の徳川家には「薬込役《くすりこみやく》」というものがあった。その後身がいわゆる「御庭番」である。

鉄砲と日本人　洋泉社　八六頁より抜粋

鈴木氏は戦国期における鉄砲の連続撃ち自体は否定しておらず、むしろ信長が村木砦で行ったような弾込め役を使った連続撃ちは肯定しているのである。

このように原典である鈴木氏の著書を読まず、三段打ち否定のフレーズだけを引用した人たちによって、戦国期の鉄砲の連続撃ちまで否定される事態に陥ったのが現状であると思われる。

筋目無き者

村で人柱に出される者は村で養育されており、乞食《こつじき》と呼ばれた。これは現在のホームレスのような存在とはまったく別であり、神社の神事においては鬼に扮装して村を練り歩き、ある種の信仰の対象でもあった。この者が人柱として、また村落間の争いで国主から死刑を申し渡された時の身代わりとして出される交換条件として、子孫が村の一員になることが提示されるとの記述が古文書の文中に見られることが多い。著者はここに疑問を持った。元々村の一員ではないのか。これらの者は文献の中において筋目無き者と呼ばれ、村の共同体の一員ではないとされる。それにも関わらず、村の神聖な場で精霊や鬼に扮装し、村の信仰を集める特殊な存在であった。

慶長十二年（一六〇七）の丹波の村々の山争いのあとでも、「村中の難儀に代わり相果」

てようと、進んで相手方の村へ下手人に赴いた彦兵衛は、倅の黒丸に「中川苗字を下され、伊勢講・日持参会にも相加り候様」と希い、それを容れられて死についた、という。

　　戦国の作法　藤木久志　講談社（講談社文庫）　七八〜七九頁より抜粋

この著書は童話のものぐさ太郎にも言及しており、ものぐさ太郎が村で解死人になるべき者として養育されていた様が記述されている。

死刑の身代わりや人柱に選ばれる者は、養育されている村の共同体の外の者の中でもとくに、老人、子供、女性であった。これは、ものぐさ太郎で太郎が兵員として京に派遣されたように、健康な男子は防人として京へ供出しなければならない時に備え、ストックしておかねばならない状況が慣習として定着したものと思われる。

また同著はこのように記述している。

　さらに、解死人が必ずしも加害者本人でなく、また村の責任を代表する解死人が、村の長老でなく乞食でもよかったとすれば解死人という刑罰の形式に、もともと加害者本人や集団の責任者の制裁というよりは、むしろ犠牲を捧げてケガレをはらう、犠牲《いけにえ》の儀礼、という性格が強かったことになろう。このことは重要である。村の儀礼と乞食といえば、中世から近世にかけて、村の祭りにさまざまな祭具を調え、神事の先払いをつとめ、あるいは芸能を奉納するなどして、村から祝いの米銭や酒を得ていた、カワラモノ・チャセン・マイマイなどの事が思い出される。

―中略―

つまり（1）村共同体に扶養され（2）しかも村の正規の成員から排除された存在、これが村の身代わりの要件であった。「乞食」はじつに「村」のシンボルとして、身代わりに捧げられたのである。村人の家＝私的な隷属の外にいて、村＝共同体にのみ帰属する存在＝デーミウルギー（村抱え）に目を向けることの大切さに、あらためて心付かされる。

戦国の作法　藤木久志　講談社（講談社文庫）八十～八十一頁より抜粋

千利休以前に侘び茶はあったか？

千利休が侘び茶を創出したという言説が流布しているが、侘び茶を造ったのは千利休ではない。侘び茶の創始者は村《むら》田《た》珠光《じゅこう》である。村田珠光は、それまで唐渡りの高額な茶器を使って行われていた書院茶に対して、庶民でも親しめる茶の湯を開発した。庶民も茶の湯に参加できるようにするため、茶の湯に参加する人は誰でも茶室に入る時に頭を下げなければならないように入り口を狭める工夫をしたのも村田珠光である。よって、流布されている言説に付随した、キリシタン宣教師が利休に茶の湯を教えた、渡来人の姫が利休に茶の湯を教えたという言説も事実ではない。

それに、井戸茶碗の美しさを渡来人の女性が利休に教えたという言説も事実に反する。

村田珠光は庶民でも気軽に茶の湯が楽しめるよう、大陸でももっとも安価で買うことのできた雑器である井戸茶碗をあえて茶の湯で使った。当時、大陸では景徳鎮が最も珍重され、大陸の貴人は景徳鎮の白磁を使っていた。井戸茶碗は庶民が使うきわめて安価な雑器であった。この風習が村田珠光と交流のあった一休宗純から禅宗に広がり、禅宗を宗旨とする信長もこの侘び茶を好み、井戸茶碗を用いた。また、積極的に瀬戸の窯元を保護していることから、信長の茶の湯啓蒙は地場産業の育成という戦略的目的があったものと思われる。信長は井戸茶碗の価値を理解しており、貴人をもてなすさいは、唐物でも希少価値が高いとされる曜変天目茶碗を使った。なおこれを侘び茶と称するのは江戸時代に入ってからであり、当時はこのような茶の湯を楽しむ者を指して侘び数奇と呼んだ。

侘び数奇とは、井戸茶碗のような価値のないものを使う変わり者という意味である。当時はまだ茶の湯は上流階級の知識人によるたしなみであり、いずれも大陸の古典を読破しており、井戸茶碗が大陸で価値のない雑器として扱われている事も知っていた。

信長は長年にわたり、大量に、おそらくきわめて安価で井戸茶碗を手に入れている。その後、政権中枢を握った信長は名物狩りとして名器とされる茶器を買い集め、市場から高額の茶碗を希少化させることにより、一種の茶器バブルを発生させている。その状況で、過去に安価で集めた井戸茶碗などを気前よく臣下に分け与えている。

これは鎌倉政権末期、元寇で戦った武士に対して土地本位制の恩賞制度で対応できず、鎌倉幕府が崩壊した事例を反面教師とし、土地のかわりに茶器を価値のあるものとし、過去に大量に買い占めた安価な茶器を高額につり上げ、それを恩賞として家臣に与えることによって、最高のコストパフォーマンスで政権を運営したものと考えられる。これは、オランダのチューリップバブルでチューリップの球根が家一軒と対等に交換された状況と似ている。信長にとって青年期に大量に集めた安価な雑器はいわば、チューリップの球根一個と同等くらいの価値である事を心得ており、なればこそ、家来に景気よく茶器を分け与えた。しかし、豊臣秀吉は政権を取って後、最高の高値掴みのバブル価格で茶器を入手しており、高価な茶器を恩賞の道具として使わなかった。このため、天下が平定されるにつれて配下に恩賞として渡す土地が欠乏し、他国に攻め込む事となったのではないだろうか。この二つの事例を間近で見ていた徳川家康は、信長に倣い、近臣に土地を与えず、そのかわりに皇室から官位を貰ってこれを茶器の代わりに重臣に付与することによって家臣の忠誠心を保った。

木下藤吉郎の出自

安土城を調査取材に行った時に立ち寄った滋賀県立安土城考古博物館で特別展をやっており、そこに展示されていた古文書に木下藤吉郎を「譜代衆」と記述してあった。このため、木下藤吉郎は二代以上名主以上の位で織田家に仕えた家臣であったと著者は仮定している。少なくとも父親も元々は士族階級であったと思われる。木下藤吉郎を支える家臣団や若くして杉原氏と婚姻を結んでいる経緯から考えて、水呑百姓であったとは考えられない。『太閤素性記』には藤吉郎の父は織田信秀配下の鉄砲足軽であるとの記載があるが、年代的にもかんがえて、信憑性がない。

参考文献
信長公記 上　太田牛一（著）榊山潤（訳）教育社
鉄砲と日本人　鈴木真哉　洋泉社

第十一章　報酬の意味

今川館、居並ぶ諸将の中で松井宗信、松井忠次、松平義春が今川義元の前にひれ伏している。その後ろに藤林と石見守《いわみのかみ》も平伏している。

「申し訳ございませぬ。本来であれば村木砦落城の時、割腹して果てるべきではございましたが、信長が最新の鉄砲、種子島とおぼしきものを五百挺ほども持っておりました故、これは何としても御屋形様にご報告せねばならぬと思い、生き恥をさらして帰ってまいりました」

「よい、そなたほどの逸材、あのような小競り合いで失うわけにはいかぬ」

「しかし、御屋形様からお預かりした鉄砲や将兵を多く失ってしまいました」

「此度死んだのは兵卒とさして能力の高くない将だけであった。三河の要である松平殿をお救いした点も高く評価できる。無能な将兵はいくらでも換えはきく。鉄砲も銭を払えばまた買える。しかし有能の士は余人を持って代えがたい。我が求めるのは銭金では手に入らぬ有能の士である。それに此度の戦で信長は多数の将兵を失った。信長は愚かにも国を閉ざし、労賃の安い走り（流民）を兵として使わなんだ故に、貴重な商人や工人をこの戦で失った。しかし我が軍が失ったのは地元の雑兵どもと加世者（傭兵）、雑多な将が数人だけじゃ。死んだ人数は我が軍のほうが多いが、人の値打ちでは、人の値打ちでは、信長にはるかに大きな痛手を負わせておる。この戦、急拵《きゅうごしら》えで作った砦は失ったが、銭勘定では完全に当方の勝ちじゃ」

義元は満足そうに笑みを浮かべた。

「さすが御屋形様。我等今川家にお仕えでき、まことに幸せ者にございまする」

宗信が平伏した。

「うむ、それも其方が有能故じゃ。たとえ譜代の家臣であっても、無知無能の者は他国から来た有能の士にいつでも取ってかわられる。他の者共も心しておくがよい」

「ははっ」

その場に居並ぶ今川の家臣たちは一斉にその場にひれ伏した。

軍議が終わり、藤林と石見守が今川館を出た処で雪斎の使用人に呼び止められた。義元から織田について知りたい事があると要請があったようだ。使用人は藤林に依頼の内容が書いてある書簡を渡そうとしたが藤林は受け取りを拒否して石見守に渡すよう言った。使用人は少し怪訝な表情をしたあと石見守に書状を渡す。

「今は藤林殿が今川家中の素破を取り仕切っておられる。拙者に遠慮することなく、書状を受け取ってくだされ。かえって肩身が狭い」

「いいえ、石見守殿が雪斎様にご紹介くださったからこそ、今の職についておられるのです。その事への感謝の心、忘れたことはございませぬ」

「真に恐縮でござる……」

消え入りそうな声で石見守が呟いた。

早速藤林は配下の伊賀衆を尾張に派遣したが、悉《ことごと》く岩室長門守に捕縛され誰も帰ってこなかった。このため、藤林は服部石見守に依頼し、伊賀から服部平蔵正信を呼び寄せた。藤林が素破陰術の使い手とすれば服部平蔵は伊賀随一の陽術の使い手であった。平蔵は和田新介に手紙をだし、金地金《きんじがね》と引き換えに捕縛された伊賀素破の釈放を要求したが岩室が応じず、今川方の報と交換を要求してきた。これは藤林が拒絶し、今川方と織田方の報の交換となった。折衝で藤林は織田方の報を得、配下の伊賀衆に関しては切り捨て御免と岩室に伝えた。岩室はそれを捕縛した伊賀衆に伝え、説得し、応じた者から今川方の伊賀衆の元締めが藤林であることや、その性格、伊賀の動きなどの報を得た。伊賀の報を漏らした者たちは抜け素破となって逃げたが、藤林の配下に凡て殺害された。頑として口を割らず織田方に切り殺される事を覚悟した者がいることを岩室は藤林に伝えた。藤林は今川方の報は伝えず、己が火薬使いの素破であること、罠の使い方、雨に弱いなど己の弱点の報を伝えることで、生き残った者たちの返還を岩室に要求した。

帰ってきた素破たちは号泣して跪き、感謝の意を伝えたが、藤林はそれに視線も合わせずそっぽを向いて呟いた。

「仕事をした者に報酬が与えられるは当然のことである。謝辞は無用」

藤林は得た報を書状にしたため雪斎に渡し、雪斎はそれを整理した上で義元に見せた。

義元の疑問

信長の動向。護衛、身辺への用心、暗殺は可能か。

信長は積極的に政務をこなしていたが、意図的にヒマを作ってよく家臣と遊んだ。林秀貞は、武田晴信が今川仮名目録を元にして作った甲州法度之次第を信長に見せ、織田軍の行政改革を図ろうとしていたが、まったく相手にされなかった。家臣の家に寝泊まりして刀を放り出して寝ている。家臣が殺す気になればいつでも殺せるが、織田家は他国からの移民を嫌い、何代にもわたって土着している家臣団であるので、他国の者が入り込むのは極めて難しい。下人、使用人の類にならば紛れ込むこともできるが、信長が家臣の家で寝る時は、家臣の家族と布団を並べて寝るので、暗殺しようとすると家臣の家族を巻き込むことになり、家臣や郎党が死にもの狂いで反撃してくるであろうから暗殺は難しい。

織田信長の軍事組織は今川より優れているか。

織田軍の組織は今川軍よりはるかに遅れている。土俗的血族集団であり、官僚組織として安易に管理者の挿げ替えをすることは難しい。尾張武士の気質は面子を重んじ、面子を傷つけられれば平気で人を殺す。進歩や改革の意思が乏しい者が多数おり、そうした現状維持派が信長を支えている。理性に乏しく、理屈より感情を優先する者多数。余所者には排他的だが身内には非常に甘く、お互いに甘え体質の中にあり、一時殺し合った仲でも、相手が許してくれるという甘い幻想をもっている者が多数。

堺から入ってくる鉄砲はいかな高額になろうとも伊勢長島に入ってきた時点で一向宗が凡て買

い取り、それを凡て今川が買い取る手筈になっていたが、何故信長は大量の鉄砲をもっていたのか。

近江国国友にて鉄砲を生産しており、甲賀衆の伝手を使って美濃経由で尾張に五百挺運び込んだ。その後も、甲賀衆に火薬の調達を依頼したため、甲賀衆は信長に入れ込んでいる。

信長が背後の守護代、美濃斎藤道三への備えを残して村木砦の合戦で動員できる最大兵力の倍の兵力を村木砦へ動員したが、信長はその倍の兵力で攻め込んできた。どこから兵力を調達したのか。

斎藤道三に依頼して尾張国内の防衛は凡て任せ、全兵力で村木砦を攻めた。

美濃斎藤家、近江浅井家、尾張織田家、三河松平家はそもそも守護大名から国を簒奪せしめたものである。斎藤家にとっても土岐家、織田家にとっての斯波家、松平家にとっての吉良家、浅井家にとっての京極家は、邪魔な存在なれど、無為に殺せば世間の誹りはまぬがれない。よって、甲斐のように守護家を悪逆非道の暗君にしたてあげ追放するか、家臣が乱心を装って切りつけるか、家臣に守護を愚弄させ、怒った守護が懲罰を要求したところでその家臣を切腹させ、家臣の郎党が仇討と称して守護を殺害するなど、手の込んだ事をしなければならない。守護斯波氏を煽って信長と対立させ、謀反を起こさせ、それを理由に信長が守護を殺害し、信長の悪評を尾張に広めることは可能か。

すでに守護代織田信友が守護斯波義統を殺害したため、その評判が地に落ち、易々と信長に討ち破られた。斯波義統がすでにこの世には亡くその策謀は不可能。不和の工作をするのであれば息子の斯波義銀《しばよしかね》。もしくは織田信長の同母弟、織田信勝。


藤林はその報をもって雪斎の元を訪れ、義元にも報告した。

義元が信長の行動を不快と思うであろうことは予想できた。予想どおり、義元は、この国を改革するためには信長のような守旧派を徹底的に打ち負かし、根底から過去のこの国の因襲を破壊しつくさねばならないとは言っていた。しかし、最も怒りを露わにしたのは意外な部分だった。

信長が家臣の家で家臣の家族と布団を並べて寝ていると聞いて、義元のコメカミの血筋が浮き出した。信長が呑気に家臣の家で雑談し、遊び、寝コケている。そんな他愛もない事を報告した時、義元は露骨に怒りの表情を表したのだった。

藤林は心の中で呟いた。

「……解せぬ」

そのような義元の怒りの表情を見て取った雪斎が横合いから声をかける。

「この者を除かねば御屋形様の意思は天下にとどきませぬ。御屋形様が寝る間を惜しみ日々努力して今川家をここまで大きくされたというのに、信長は怠け、寝コケ、津島と熱田の関税で私腹を肥やして豊かになっております。先の村木の合戦で織田の戦える軍勢は激減しておりまする。

しかし、信長は頑なに他国より人を入れようとはしない。これは絶好の機会。この雪斎に今川の全軍をお預け頂けますならば、必ずや信長を討ちとってみせましょう。今です、信長を討てる機会は今しかございませぬ」

雪斎がそこまで迫ると、義元は急に冷静になった。

「うむ……、いや、織田信長と和議を結ぶ」

「これはしたり、如何なる御存念か」

「我が今すぐ軍を起こせば織田家中は結束する。それよりも織田と和議を結び油断させ、素破を使って弟と跡目争いを起こさせて織田家を弱らせるのだ。とくに家老の林秀貞とやら。あの者は改革の気風があり、正しき政《まつりごと》が何たるか心得ている。あの者を信長から引き離し、謀反を起こさせて葬らねばならぬ。織田信長という男、私利私欲の徒と評判の美濃の蝮《まむし》に己の命綱である熱田と津島の警護を任せて織田全軍で村木砦を攻めよった。常人を超越した糞度胸の持ち主であることはわかった。軍を整備することも知らず、無駄に道を作り、運だけでここまで上り詰めて来た阿呆かと思っておったが、それだけではない、得体のしれぬものを持ち合わせた輩よ。この者、たしかに放置しては危ない。だがこの今川義元、絶対に賭けはせぬ性分だ。戦うかぎりは絶対に勝つ算段を立ててから戦う。それが我の流儀というものだ」

「真に感服つかまつりました」

雪斎は深々と頭を下げた。そして言葉を続ける。

「伊賀衆を使い信長と弟の信勝に合戦をさせるのであれば、その隙に大高城から鳴海城にかけての道を大々的に整備しておかねばなりませぬ」

「何を言う、あのような三河の端の端、何の用があって道を広げるか」

「織田と合戦をするならば鳴海から大高にかけて。織田が全軍を展開するならば鳴海城に攻め寄せた織田軍が見晴らせる小高い丘に陣を構えなければなりませぬ。あの辺りには川が多く、治水が悪いですので、雨が降れば道がぬかるみ荷車が通れませぬ。あのあたりの山、そうですな漆山《うるしやま》辺りに陣屋をかまえるとして、そこから大高城まで雨が降ってもぬかるまぬ石畳の道を作らねばなりませぬ」

「何故そのような道がいるか」

「それは織田信長とその配下の将を討ち取ったあと、荷車で首を大高城に運ぶためでございます」

「偽りを申すな。首などいくらでも下人が運べる。そなた、我が信長に負けた時、早急に逃げ帰るために道を作れといっておるのであろう」

「そのような事断じてございません、あくまでも備えでございまする」

「其方、我が信長に負けると思うておるな。侮るでないぞ、雪斎、ことあるごとにあちらに道をつくれ、こちらに道を作れと、そなた信長の生霊にでも取りつかれたか。其方の言うとおり、我は金融を緩和し、その金で米、木綿などの投機を行い莫大な財を成した。はるかに織田が及ばぬほどの財を今川家はもっておる。この銭を使えば瞬く間に四万の兵力は集まろう。それに比べ、愚かなる信長は頑なに異国からの加世者を拒絶し、自国の諂《へつら》い者どもを集めて母衣衆《ほろしゅう》などと称しておる。まさに児戯じゃ。その信長の策を倣うて道を作れというか」

「信長のマネをしろとは申しておりませぬ。ただしき御政道を貫いてくださいと申しております」

「信長が無駄な道を作っている間に我は銭を惜しみ、道を作らず、治水の費用を削って、その銭で異国から大量の木綿を買い付け近隣諸国に売り、尾張、美濃から米を買い付け、飢饉の国々に売って莫大な利益を得た。これがもし道を作っていたならば、みすみす、その投機の機会を逃していたのだぞ。いいかげん教条じみた綺麗事はやめろ。何が義か、何が真実か。我はいままで御師匠と思ってそなたの意見を黙って聞いてきた。本願寺に莫大な銭を貸し付け、国内の金利も下げ、国内に銭を行きわたらせた。そなたに言われるがままにな。それ以上何を望むか」

「ですから、せっかく世に出回った銭を実業に回さねばなりませぬ」

「銭を実業に回しても物が売れぬ時期に物を作っても損をするだけじゃ。頭の良い者は誰も物価が下がり続けている時は物を作らぬ。物を作らず銭を持っているだけで物価は下がり、手持ちの銭の値打ちが上がるからだ。こんな時に銭を浪費する奴は阿呆じゃ。ゆえに信長は尾張でも阿呆、ウツケと言われておるではないか」

「仰せの通り、物価が下がり続けている時は聡明なる者はみな銭を使いませぬ。よって、主君が率先して銭を使って物を浪費しなければ物価は下がり続けまする」

「雪斎、そなた、我に信長のように阿呆になって損をせよというか。財政均衡策を放棄せよと言うか」

「はい」

「これは……」

義元の顔に明らかに失望の色が現れた。

「これまで師匠と思いそなたの言に従うてきた。しかし、今気づいた。そなたはすでに時代遅れじゃ。一向宗の学僧たちの言うことが正しかった。そなたほどの高僧でも時代の最先端には付いてゆけなんだか。老いたり」

「そうではありませぬ、せっかく世間に行きわたった銭を投機ではなく、実業に回せば、今川家は益々精強になりまする」

「それはない。長島本願寺の僧らに聞けば、すでに信長は道を作りすぎて借金まみれになっているそうではないか。それに比べ、我は投機で莫大な富を得ておる。我の勝ちじゃ」

「その銭が兜をかぶって槍をもって御屋形様を守ってくださるか」

「それは屁理屈じゃ。銭でいくらでも加世者を雇える」

「されど……」

「くどい、何度も何度も同じことの繰り返し。時代遅れの年寄の繰り言は聞きたくない。あとの事は本願寺の高僧らに相談する故、そなたは寺で写経でもしておれ」

「は……はい、かしこまりました」

雪斎はその場に崩れ落ちた。義元は不快の表情を露わにして座敷を出た。

雪斎の憔悴は酷い有様であり、藤林が肩を貸して寺まで送った。

雪斎はその後駿河長慶寺に入ったが、二度と義元からおよびはかからなかった。義元にみかぎられたと悟った雪斎はしだいに衰弱していった。藤林は義元からお呼びがかからなくとも、自腹で駿河に逗留し何度も雪斎の元を訪れた。雪斎はしだいにやつれ衰え、寝たきりとなった。その頃には誰も雪斎の元を訪れる者はなかったが、ただ一人、藤林だけは雪斎の元に通い、その言葉を聞き続けた。

「藤林よ、なにとぞ御屋形様をたのむ」

雪斎は何度も何度も藤林に懇願した。藤林は無表情に寝たきりの雪斎を見下ろしていた。

「拙者、雪斎様に忠節をつくしたものであり、御屋形様のこと、その限りではございませぬ」

「そこを曲げてなんとか頼む」

「頼まれても御屋形様の意に沿わぬ事を言えば遠ざけられるか切られるか、いずれにせよ犬死でござる。雪斎様にできなんだ事が何故拙者ごときにできましょうや」

「それでも、なんとかならぬか。望むものは銭であろうと我が寺領であろうとなんでも与える」

「銭を貰おうても命がなくては使えませぬ。拙者すでに頂くものはいただきました。我が命に代えても忠節をつくしたるは雪斎様ただ一人。それは雪斎様に聞く耳があるからでござる。諫言をお聞きくださり、枕をならべて討ち死になら本望なれど、無礼討ちではわりがあいませぬ」

藤林は冷徹に突き放すように言った。

「そうか……」

雪斎の目から涙がこぼれる。

「そうか分かった。そなたは今までよく勤めてくれた。有難う」

雪斎は藤林に向かって深々と頭を下げた。

「チッ」

藤林が眉間に深いシワを寄せて舌打ちをした。

「いかがした」

「やれやれ、最後に欲しいものをいただいてしまいました。仕事の報酬とは、本来働いてくれた者への感謝の表れ。その最も尊い報酬を頂いてしまったかぎりは、仕事をせねばなりますまい」

「やってくれるか」

雪斎は大きく目を見開いた。

「ただし、御屋形様が臣下を裏切らぬこと、見捨てぬことが条件でござる。御屋形様がお志を捨て、私利私欲に走られました時は、拙者逃げまする」

「おおそうか、受けてくれるか。御屋形様は決して家臣の者らを見捨てることはない。これで今川家も安泰じゃ、よかった…よかった…」

消え入りそうな声で雪斎は呟いた。


弘治元（西暦一五五五）年閏十月十日、太原雪斎は帰らぬ人となった。

第十一章解説

村木砦

村木砦には実際に取材に行ったが、現在では田園の中にある広場のような場所であった。現地の説明書きによると村木砦の闘いの時の守将は松平義春である。しかし、松平忠茂が守将であるとの説もある。

現在確認できる村木砦跡は内陸部の田苑の中にあるが、当時は海に面した地域であり、今川義元はここに港湾施設を建設し、必要物資を集積することによって知多半島の佐治や水野などの国人衆の尾張への物資依存を脱却させようと狙ったに違いない。だからこそ、織田信長も総力戦でこの戦いに臨んだのだ。もし、物流と港湾の重要性が理解できない大名であれば、見逃してもおかしくないような小規模な施設であった。

当時高額で最新鋭だった種子島式の鉄砲を織田信長が大量に用意して連続撃ちを行った記録が信長公記に残っている。また今川軍もこのような小規模な施設に大量の兵力と武器を動員しており、信長が昔から親しくしていた武将や小姓たちが大量に死に、信長が涙を残した記録も信長公記にはあり、かなりの激戦であった可能性が高い。

東条松平氏

東郷松平家の松平義春の嫡子は本来、松平甚二郎であったが、父の死後、織田方に寝返った。このため、その弟の甚太郎忠茂が東条松平家を継いだ。この甚太郎忠茂に今川義元が与力として松井忠次と山内助左衛門尉を付けている。松井忠次は系譜的に松井宗信の遠江松井氏と共通しており、同族と思われる。

服部平蔵と怪談播州皿屋敷

服部石見守長保は服部半蔵正成の父であり、この一族は代々石見守を名乗ったが、服部平蔵の一族は代々播磨守を名乗った。服部平蔵の息子は服部平蔵の妻の一族の青山氏に養子に入り、青山播磨守忠成となる。忠成は大名になったが、大久保長安事件に連座して改易される。これは武断派の大久保家と報を握る服部家の弱体化を図った文治派、本多正信・本多正純親子の謀略と言われている。これに対して伊賀服部一族、および大久保氏は宇都宮つり天井事件で本多氏を没落に追い込んだと推測されている。このように青山氏と本多氏の間には遺恨があった。青山氏の支族は池田氏に従い姫路城に赴任したのち播磨に土着した。その後姫路城主として赴任したのが本多氏である。その頃から怪談播州皿屋敷の話が播州で流布しはじめる。その後揚羽蝶のサナギが播磨で大発生したので、領民は、この揚羽蝶のサナギは女が縛られた姿に似ていると言って、御菊幽霊の化身だと言って恐れた。ちなみに、揚羽蝶は池田氏の家紋である。

これとは別に、江戸番町の辺りは徳川家統治以前、行き倒れや疫病、身分の低い者の死体捨て場であった。徳川家が統治したあともしばらくは死体捨て場であった。当時、末端の素破は死ねば墓も立てられず、身分の低い者が捨てられる死体置き場に埋葬された。当然、敵に密偵に入って殺され、野に放置されたクノイチ（女忍者）なども、服部氏や青山氏の屋敷に運ばれて供養したあと、この場に埋葬されたものと思われる。

豊臣家に嫁いだものの豊臣家が徳川によって滅ぼされたために実家に帰ってきた徳川家康の孫、千姫は本多忠刻《ほんだただとき》に嫁ぎ、本多忠刻が姫路に赴任したため共に姫路に住むことになった。このため、千姫は播磨姫と呼ばれるようになった。元和五（西暦一六一九）年嫡子・幸千代が生まれたものの、元和七（西暦一六二一）年に三歳で没したのをかわきりに、寛永三（西暦一六二六年）年には夫・忠刻、姑・熊姫、母・江が次々と没した。このため、千姫はふたたび実家の徳川家に戻されることとなる。ちなみに娘の勝姫は池田光政に元に嫁いだ。

こののち千姫が移り住んだのが江戸番町であった。江戸番町には多数の寺院と墓場があったが、千姫の屋敷を確保するためにこれらは立ち退きになった。この場は元々死体捨て場であったため、井戸を掘ると多数の人骨が出土した。このため、千姫が男を囲い、次々に殺しては井戸に投げ込んだという噂が周囲に広がる。千姫が亡くなると、この地は青山氏に下げ渡され、青山氏の江戸屋敷となる。

寄り親寄り子制度

当時今川家では寄り親寄り子制度という行政機構を形成しており、官僚機構においては、尾張よりはるかに整備されていた。軍隊の形式においても織田信長の軍隊は最新式のイメージがあるが、実は今川義元の軍隊のほうが組織化されていた。信長は改革をゆっくりとおこない、実は極端な改革はしなかった。極端な制度変更は国内に混乱をもたらすとの考えから、信長は人生の上で変更や改革はつねに最小限度におさえ、既存の組織や機構を大事にした。それは、形骸化した守護大名の斯波氏を復活させようとしたり、足利将軍家を復権させようとしたり、天皇を敬い、伊勢神宮の遷宮を復活させ、石清水八幡宮や熱田神宮の土塀を建設するなど、当時、合理主義で神も仏も軽んずるのが当たり前の時代において、信長の行動は周囲の人間から見れば、極めて非合理的で、時代遅れの復古趣味者に見えていた。その行動を当時の人たちが「うつけ」とよんだ可能性が非常に強い。

朝倉宗滴が

「武者は犬ともいへ、畜生ともいへ、勝つことが本にて候」

（意訳　武士というものは犬と言われようとも畜生と言われようとも勝たねばならない）

と言ったように極めて合理的なものである。

室町時代の武将である土岐頼遠は「院と言うか。犬というか。犬ならば射ておけ」と言って光厳上皇の牛車に弓を射かけている。

徳川清康は猿投神社を焼き討ちにしている。

比叡山焼き討ちは足利義教、細川政元がやっており、敵対する大名は非難するものの、当時の価値観では、別段珍しいことではなかったし、松平清康の猿投神社焼き討ちも、関係者以外は気にしていなかった状況である。むしろ、神社の壁を無償で修復し、伊勢神宮の遷宮を復活させたり、天皇のために馬揃えをする信長の行動が当時の常識からいけば無駄遣いであり、異常であった。そういう信長の異常性をもって、信長の発言や行動を「お狂い」と当時の人たちは評した。

第十二章　後悔先に立たず

織田信友を成敗したあと、その所領を得て余裕ができた信長は、度々茶会を開くようになった。茶会のさなか、信長は時折、物思いにふけることがあった。

「何か」

「いや、何でもない」

岩室が聞いても信長は答えなかった。しかし、一度聞いて答えずとも臣下としては気付けば問わねばならない。己にできる事であれば何なりと動かねばならぬと岩室は思った。

「何なりとお申し付けください。拙者にできることであれば動きまする」

「うむ、死んだ織田彦八郎の事を思っておった。もう少し早く茶会を開いておればのお、茶会は茶を沸かすために炭も使う。今後は尾張の小島衆が飢えぬために頻繁に茶会を開かねばならぬ。それはそれとして、彦八郎の妻はどうしておる」

「彦八郎殿は薪売りからも手を引いて足軽大将になってしまわれたので、身重の坂氏は動くこともできず奉公人も少なく、ひどく困窮しておいでのようです」

「何か救う手立てはないか」

「側室に迎えられては」

「しかし、妻の鷺山ともまだ子を成さぬのに、側室とは」

「子を成さぬがゆえ、なればこそです」

「うむ、鷺山にも相談せねばならぬ」

「坂氏が飢えて死ねば元も子もありませぬ」

「分かっておる」

信長は眉をひそめて顔をそむけた。


岩室は内々に信長の妻、鷺山殿に面会を求めた。素破の家の岩室には面会の許可は下りず、佐脇藤八の従者としてなら面会を許すとの通知が来た。岩室は佐脇藤八に頼み、岩室と弥三郎は佐脇藤八の従者という体裁をとって鷺山殿と面会をした。佐脇の家は没落したとはいえ、室町幕府奉公衆に名を連ねる名門である。岩室氏よりも、加藤氏よりもさらには前田氏よりも家格としては上に当たる。

鷺山殿が住まう館に到着すると門番が佐脇藤八らの身分を確かめた。尾張衆なら藤八は見知った顔である。しかし、鷺山館の門番は尾張者ではなく明智衆であった。館の警備は物々しく、一種張りつめた空気が漂っていた。将来もし、斎藤道三が信長を裏切って尾張に攻め寄せたなら、これら明智衆が血道を開いて鷺山殿を美濃に逃がすための備えだと岩室は思った。座敷に通されると、鷺山殿配下の武士が出向かえた。

「斉藤利三です、こちらへ」

最初無愛想に出てきた岩室等と同年代の男は岩室たちの中に籐八を見付けると、籐八だけに向かって微笑をうかべ、会釈をした。弥三郎の眉間に深い皺がよる。岩室はたしなめるため軽く二回ほど弥三郎の袖を引いた。

奥の座敷に通されると、そこには老女が控えており、その向こうの障子は閉じられていた。

藤八は弥三郎の方を見る。

「なあ弥三郎、あれは屁負比丘尼《へおびくに》か」

佐脇が老女に指を指そうとしたので、弥三郎が必死にその手を押えて下に置かせた。

「まあ」

老女は不快そうな顔をして着物の袖で口元を隠し、足早に奥に立ち退いた。

屁負比丘尼とは、高貴の女性が人前で放屁してしまった場合、名乗り出て罪をかぶる身代わりの女性の事を言う。

「おい、余計な事は言うなよ、詳しい事は岩室が言うからお前は黙って平伏しておれ」

弥三郎が目を血走られて藤八に説教する。

「別にいいがね」

藤八はくりくりと丸い目を二三度瞬きさせて弥三郎を見た。

「ほほほ、かまわぬ」

奥の部屋から若い女の声が聞こえた。

「濃様、ご機嫌うるわしゅう」

藤八が障子の向こうに大声で呼びかけた。

「無礼者」

障子の向こうから先ほどの老女の厳しい声がする。

「おい、やめろ」

弥三郎が慌てて藤八の口を手で押さえる。

「構わぬ、入れよと申しておる。こなたの命が聞けぬか」

「ははっ、申し訳ございませぬ」

厳しくたしなめられた老女の声が聞こえたかと思うと障子が開かれた。一番奥の上座に見目麗しき若い女が座っていた。

藤八はこの女を濃姫様と呼んでいた。それは庶民が鷺山殿を俗称で呼ぶときの呼び名で、本人の前で言う言葉ではないが、鷺山殿は藤八に対して寛容で、それを許した。

「ところで今日は何の用向きじゃ」

鷺山殿が聞いた。

「それについては拙者が」

岩室が口を開くと、鷺山殿は急に無表情になった。

「申せ」

言葉少なに鷺山殿が言った。

「されば此度は殿の側室お迎えの件でございまする。西は陸運にておい力を増したる生駒、東には商業で財を成したる熱田、南には長良川の水運で力を得た津島、これら四方から人質を取り、殿に対して異心起こさぬよう、手立てを打たねばなりませぬ。そのためには側室を迎えることは必定でございまする。そしてその側室に子を産ませ、これら勢力を束ねさせるのです」

「北はよいのか」

「恐れながら」

岩室は上目づかいで鷺山を見た。

「此方か」

鷺山は眉をひそめた。

「くっ」

老女は怒りの表情を表し、前に出ようとした。

「控えよ、各務野」

鷺山がたしなめると各務野は恥じ入って平伏した。

鷺山は優しげな笑顔を作ってみせる。

「そなたに言われるまでもなく、君主の妻としての立場は心得ております。此方は殿の御心に従うまでです」

「恐れながら北の方より側室の件、殿におすすめいただきたく、伏してお願い申し上げまする」

岩室は床に頭を擦り付けて平伏した。

「……」

鷺山は作り笑顔で岩室を見下ろし続けた。

岩室の横で弥三郎も平伏し、忙しなく岩室と鷺山の顔色をうかがい、視線を往復させている。

「側室に子供が生まれたら、殿にせがんで濃姫様の養子にしてもらえばよろしかろう」

素っ頓狂な声で藤八が言った。

「おい、お前」

藤八を止めようとしつつ鷺山の方に視線をやると、鋭い視線で見据えられ、弥三郎は慌てて平伏する。

「ほう、此方を石女《うまづめ》ともうすかや」

「さにあらず、子が出来ず時を経れば不利になるのは濃姫様じゃ。子が物心ついてからでは遅すぎるし、子を産んだ側室がデカい顔をしよるでしょう。一旦は養子にして、新しく己の子供が出来れば側室の子は廃嫡すればいいだけ。信長様も上の側室の子、信広殿がおられるが正室の子故お家を継がれた。濃姫様にお子が出来、側室の子が邪魔になったら、御望みとあらばそれがし殺してもよろしい」

「そのような事を言うて、主君の子を殺したらば斬首、お家断絶は免れませぬぞ」

「濃姫様のためなれば何の死を恐れましょうか」

藤八は胸を張った。

「ほほほっ、これは頼もしい。藤八がそこまで言うのなら、此方も殿に口添えいたしましょう」

鷺山は藤八に優しく微笑みかけた。

岩室らが座敷を退出する際、周囲に控えた明智衆の鋭い視線が取り囲む。まるで敵陣の中に居るような雰囲気であった。

館を出ると弥三郎が身震いした。

「ふう、とんだ蝮《まむし》屋敷じゃ、二度と行きとうない」

「それがしはまた遊びに行くぞ」

藤八は呑気に言った。

「これで話は進む。藤八殿、感謝いたす」

岩室は藤八に頭を下げた。

「おい、それがしには弥三郎と呼び捨てで、藤八は藤八殿か」

「それがしも初めて藤八殿と言われたぞ」

藤八が言った。三人は目を見合わせる。

「ははははっ」

三人で腹をかかえて笑った。


かくして、信長は鷺山殿の口添えもあり、三人の側室を迎えることとなった。一人は熱田岡本一族の縁戚、坂氏の華、一人は生駒氏の類、もう一人は祖父江氏が養女として持っている身分の低い女だった。これは幼い頃、信長が津島に遊びに来た時、しきりと津島衆が会わせ、可愛がっていた女だった。もとより、貢物としてさし出す女故、持ち続けても遜色はなく。祖父江家は信長に差し出す機会をうかがい、ずっとこの女を他家に出さずに持ち続けていた。

信長は坂氏、生駒氏には化粧料を与え、手厚く保護したが、祖父江の女にはさして俸禄は与えぬものの、熱心に通って子を産ませようとした。一番身分が低い女の処に信長が意図的に通っていたのは、その子を鷺山の養子に迎えるためであり、鷺山の養子にするかぎりは、養子を産んだ側室の背景に巨大な勢力がいないほうが良いと鷺山に説明していた。このため、鷺山は信長に感謝の弁を述べていたと岩室は後に信長から聞いた。

これから良い方向に行くかと思われた時、信長の同母弟、織田秀孝《ひでたか》が殺害されたとの報が入った。それを聞いた信長は激怒したが、実は守山城主織田信次が川遊びをしていた処、不意に単騎で近づく騎馬があり、怪しく思った家臣の洲賀才蔵《すがさいぞう》がこれを射殺してしまったのだという事が分かった。故意ではなく過ちであるなら責めることはできないと言って、信長はすべて許す事とし、信次に対しても守山の領民に対しても決して危害を加えないよう、尾張国中に通達した。しかし、同母弟を殺された織田信勝は怒り狂い、守山城下に軍勢を率いて押し入り、城下に火を放ち、領民を切り殺した。このため、信長と信勝の関係は極めて険悪なものとなった。信次はまさか罪を許されるとは思わず、恐れて逃亡してしまい守山城は主人が居ない有様となった。このため、信長は守山城に弟の織田信時を入れた。

尾張国内の状態が少し落ち着きを見せたので、岩室は素破本来の仕事である資料の整理と分析を始めた。今までは今川を主体として分析をしてきたが、今後は美濃の斎藤道三の動向にも力を入れなければならない。岩室は直観的に明智衆に不穏なものを感じた。いずれ天下を狙うとするならば伊勢を取り、美濃を取り、大和を取らねばならない。伊勢を取りたるは、地勢的に守りやすく、京から攻めのぼろうとすれば鈴鹿山脈を越えねばならず、紀州からは熊野の山林を抜けねばならない。大軍を擁して西から攻めのぼるには不利な場所にて、このため南朝方の北畠氏が現状に至るも生き延びている。唯一攻められるとすれば東の尾張からだけだ。よって、尾張と伊勢の国境の津島に大橋氏を置いて長年防衛させてきたのだ。美濃を取りたるは、そこが陸運の要であるからだ。美濃から近江、越前、尾張に通じている。近隣諸国から物資が集積する場所故、物資調達には欠かせない場所となる。大和にはなんといっても油座がある。油を押さえれば、大きな利益が上がる。今川が尾張織田家を攻めきれなかったのも、油が理由であると岩室は考えていた。今川の大きな財力の支柱は金山開発である。この金山開発には火力の強い灯油の明かりが必須である。松明など使っておれば、たちまち坑道の中で息がつまり穴掘りが死に絶える。よって、尾張の弾正忠《だんじょうのちゅう》織田家の販売する灯油はどうしても必要だった。しかし、これら三国を取り、京に攻めのぼり、大山崎の油座を手中に収めてしまえば、たちまち大和の油座は無用の長物となる。それは明智の油座とて同じである。今の明智氏は織田家にとって必要不可欠な存在であるが、それらが無用の長物となった時、大和と美濃の明智荘は如何なる態度に出るか。今、蜜月の関係であるからといって、天下の大局を鑑みるに、絶対に油断してはならない相手であると岩室は考えていた。

美濃の商人たちの大福帳の取引内容を調べるうち、岩室には気になる点があった。美濃斎藤道三の家系は元々、京の学僧である。寺院は本来金融で利潤をあげるものであって、帳簿の作成はお手の物である。しかし、それは金貸しの帳簿であって、期限を区切って利息を徴収するものである。このため斎藤家の帳簿は単年度予算制になっていた。これを普請作事にも当てはめている。これは無茶な事であった。普請作事、特に堤の普請は年次をまたいで継続することが当たり前であり、地盤が軟弱であれば、経費が大幅に増額となる。しかし、予算を単年度で切って、次年度に当初定められた予算を超えて建設費がかかっても、追加予算の請求を許さぬ制度となっていた。これでは、堤の建設に当たった業者は赤字を抱えることとなる。これは、突き詰めれば追い詰められ、逆心を抱く結果になりかねない。むしろ、今まで何事も無かったことが不思議であった。早速信長にこの点を言上したが、信長は渋い顔をした。自国の事ならいざしらず、目下の信長が舅《しゅうと》に対して意見することになる。それでは舅の面子が丸つぶれになる。信長は美濃との交易の管理を任せている織田秀敏、堀田道悦を呼び寄せ、意見できるか聞いてみたが、いずれも、おこがましくて意見はできないと言った。ならばせめて、今一度、面会はできぬかと信長は秀敏に尋ねた。秀敏は、なんとか近いうちに機会を設けるよう努力すると約束した。

――甘い。岩室は思った。

このままでは美濃に異変が起こるかもしれぬ。織田信光、織田秀孝が死んだ。残る味方は織田信時、斎藤道三。この二人の身に何かあれば尾張守護斯波義銀《しばよしかね》、織田信勝らが謀反を起こす恐れがあった。最悪の事態は、織田信勝が斯波義銀を旗頭とし織田信長を謀反人として討伐する事だ。犬山の織田信清は自尊心強く、守護の命令という大義があれば斯波方に付くだろう。優柔不断な尾張上四郡の守護代織田信安は謀反人の汚名を恐れて斯波方に付く。たとえ信長が謀反人の汚名をうけようとも義理堅い織田信時は必ず信長に味方するだろう。斎藤道三は元より守護の権威に糞ほどの価値は持っておらぬ故信長に付く。織田信勝、斯波義銀の勢力が尾張国内にあるかぎり、織田信時、斎藤道三の勢力を失うわけにはいかない。これら勢力に危機が及ばぬよう配慮することも大事だが、これら勢力に何か不慮の事態が起こる前に織田信勝、斯波義銀らは排除せねばならぬ。

岩室は思い立つとすぐに信長の元に向かった。

屋敷の座敷で寝転がっていた信長の前に進むと、いきなり平伏した。

「拙者、考え違いをしておりました」

「如何した」

「拙者、つらつらと考えておりましたところ、日頃より信長様に対し、無礼不遜の数々、信長様の温情にすがり、甘えておりました故……」

「らしくもない、端的に言え」

「今後は斯波家の家臣としての立場をわきまえ、斯波のお家に忠節を尽くす所存でございまする。その事こそ信長様のお心に適うと悟りました」

「おお、ついに分かってくれたか我が心」

信長は目を見開いて喜色を浮かべ、飛び起きた。

「つきましては、より斯波家の地位を盤石とするため、隣国三河の吉良氏と和睦されてはいかがでしょう。それは即ち今川と和睦すること。今は合戦より民を安んじ、道を作り、堤を固める時期にございまする」

「まさしくその通りじゃ。では、早速誰を仲介に建てればよいかあたりをつけてくれ」

「畏まって候」

岩室はすばやく信長の元を離れた。

岩室は密偵の報から、吉良家、斯波家ともに伝手がある（足利氏御一門）石橋義忠が適任であろうと信長に知らせた。信長はすぐさま石橋義忠に使者を送り吉良氏との仲介を頼んだ。仲介の労をねぎらうため信長は先に金の延べ板十枚を送ると、義忠は喜んで奔走した。そして、石橋義忠の戸田館で和睦が執り行われることとなった。しかしその際、吉良義昭と斯波義銀のどちらが上座に座るかで揉め、結局今川義元の仲介によって三河の上野原で会見することとなった。野原ではどちらが上座ということはなく、対陣する形である。今川方から軍勢を率いて今川氏真《うじざね》が列席し、吉良の世話を取りしきった。斯波の世話は信長が取り仕切り、信長も列席することとなった。

弘治二（西暦一五五六）年四月上旬三河守護吉良義昭、尾張守護斯波義銀は石橋義忠の仲立ちで和議を結んだ。実質的な織田信長と今川義元の和議であった。

織田信長二十二歳　岩室二十四歳

吉良、斯波はあくまでも傀儡にすぎぬが、意地を張り合い上野原で一町五段（約一六十メートル）ばかり離れて軍勢を横に並べた。両守護はその軍勢を背後において床几に座って体面した。いずれの軍勢も大部分が織田と今川からの借り物である。吉良義昭と斯波義銀はお互い立ち上がり、十歩ほど前に歩んで一例し、元の場所に戻った。後のことは織田と今川が談合して決める。この虚栄心に満ちた両者の態度を見て岩室は益々守護職の形骸と虚飾に嫌悪を感じた。

信長はこののち斯波義銀に清州城を献上し、自らは隠居と称して北の櫓《やぐら》に移り住んだ。

岩室は信長には相談せず独断で隠密に斯波義銀の元に響談を送り込み、信長が義銀を暗殺しようとしているという噂を流した。それとともに、斯波義銀に藤林配下の伊賀衆が接触するのを知りながら放置した。伊賀衆は盛んに信長の不義不信を義銀に吹き込み、心当たりのある義銀も伊賀衆の奨めるままに今川方を尾張に引き入れ信長を討つ約定の密書をしたためた。

斯波義銀は信長討伐の檄《げき》を犬山の織田信清に送っていたが、義銀単独の決起ではなく、座を壊す楽市楽座を訴えている今川義元を尾張に引き入れると書かれていた。これは犬山の座の利益も侵害することになるため、織田信清は斯波義銀から送られて来た書状を信長に送ってきた。信長は群臣を集め、望む者にはすべてその書状を見せ、斯波義銀の真の花押《サイン》があるか確認させた上で斯波義銀に路銀を与え、京に住まいを設えてやり、護衛を付けて京に送り届け、尾張を追放した。

それからしばらく経った弘治二年四月下旬。美濃の作事方の元締めである長井道利が斎藤道三の息子の斎藤義龍を担いで謀反を起こした。道三はすでに隠居しており、息子の義龍に権限を譲っていただけに、信長はこの謀反を解《げ》しかねた様子であった。急ぎ援軍に駆けつけたが、途中で、道三の死を知らせる使者が来た。その使者は、斎藤道三が美濃一国を信長に譲るという送り状を持っていた。信長はその送り状を見て心動かされたようで、道三が亡くなった北に向かって深々と頭を下げていた。そして尾張に撤退した。

尾張に撤退してから数日後、岩室の屋敷にかつて鷺山殿の屋敷で面会した斉藤利三が訪れてきた。何事かと思い出迎えると、先に出会った時の冷徹な印象とはうってかわり、目にいっぱい涙を浮かべ、真っ赤に泣きはらした顔で悲しみを剥き出しにしていた。

「何事でございますか」

岩室がそう言うと、利三は黙って女物の小袖の切れ端を差し出した。

「これが何か」

「斉藤道三公がご側室お栄与《えよ》の方の小袖の切れ端でござる。ご立派なご最期とのことでございました」

「はあ」

岩室は生返事をした。

「何ぞや、その態度」

利三が激高して叫んだ。

「これは申し訳ございません」

岩室は慌てて謝罪し、その小袖を受け取って、頭を下げて屋敷の奥に下がった。その小袖には香がたきしめてあった。岩室は身震いした。そして小袖を文机の上に放り投げ、服を脱いで井戸水で水垢離《みずごり》をした。素破というものは時に匂いが命取りになる事もある。素破にとって匂いとは恐ろしいものなのだ。何の意図をもってそんな香を焚き染めるような事をしたのか岩室にとっては理解の外であった。

「おーい、体を拭くものをもってこい」

岩室は妻を呼んだ。

「はい、ただいま。あれ、この匂いのきつい小袖はどうなされました」

「何故か斉藤道三殿の側室になられた織田家の姫が自害された折、香をたきしめて拙者に渡してよこしたそうな」

「してどうなさいまする」

「捨てて誰かに見つかるのも争いの種になる。どこか奥にしまっておくか、其方が不快なら焼いてもよい」

「此方のような者にお気使いくださいまするか、織田家の姫様のほうが尊きお方でありまするのに」

「尊き方であろうと、さして知る仲でもなし。其方には今まで散々迷惑をかけておる。その積年の恩を思えば、其方の意向を慮《おもんばか》るのが筋であろう」

「まあ、うふふ」

岩室の妻は楽しげに笑った。

「何を笑うか、人から貰った形見の品を軽々しく捨てるような男は冷たいと言われ嫌われると思うたが」

「いいえ、好きでございまするよ」

「冷たい男が好きか」

「ええ、此方にだけ優しく他の女に冷たい方が大好き」

満面の笑みで妻が答えた。

「変わり者め」

「あなた様の妻ですもの」

「ははは」

「ほほほ」

二人は軽快に笑った。

斎藤道三が亡くなって以降、尾張では信長に対する不穏な噂が振り撒かれていた。曰く、信長は時代遅れだ、優柔不断で決断ができない。徹底した政《まつりごと》ができない。贅沢三昧無駄遣いして織田家の財政は借金だらけだ、信長はケチで商人から金を搾り取ることしかしない等々である。

藤林の放った響談による流言だろう。

響談のもっとも初歩は、敵国の若者に、新しい概念はすべて正しいと誤認させる事である。そして、石頭で現状を変えられない年寄を排除しなければ国が亡びると吹き込んで、極端な方向に走らせる。新しい概念の中でも特に間違っている考えを吹き込み、国を破壊する。これは常套手段である。もう一歩戦術を高等化するならば、その国の君主がとる政策に異論を挟ませない。異論を挟む者を逆賊と決めつけて成敗させ、君主を孤立させる。

これは、君主自らが推進する政策を後押しするので、家臣がその謀略に気づいたとしてもなかなか止められない。政として、物価が下落しすぎれば収益が上がらず、国人は仕事が無い工人を雇いきれず解雇し、そのため、その工人が持っていた技能が失われ、より販売力が減退して国が衰退する。これを阻止するために国を束ねる領主が身銭を切ってそれら国人に仕事を与えなければならない。それとともに、国外から入ってくる安い物品に関税をかけて、国内の産品を保護しなければならない。しかし、戦国の世なれば、合戦のために浪費がかさみ、国内の産品を保護せんがあまり、民が飢えても国外から物を入れなければ物価が高騰し、民の暮らしは困窮し、農民が逃散《ちょうさん》して国が衰退する。よって国主は、その時々の情勢によって国策を変えなければならない。

しかし、そのように柔軟な対応をされるとその国が栄えるので、敵対する国から雇われた響談はそれを評して「心変わりされた」「優柔不断だ」「指導力がない」と煽るのである。そうして、一方方向だけに政策を突き進ませ、国を亡ぼす。

東国で最も有名なのは武田信虎である。信虎は有能な領主であり、停滞していた甲斐の国の勘定を、合戦による浪費で復活させた。また、国内の産品を保護し、国外からの米の流入を抑えた。これに対して武田と敵対する北条は、素破の風魔を使い、武田信虎を褒め称え、その政策を煽る噂を振り撒いた。

信虎は己の成功が忘れられず、飢饉が起こり、米不足が起こっても他国から米を買い入れず、物価が高騰し、耐えかねて市場を開くよう進言した家臣を誅殺した。信虎は、家臣の不満の鬱積を解消するために、合戦をより多く行い、浪費を促進したが、このため物資は今まで以上に欠乏し、物価は爆発的に高騰した。甲斐の民衆に不満が溜まったところで、風魔らは武田信虎が妊婦の腹を裂いて子供を取り出したなどの流言を流布し君主への敵愾心《てきがいしん》を煽り、結果、不満が鬱積した家臣団が息子晴信を担ぎ上げて信虎を追放した。その混乱によって岩室の父も甲斐を追われる事となったのだ。この現状を知る今川義元は極端に物価高を恐れ、他国から物を入れて物価下落を促進した。物が安くなれば安くなるほど民の暮らしが安らぐと信じてのことだ。実際、金持の国人衆は物が安くなって暮らしが楽になったと喜び、義元への忠誠心を強めたが、確実に工人は疲弊し、特に駿河の物産の技量は低下し、末端の庶民は物が売れず苦悶の中で衰退していた。それでも国が保てるのは、太原雪斎《たいげんせっさい》が今川義元に進言して金融緩和策を取っていたからである。多くの資金を御用商人や一向宗に貸し付け、これを御用商人は異国から入ってくる木綿や穀物の買い付け、国人衆への銭の貸し付けに使ったが、これがいつしか投機となり、木綿相場、米相場、実質的にはさして価値の無い大名の借書が多額で取引された。借書にはその貸し付けた金額以上の価値はないはずである。それなのに誰しもが値段が必ず上がるという妄想に取りつかれ、実質的な価値以上の値で容易く取引された。雪斎はこの多額の資金を織田信長のような道作り、武田晴信のような堤作りに使うよう訴えてはいたが、道も堤も銭は生まないが投機は銭を生むと言って義元は投機だけに資金を集中させていた。このため、義元は保有する金銀財宝、銭の額では関東随一の富豪に発展していた。これらの報は、岩室が藤林に尾張の報を手渡した対価として得たものであった。

これに対して、信長は、物価が高騰すれば市場を開き、物価が低迷し仕事が無くなれば浪費して仕事を作った。このためいくら貸し馬や港の関税で銭が入って来てもすべて土木に使ってしまい、一向に蓄財は進まず、保有する金銀財宝、銭の今川との格差は開く一方であった。しかも、常に状況に合わせて政策を猫の目のごとく変幻自在に変えるので、知性派の国人衆からは、信念が無い、政策に一貫性がないと嘲笑され、ウツケ呼ばわりされていた。反面、市場開放政策を絶対変えない今川義元は海道一の名君と呼ばれていたのである。

信長は近臣に、岩室は同僚に、今川の策謀に乗らぬよう戒めたが、信長と距離を置く弟の信勝は時代遅れの信長を放置すれば尾張が亡ぶと言い、昔からある制度は凡て破壊し、唐土の先進的な制度を取り入れて改革を行わねばならないと本気で思い込んでいるようであった。尾張の国を愛する気持ちが発露であるだけに、厄介であった。最近ではそうした策謀に林秀貞まで乗って信勝と接近している。林秀貞がこの当時の典型的な常識人であった。そして、武田信虎の浪費政策は悪であり、今川義元の財政均衡政策、浪費削減、市場開放の政策こそ至高であるという、当時の学識者の常識をそのまま信じ込んでいる人であった。愚者は経験に学び、賢者は歴史に学ぶという社会的通念から言って、林秀貞の判断は常識人としては妥当なものであった。しかし、この者たちには思考が無かった。道理によって事象の動きを予測する力はなく、ひたすら、世間の多数が言っている事を常識と決めつけ、それを反復することしかできない世間の空気を読んで大衆に迎合する。世間では、このような人たちを賢人と称してもてはやしていた。そのため、世間でいういわゆる賢人たちは、最先端の新しい思想を持つ織田信勝こそ、理想の主君であると信じて仰ぎ奉り、信長を無能なウツケ君主であると断定して排除したいと切望していたのだ。

そのように世間の空気を読み、迎合して人気取りをするのが世間でもてはやされる学僧の常識であった。

関氏の鍛冶場に出入りする針商人、木下藤吉郎なる者が関氏と姻戚関係にあたる信長側室の坂氏にとある書面を渡した。加藤又八郎の子、加藤順政《よりまさ》が関氏に鏃《やじり》の発注をした書状の写しである。その量があまりに多く、近々信長が合戦を行うか、もしそうでなければ謀反を目論んだ国人が密に熱田加藤氏を通じて鏃をため込んでいるのでないかと坂氏に耳打ちしたのだ。これを心配した坂氏が書状の写しを信長に渡した。信長は岩室に内情を調べさせたが、発注主は織田信勝であり、納入先は林秀貞の弟、林美作守《はやしみまさかのかみ》であった。それはただならぬ量で、明らかに合戦の支度であった。信長はすぐさま熱田の工人に銘じて槍と鏃を大量に発注した。それは戦支度もあるが、謀反を目論む勢力への武器の納入を遅らせる意味合いもあった。加藤順政は信長の信頼する小姓、弥三郎の兄でもあったが、弥三郎にはこの事を伝えぬよう、岩室は信長に進言し、信長もそれを承諾した。

弟信勝と林秀貞一派の謀反に不審を抱いた信長は、林秀貞の那古野城に乗り込むと言いだした。岩室はそれを必死に止めたが信長は聞かない。まだ一縷《いちる》の望みとして、秀貞を信じていたのだろう。岩室は猫の目ら配下の甲賀衆を呼び集め、ありったけの火薬を体中に巻き付けた。そして腰に火のついた線香の入った印籠を結《ゆ》わいた。その場に居た佐脇藤八、加藤弥三郎、山口飛騨守、長谷川橋介ら小姓衆にも同じ事をさせた。

「かような事をせいでも、刀一本あれば敵を切り伏せることができよう」

藤八が訝《いぶか》しがった。

「我等小姓衆を城の門内に入れると思うか。この火薬にて門を吹き飛ばす。火急の時には拙者が自爆する故各々方は城に入って殿を助けられよ」

「何を言うか岩室、そなたなくば誰が指揮を執る。この籐八が真っ先に自爆する」

「いや、腕の立つ藤八に先に死なれては困る」

岩室と藤八の話に橋介が割り込む。

「ならばそれがしが死のう」

「何を仰せか、長谷川殿は料簡をわきまえたお方。殿にとって必要じゃ。それがしが死のう」

山口飛騨守が言った。

「い、いや、皆々一騎当千のつわものにて、ここは文弱なそれがしが……」

弥三郎が言ったところで皆が弥三郎を見た。次が居ない。

弥三郎の目が潤んだ。

「いやいや、その時は共に死にましょうぞ」

山口が弥三郎をなだめる。

「おお、死ぬときは一緒じゃ」

弥三郎が涙目で山口の手を取った。

「さて、行くぞ」

岩室らは信長に続いた。信長が清州を出ると、守山城主任命の返礼を持って清州まで来ていた織田信時が駆けつけ、信長と共に那古野城に向かった。岩室が予測した通り、秀貞の指示で城の門番は信長と信時しか城に入れないと言う。押し問答の末、激怒した藤八が抜刀し、あわや乱闘となりかけたとき、なんとか小姓衆数名は大手門の中まで入る許可が出た。しかし、そこより先は信長と信時だけが通された。信長は城の奥に入ってゆき、しばらくの時が経った。出て来た信長は爽快な顔をしており、謀反の嫌疑は晴れたと言った。その表情はとても嬉しそうであった。本音ではこの人は父の重臣、林秀貞を憎からず思っているのだということがおぼろげながら岩室にも分かった。

しかし、事の次第は林氏の与力である前田氏の前田利家によって露見した。実は、秀貞の弟、林美作守は、信長を捕えて切腹させるか、腕の立つ利家に信長を切らせる算段をしていたらしいが、いざ、信長を殺す段になって、秀貞は大恩ある信秀様のお子を殺すことはできぬと言いだし、ご破算になった事が分かった。利家はこの事実を暴露したため、那古野城を出奔し、清州の信長に帰参した。

虎の子の前田分家の強者《つわもの》利家を失い、織田信時も明確に信長支持を表明している中、信勝は謀反を断念したかに見えた。しかし、同年六月、坂井喜左衛門と息子の孫平次ばかりを重用する信時に不満を持った家老の角田新五《つのだしんご》が、信長はいずれ弟の仇として我等を討つに違いないと守山の家臣団を煽り、織田秀孝殺害の御赦免状を取り付けた上で信時を殺害して信勝に寝返った。

信勝は、寝返れば多くの恩賞を与え厚遇すると約束していたため、多くの守山の国人衆が信勝側に付いた。このため、信勝の勢力は軍勢の数において信長を上回る事となった。信長は、弟信時の体面を慮《おもんばか》って守山の統治に口をさしはさまなかったことをひどく悔いているようだった。斎藤道三の件に引き続き、此度も信長の心づかいがかえって仇となった。

第十二章・解説

武衛

尾張守護斯波氏の宗家の当主は代々左兵衛督《さひょうえのかみ》または左兵衛佐《さひょうえのかみ》に任ぜられていた。このため、兵衛府の唐名である武衛と称されていた。

織田信勝の性格

既存の歴史小説の中では苛烈に描かれる信長との対比の都合上、極めて温厚で常識家に描写されることの多い織田信勝であるが、実際の文献でみる信勝は気性が激しい。織田信次の家臣に過失で同母弟を殺害された時は、信長の制止を無視して信次の領地である守山城下を焼き払っている。また、加藤家の嫡男、加藤順政《かとうよりまさ》と盛んに商業文書のやり取りをしている文書が残っており、商業分野においても当時最先端とされた本願寺の寺内町の取引システムを目指していたのではないかと推察される。当時、時代の先を行っていた新しい商業システムは本願寺の寺内町で行われていた楽市であり、信長が保護した座は、旧来既存のシステムであった。当時の若者の目から見て、織田信勝は最先端の市場開放のシステムを尾張国内に持ち込み、性格も苛烈果断に見えたはずである。対する信長は、旧来のシステムの庇護者であり、彼を支えていたのも勝幡衆、津島衆など旧来の既得権益に依存している勢力であった。この織田信勝の姿勢は、この段階において、将来の状況を知るよしもない当時の尾張の若者たちにとって、極めて魅力的に見えたにちがいない。

信長政権当初において、熱田加藤家との文書のやり取りが非常に多く、織田政権内部において非常に強い影響力を持っていたことは間違いなし。しかし、熱田加藤家の嫡子である加藤順政は、織田信勝が行おうとする新しい自由貿易政策にシンパシーを感じていた可能性が強い。父の加藤又八郎は周到な人物であり、弟の弥三郎を信長に差し出すことにより保険をかけていたのだと推察される。このような加藤家の姿勢が、当初信長政権内で大きな力を持ちながら、最終的に大名家の地位に上り詰めることができなかった原因ではないかと思われる。

これら本願寺をはじめとする寺院勢力が保有する寺内町に関して、外国人宣教師ルイス・フロイスは極めて厳しい論評を加えている。

ヨーロッパでは修道女の隠棲および隔離は厳重であり、厳格である。日本では比丘尼《びくに》(biqunis) の僧院はほとんど淫売婦の街になっている。
われわれの間では、普通修道女はその修道院から外へ出ない。日本の比丘尼 (biqunis) はいつでも遊びに出かけ、時々陣立 (jindachi) に行く。

参考文献

ヨーロッパ文化と日本文化　ルイス・フロイス著　岡田章雄　注訳　岩波文庫

この西洋人宣教師の解釈にはいくつかの誤解がある。本来神聖な場所でなければならない寺内町において本願寺が当時の社会通念に反して売春行為の斡旋をしていたわけではない。元々、物品販売の市場は神社勢力に独占されており、後発の寺院勢力は物品の製造販売が出来ない以上、人を使った商売によって生計を立てていくしかなかった。（そのため、物品販売を望む寺院勢力と金融資本を必要とする神社勢力の利害の一致によって神仏混合が進んだものと思われる）それは、説法であり、托鉢であり、芸能であり賭博であった。そのようなアミューズメント産業の一角に売春業が付随していただけであり、もっぱら寺院が売春斡旋をやっていたわけではない。これは比叡山延暦寺も同様であり、比叡山延暦寺の門前町である坂本や雄琴の寺内町では娯楽、芸能、賭博とともに売春業も行われていた。これを口実に織田信長は比叡山延暦寺を攻撃したが、当時の社会通念上、寺院の寺内町で売春が行われている事は当然であった。それら芝居や売春業で美人の新人の女の子が入った時に、客商売であるが故に大規模な広報を行わねばならない。このため、寺院の説法の法螺吹きに売春業者や芸能業者、賭博業者が金を出し、スポンサードして寺院の布教活動をサポートしていたのではないかと著者は考えている。そして、これら売春、芸能、賭博に溺れて金を散財した者へ寺院が金を貸すことで寺院の金融業が発展したのではないか。このように寺院勢力は芸能、娯楽、賭博、金融、広報が一体となった巨大アミューズメント産業であったと考えられる。当時の人々にとってはむしろ、すぐれた芸能者は羨望の眼差しで見られ、一概に悪と捉えられていたわけではなく、むしろ庶民に夢を提供する憧れの存在であったと考えられる。これら巨大金融芸能賭博広報勢力を敵視した織田信長は、当時の人々からむしろ奇異に見られていた可能性が強い。

今川義元の経済政策の痕跡

今川義元朱印状

遠江国見付府の事、右、本年貢百貫文に相定めの処、五拾貫文の増分を以って、百姓職の事、訴訟申すの間、代官を停止《ちようじ》す。一円の領掌を畢《おわんぬ》は、毎年百五拾貫文納めるべき所、若し無沙汰においては、則ちこれを改易せしむものなり。よって件の如し。

天文十

五月五日

見付府

町人百姓

意訳

遠江国見付府の行政改革であるが、今まで年貢百貫文であったところを五十貫文増額するかわりに代官を廃止して行政の無駄を排除し増税によって財政の均衡を図ることとする。

このように今川義元は代官所を廃止し、二重行政の撤廃、経費削減に努めるとともに、百姓から徴収する税金を上げる自由主義解放政策をとっており、寄親寄子の整備によって組織の統制を強めていた。

このような今川義元の合理化政策が織田家の中の知識階層からも信奉されていたのではないかと推察される逸話が残っている。

髭の生えた三歳児という逸話である。

織田信長が十六歳の時、家老が、織田家でもぜひとも組織の合理化を推進するべきであると提案して武田晴信の定めた「甲州法度之次第」を見せた。これは武田晴信が今川家の「今川氏親制定の十三か条」を元にして天文十六（西暦一五四七）年に定めた分国法である。これを見分した信長は嘲り笑い、「このような厳格な法で人を画一化しては多様な人材が育たない。我が望むのは武勇の道、策謀の道など多様な方面に秀でた多彩な人材である」というような事を言ったため、家老たちは「まるで三歳児が髭を生やしたような大人びた事を仰せのようである」と囁き合ったという話だ。この話の信憑性はたしかではないが、今回執筆した著作の作中では、実際にこのような事があり、信長は今川義元、武田晴信の政策を嘲り笑い、弟の織田信勝はこの政策を鵜呑みにして信奉し、そのために林秀貞らは強く織田信勝を信奉するようになったと仮定して話をすすめている。

現在の我々は歴史の結論を知った上で当時の人々の行動を見ているため、ややもすると、林秀貞ら織田家家老たちの行動を愚挙と見るむきもあるが、当時の社会的空気としては今川義元、武田信玄は、アップルやマイクロソフト並の大成功者であり、その成功事例、企業理念を誰もが模倣しなければならないという社会的空気に支配されていた時代である。その状況下でそれらの方法論を嘲り笑う信長を当時織田家中で最も知的とされた家老衆が「ウツケ」であると判断しても、これは無理からぬ事である。むしろ、当時の常識に従って行動していた林秀貞は、当時の社会的空気、常識からいって織田家の武将たちから極めて有能な人材と、見なされていた可能性が非常に高い。

前田一族の出自

つまり前田氏には、後に家来筋となった奥村氏と同格だった過去があったわけで、しかもその時代は永禄・天正年間をそれ程へだてるじきではなかったのである。

前田利家（人物叢書）　岩沢愿彦　吉川弘文館　六頁より抜粋

前田氏は菅原道真の後裔で、菅原氏であるといわれている。しかしこれは前田家の信念であって、歴史上の事実ではない。

前田氏は、美濃斎藤氏の一支族として、美濃安八郡の前田村に居住していたものが、いつのころからか尾張の荒子村に移住してきたもので、尾張の前田村とは関係がなく、また家紋の梅鉢も、斎藤一族の天神信仰に由来するもので、そこから逆に菅原氏後裔と称する信念が導きだされ、そして、道真の後裔と称する当の系譜も、浦壁系図などを参照してあとから作られたものだろうという推定が最も事実に近いようである。

もっとも前田氏の記録には、晩年の利家が自ら道真の後裔だと語ったという話が載っている。だが、この逸話のある「陳善録」という本は、成立事情にあいまいな点があるから、部分的には良質な記録があっても、すべてを信頼するわけにはゆかない。

前田利家（人物叢書）単行本－1988/9　岩沢愿彦　吉川弘文館　八頁―九頁より抜粋

以上のような根拠から前田氏は前田利家や佐脇藤八の幼少期には美濃から尾張に移住してさほど期間を経ておらず、美濃の斎藤一族とも交流があったものと著者は推察し、自著においては斎藤道三の娘と佐脇藤八は斎藤一族としての交流があったと仮定している。

今川義元の陸運に対する姿勢

今川義元は港の整備と海上航路に力を入れるとともに、収入源である東海道の整備にも力を入れていた。商業道路である東海道のような幹線道路の整備にはどの大名も力を入れていた。これと織田信長の道路建設の違いは、信長は首都から放射状に伸びる幹線道路に対して横道を造り道路を網の目状に形成したことである。また織田信長が物流の回転率を上げるために国人の設置した関所を撤廃し、関税を廃止したのとは対照的に今川義元は物流業者に対して伝馬役という税金を課し、収入源としたため、今川家は大きな収益を得たが、物流業者は衰退していった。これは尾張の生駒氏が信長の物流政策によって大きく肥大したのとは正反対の現象である。

今川義元　小和田哲男　ミネルヴァ書房　百九十三頁より抜粋

伝馬には有賃伝馬と無賃伝馬があった。有賃伝馬は宿および伝馬業を営む問屋の収入となるが、公用の無賃伝馬および、有賃伝馬でも「一里十銭を除く」などと減額が指示されている場合は、逆に負担となった。これが伝馬役というわけである。

交通量の増大によって、宿および問屋にとっては、この伝馬役の負担は相当な重荷となり、ついには今川氏に対して訴えを起こす宿も現れた。

第十三章　男と男

「一大事でございまする」

岩室の家に翁が転がりこんできた。ひどく動揺している様子だ。岩室や家人が慌てて門前に走り出ると、それはいつぞや岩室に握り飯をくれた翁であった。この翁は何度か急を知らせてくれている。

怯えきった表情で翁が指を指す方向を見ると、そこには人が倒れていた。首が切り裂かれている。手には何やら書状を握っている。

「たれか、箸をもて」

岩室が言った。手紙に猛毒が塗られていては一大事である。よく神社の起請文を粗末にした者が祟りで血を吐いて倒れたという手合いの話があるが、その多くは猛毒を使った毒殺である。家人がもってきた箸を使って死体が握っている手を開き、書状の内容を確認した。森可成《もりよしなり》と書いてある。それは、岩室が素養ありと認めて密かに饗談として育てている織田家家臣の名前であった。

あとで調べたところ、岩室の配下でも尾張衆でも誰か居なくなった者は無かった。藤林配下の伊賀衆も別に数は変わっていないようであった。恐らく、藤林配下ではない伊賀衆か和田配下の甲賀衆が藤林の餌食となったものであろう。しかし、配下の猫の目を使って調べても誰が殺したか分からない。その通報した翁の素性も調べたが、この者は大高近くの村が養っていた解死人《げしにん》の乞食《こつじき》の父ということだった。身寄り無く、しかも筋目なき者と分かったが、礼儀正しくおとなしい性格であった事から村の解死人として飼われることとなった。米野木川《こめのきがわ》の堤普請の人柱となる事を志願し、その条件として鳴海の山中に住む年老いた父を行司持《ぎょうじもち》（村役人）とし、惣中の訴状を与えることを望んだ。その願いをかなえられ、鳴海の山中の洞穴に棲みついていた老人を見つけ出し、父親と確認した上で扶持《ふち》と家を与えられて村で生活するようになった。行司持といっても名目だけのもので字の読み書きもできぬ故、実際は村で飼われているようなものだが、役人としての役目をはたしたいらしく、近隣の村落を歩いては何かあるとその村の武士の家に知らせに行くのを生きがいとしているようであった。

しばらくして、今度は熱田港に死体が浮かんでいた。それは犬山の和田新助の配下の素破であった。何やら岩室を探っていたらしく、和田は岩室を疑っているようであったが、猫の目が岩室は何の指図もしていない事、以前も伊賀者が殺害されている事を説明し、新助を渋々納得させた。岩室も新助と話し合い、恐らくは今川方に雇われた伊賀者が、尾張の甲賀者を仲違いさせるために仕組んだ離反策であろうという結論に至った。岩室はその事を信長に報告した。信長はそれをさして気にはかけていない様子であった。

信長は、佐久間信盛らに指示をして津島で大々的に演劇をすると言いだした。しかも、自らが演じるのである。命令に対して躊躇する者、病気と偽って出ない者もいた。信長はこの演劇によって――自らに心から忠節を誓う者をふるいにかけて見分けようとしているのだと岩室は思った。

信長は演劇を行ったあと、それを見に来た民衆に対して茶を振る舞った。茶は高価なものであり、庶民の口にできるものではない。皆々涙を流して喜んだ。それだけではなく信長は信勝方の武将の所領内の神社に行っては熱心に領民へ餅を配った。神社の神事に対する寄進とあればその地の国人領主たちも反対はできなかった。ただ、多くの者は、何の力もない民百姓にいくら恵んでやったところで、金を捨てるようなものだと揶揄し、信長がうつけであるとの評判が余計に広がることとなった。信長は金持ちから銭を徴収し、その金で娯楽を行い、民を集めて食べ物を配ることを頻繁におこなった。知識のある上流階層の者ほど、それを浪費と見て嫌悪した。

岩室はこれを最初、裏切り者を炙《あぶ》り出す策謀か何かかと思ったが、信長はただ、貧しい者たちに餅を配り、声をかけ、時折背中をさすってやっていた。本当に素で楽しそうだった。何のためにやっているのか岩室には意味が分からなかった。ただ、民は喜んでいて、信長も喜んでいた。でも、金を浪費するばかりで戦略的には何の意味もないことだと岩室には思えた。あの時もそうだった。村木砦の合戦のあと。涙は生きている者のために流すものであり、死んだ者に涙を流してやっても何もしてくれない。ただの徒労だ。その徒労を信長は延々と続けていた。敵は着々と兵力を増強している。少しでも多くの国人領主を懐柔し、味方を増やさねばならぬ時なのに。それでも、信長は世間的には何の価値もないゴミのような存在と思われていた庶民と戯れて笑って、遊んでいた。

どすん、と衝撃を感じた。驚いて横を見ると長谷川橋介が岩室の横に座っていた。そうだ、信長が神社で餅撒きをしているとき、岩室は身辺警護のため、近くの草原に座っていたのだった。

「どうした、つまらなそうだな」

「そんなことはない」

「其方もあの無遠慮な雑民共のように信長様に抱き着いたり、童のように着物の袖を引っ張ったりしたいのだろ」

「な、なにを、そのような事」

橋介は薄ら笑いを浮かべてどこかへ行ってしまった。

まったくよく分からない奴だ――岩室は思った。


こうやって信長が遊んでいるさなか、林秀貞は寄合をつくり国人や名主を集めては説教を行った。忠義とはなんたるか家への忠節とは何たるか、己が身を捨て尾張のお国のために献身することの大事さを説いた。若い国人衆の子弟の中でも知識階層の者は林の姿勢に感銘を受け、多くが林の元に集まった。

林秀貞の訴えに共鳴し、多くの国人衆が織田信勝の元に集まった事に危惧して加藤弥三郎が信長方でも散財をやめ、出費を緊縮するとともに国の大事を憂うる説教をするように強く求めたが信長は却下した。曰く「秀貞の申し様は空言《そらごと》である。本来国は、家は、一人が万民のため、万民が一人のために尽くしてこそ成り立つものである。しかるに、秀貞は常に献身を求め、滅私奉公を強いる。ただ上から講釈をたれ、奪うばかりで与えるを知らぬ。滅私奉公とは、現世情においては至高の美徳とされておる。よって、だれもその大義名分に逆らうことはできぬ。されどそれは美辞麗句であり、中身のない空言《そらごと》である。真に銭も名誉も命も要らず主君に命を投げ出す者は、この両掌《てのひら》の指の数より少ない。皆々本音では己が生きるため、妻子、一族が生きんがために死にもの狂いで戦うておる。これぞ死狂いなり。心にも無き美辞麗句で虚勢をはり、人に求めて奪うばかりの主に命まで捨てて従う阿呆がいかほどいようか」

自信満々の信長に対して弥三郎は無念の表情を浮かべ、眉間に深く皺をよせてうつむくばかりであった。

「心配いたすな、信長様の仰せの事、まことに道理にかなっておる。我等はただ従うておればよいこと」

岩室が励ますと弥三郎は青ざめた顔で岩室を見た。

「馬鹿は良いのお、何も考えておらねば楽でよかろう」

「ははは、しかし馬鹿でも戦では役に立つぞ」

岩室は乾いた声で笑った。岩室は確信していた。――信長の信念である民衆に金をばらまけば、民はそれを浪費し、貧しい民も富みたる者もみな豊かになれるという方策は正しい。たとえ信勝が金でかき集めた加世者を使って攻めて来ようとも、暮らしの糧を守ろうとする兵たちの死狂いには決して勝つことはできない。

林秀貞の呼びかけに応じ、多くの国人衆が集まった事に気を良くした織田信勝は挙兵し、信長の所領を襲撃した。

弘治二（西暦一五五六）年八月二十二日

近くを流れる於多井川《おたいがわ》が大雨で増水したのを機会に、信長方の佐久間盛重が守っていた名塚《なづか》砦《とりで》を攻めたのである。信長の援軍が川を渡れぬと考えてのことだった。

名塚砦が攻められたと知るや信長は陣頭指揮を執り、周囲が止めるのを振り切って増水した於多井川に馬ごと飛び込んだ。このため将兵たちも続いて次々と川に飛び込んだ。

川を越えた時の軍勢は七百人あまりだった。それに対して信勝軍は千七百人あまりであった。

此度の戦では、先に林秀貞が信長を殺しきれなかったため、弟の林美作守が指揮を執っていた。

信長方の先鋒の佐脇藤八《さわきとうはち》、加藤弥三郎らの軍と正面から激突しているところへ佐々孫介軍に側面を突かれ、柴田勝家軍は総崩れとなって撤退した。岩室は伝令からその事を聞き、共に本陣にあった後詰の信長に伝えた。それについで、新手の伝令が信長の陣屋へ転がり込む。

「佐々孫介殿お討ち死に」

柴田勝家の撤退は偽装であった。孫介は伏兵に討たれたに違いなかった。勝家の逃げた理由はただ一つ。前衛部隊を本陣から引きはなすためだ。

「信長見参」

怒号が響いた。林秀貞の弟、美作守が大軍を率いて信長本陣に攻め寄せたのだ。

その時の信長本隊の人数は四十人ばかり。

美作守の小姓頭、宮井勘兵衛は、信長本隊の数が少ないのを見て、先かけて突進したが、本隊に岩室長門守、前田利家、森可成、織田造酒丞《おだみきのじょう》らが居るのを見て軍を停止させ、遠弓《とおゆみ》を射させた。それらの面々の恐ろしさは誰もが知っている。

「おのれ、腰抜けがあ」

前田利家が叫んで宮井勘兵衛に馬で突進する。

「なにを」

宮井も利家に突進して弓をつがえる。

宮井は間近で前田の顔に弓を当てるが、利家は構わず宮井を突き殺した。

そこに柴田勝家隊が到着する。

「おお、前田の犬か、よき敵を見つけたり、それ、奴の首を取れい」

勝家が号令をかけると柴田隊が群れをなして利家に襲い掛かる。

「利家を一人死なすな」

織田造酒丞が叫んで突進する。それに森可成が続く。柴田隊に切り込んで乱戦となった。

「敵は小勢ぞ、一気に押し潰せ」

勝家の号令のもと、数をたのんで敵勢がどっと押し寄せる。

「信長様に指一本触れさせてなるものかああああああっ」

岩室は叫びながら感情むき出しにして押し出し、敵兵の首を槍で突き、捻じって引き抜いた。

後ろから襲い掛かる雑兵の脚を槍の石突きで突いて前から来た小姓のこめかみを槍で突く。そのまま槍を一回転させて、引いた兵の首を切り裂く。

「殺してやる、殺してやる、殺してやる、殺してやる、信長様を害する者は誰であろうと皆殺しにしてくれるわあ」

叫びながら岩室は次々と槍を繰り出す。

「いかん、こいつ死狂いじゃ、一人では勝てぬゆえ五、六人で同時に突くぞ」

敵の小姓が叫び雑兵数人が岩室を取り囲む。死ぬ。それは分かった。前の三人は槍で防げるが、背後は防げぬ。岩室の顔が上気する。信長がいる戦場で死ねる。信長が己の死に様を見てくれる。嬉しかった。

「信長さま、おさらばでございまするっ」

岩室は目を輝かせて絶叫した。

「突くぞ」

敵の小姓の号令と共に兵たちが一斉に槍を突き出す。

「我の岩室にさわるなあっ」

信長が岩室の背後に滑り込み、後方の三本の槍先を刀で切り倒した。

「岩室はわたさぬぞお」

信長の怒号に兵らはひるんだ。

「信長様」

岩室は信長の背後を守り、にらみをきかせた。

「おのれらあ、僅かな銭欲しさに恩ある主君を討つかあ、其方先の祭りで餅をやった佐吉であろう。そちは小島配下の九郎太だ。皆々顔を覚えておるぞ。幼き頃より分け隔てなく遊んでやったこの我の首が欲しくばさっさと殺すがよい、我を殺せ、さあ殺せい」

名指しで呼ばれた雑兵たちは顔をこわばらせ、大声で泣きながら槍を投げ捨てて逃げて行った。それにつられてほかの雑兵たちも武器を捨てて逃げ出す。

「引くなっ、殺せい、褒美は思いのままぞ、信長の首取れば一郡の田畑をやろうぞ」

逃げ惑う雑兵を馬上で必死に鼓舞する角田新五《つのだしんご》の脇腹を松倉亀介が槍で突き刺し、角田新五は落馬して死んだ。

「これだから雇われの加世者は頼りにならぬ。林家への積年の恩顧に報いるは今ぞ、我に続けい」

加世者の傭兵や柴田隊の雑兵が逃げ惑う中、美作守が号令をかけると、林家譜代の郎党たちは逃げずに信長本隊に突っ込んでくる。林の郎党だけで信長本隊よりもはるかに数は多い。

「腰抜けが、数を頼まねば戦もできぬか」

信長の小姓の一人、黒田半平《くろだはんぺい》が馬に乗って美作守に突進する。

「笑止」

美作守は前に出ようとする周囲の郎党を制止し、馬上で刀を抜いた。

「お前ら手出しするなよ」

半平は己の郎党らに命じたて刀を抜いた。

何合か刀を打ち合い、その後、壮絶な鍔迫《つばぜ》り合《あ》いがはじまった。美作守は相手を侮ったが、半平が意外に粘るので、時を浪費してしまった。

「佐脇藤八推参」

前衛に出ていた佐脇藤八が駆けつける。次いで加藤弥三郎も到着した。

「ええい」

林美作守は音に聞こえし剛の者である。体を巧によじって半平の刀をかわし、素早く半平の腕を切り飛ばした。

「ぐあっ」

叫んで半平が落馬する。

「とどめをさす。槍を持て」

美作守は刀を郎党に渡し、代わりに槍を渡される。それを半平めがけて大きく振りかざした。

「半平を殺させるかあっ」

信長が叫んで馬に乗ると素早くで美作守の前まで突進した。

「信長様っ」

岩室が後を追おうとするが、藤八が馬を飛び下り、岩室の前に立ちはだかって首元に刀をかざす。

「これは男と男の一騎打ちじゃ、手出し無用」

藤八は周囲に聞えるように大声で叫んだ。そして佐脇の郎党に命じて周囲にふれて回った。

林美作守は一旦手に取った槍を地に投げ捨て、郎党から再び愛用の刀を受け取る。林、織田の軍勢が取り囲む中、美作守と信長の一騎打ちがはじまった。馬上で血のついた刀を一振りする美作守。

「ふん、こい小僧」

美作守が挑発すると信長は刀を突き出す。それを美作守は軽々と避ける。

「甘い、甘いわ」

美作守は何度も軽々と避ける。

「その程度か」

美作守が薄ら笑いを浮かべる。と、信長は刀を振る素振りをしながら真っ直ぐ美作守の顔目がけて突きを繰り出した。思わぬ信長の動きにのけぞる美作守。刀の切っ先が美作守の頬をかすめ、わずかに血が飛び散った。

「おのれ小僧、遊びは終わりだ」

美作守は怒号をあげて、激しく信長に向けて刀を打ち下ろす。信長は必死でそれを刀で受け止めたが、それが美作守の狙いだった。わざと信長に受けさせ、力尽き刀を取り落したところで、公衆の面前でいたぶり殺すつもりであることは岩室にも分かった。

「うぬううう」

岩室はうなり声を上げて前に進もうとした。

藤八の刀の腹がヒタリと岩室の頬にふれた。

「それ以上前に出るな、殺すぞ」

藤八の冷めた声が聞こえた。本当に殺す気である事はその殺気で分かる。岩室は足を止めた。握りしめた岩室の拳に汗がにじむ。

何合も、何合も、打ち込む美作守。信長が刀の腹で美作守の刀を受けた時、ガチンと音がして信長の刀が折れた。

「信長様っ」

岩室が一歩前に出た。岩室の首のあった場所に藤八の刀が横薙ぎに空を切る。下にしゃがんだ岩室の脳天に藤八が刀を振りおろす。それを岩室は抜刀して受ける。

「うぬうううっ」

「うううううっ」

岩室と藤八はギリギリと鍔競り合いをしながらにらみ合う。

「あっ」

横で加藤弥三郎が大声を上げた。

「死ね、信長」

美作守が刀を突きだす。鮮血が飛び散った。

信長の前に立ちはだかった黒田半平の首に美作守の刀は突き通っていた。

信長はすばやくその場にあった槍を拾い上げ、美作守の脇腹に突き刺し、ねじって引き抜いた。

「うぐっ」

美作守は短いうめき声をあげて口から血を流しながら落馬した。

「やったあ、信長様が勝ったあっ」

藤八は刀を上にあげ、飛び上がって叫んだ。

「ああっ、信長様、信長様」

岩室は体の震えが止まらなかった。

周囲から大きな歓声が沸き上がった。

「それーっ、落ち武者狩りじゃあー」

藤八が大声で叫んだ。敵の雑兵たちは慌てて武器を捨て逃げ散り、林の郎党だけが美作守の死体の周囲を動かず槍衾《やりぶすま》を作って守っていた。

「もう戦は終わりじゃ、美作の首はくれてやる故、引き退け」

信長がそう言うと、郎党たちは槍を捨て、泣きながら美作守の遺体を運んで立ち退いて行った。

信長は傍らで倒れている黒田半平の目が半開きになっているのに気付き、手で閉じてやった。

自分の錦の着物の袖を刀の切っ先で切って顔に飛び散った血をふいてやった。そして手を合わせた。

第十三章・解説

死狂いとは

武士道は死狂ひなり　一人の殺害を数十人して仕かぬるもの
葉隠　奈良本辰也（翻訳）　三笠書房

江戸時代に武士の心得を書いた葉隠という本に記述がある。死を覚悟した者は一人で十人の敵を倒せるというもの。しかし、戦国時代に記された書物を読むと、本当に手ごわい敵は三方から取り囲んで一気に殺すという記述がいくつかある。自著に記載している六人がかりというのは誇張である。

当時の日本人は中国の古典を読んでいたのか。

貴札委細拝見申候、仍信秀より飯豊へ之御一札、率度内見仕候、然者御され事共、只今御

和之儀申調度半候事候条、先飯豊へ者不遣候、我等預り置候、惣別彼被仰様、古も其例多候、項羽・高祖之戦、支那四百州之人民煩とて、両人之意恨故相戦可果之由、項羽自雖被打向候、高祖敵之調略非可乗との依遠慮、果而得勝事、漢之代七百年を被保候、縦御一札飯豊披見候共、御計策ニ者同意有間敷候哉、但駿遠若武者被聞及候者、朝蔵・庵原為始、可為其望候哉、此段之事候へ者、去年以来拙者存分不相叶事候間、兎ニ角ニ御無事肝要候、武新ニ前被中様ニより、重而談合可申候、恐惶謹言、

三月廿八日

鵜殿長持

安心

参　御報

静岡県史「鵜殿長持書状写」　法務文書課県史担当

意訳（作者の適当な翻訳ですので正確ではありません）

お手紙拝見しましたが信秀からの書状を内々に見たところ戯言を書いていました。昔の事例にもありますように項羽と劉邦の合戦も中国四百州におよぶ戦いとなったのは二人の遺恨が原因です。項羽が攻撃をしかけてきたのですが、劉邦は敵の挑発に乗らず、深い思慮によって勝利し、漢帝国七百年の礎を築きました。この書状を読んだとしてもあなたが謀略には乗らないいと思います。しかし、駿河、遠江の若い武士たちがこのことを聞いたなら朝蔵・庵原らは己の我を通してしまおうとするかもしれません。そんなことでは私の努力も報われないのでとにかく無事が一

番ですから、くれぐれも武新二と打ち合わせを重ねてください。

今川義元の家臣、鵜殿長持の書状に織田信秀を楚の項羽に例えた文章がある。

　　項羽自雖被打向候、高祖敵之調略非可乗との依遠慮、果而得勝事、

項羽が調略を仕掛けてきたが、高祖つまり漢の劉邦はそんなものには乗らなかった。あなたも信秀ごときの策謀には乗らないでしょう。というような内容が書いてある。

このように書状の中に説明なしに中国の武将の名前を書くほど、当時の武将は中国の古典を読むことは常識であったと思われる。

第十四章　武辺道

戦後、信長の母の小島御前が信長に泣きついて弟、織田信勝の助命嘆願をしにきた。「弟の彦八郎、末の子秀孝が亡くなったというに、この上信勝まで亡くなっては、此方は生きていけませぬ」と泣きついた。――そういう事を言う人ほど長生きをするものだと岩室は思った。信長は真に受けて苦しんでいた。岩室は平清盛が仇敵源義朝の息子頼朝公を助命した故、一族が亡びた先例を出し、織田信勝とその息子共々殺すよう進言したが、信長は弟信勝を許してしまった。

助命された信勝は柴田勝家、林秀貞らと共に信長に拝謁した。赤川景弘《あかがわかげひろ》や佐久間信盛、大橋重長らが居並ぶ中での拝謁であった。

「何故に謀反いたしたか」

醒めた声で問いただす信長に対して信勝はひたすら「申し訳ございませぬ」と繰り返すばかりである。見かねた柴田勝家が前に進み出た。

「恐れながら信勝様のご謀反は国を思うての事でございまする。尾張のお国、織田のお家のため、滅私奉公で働かれました。織田家の蓄財を浪費し、財政の均衡をはからぬ信長公が国の主では尾張は亡ぶと仰せでした」

胸を張って真っ直ぐ信長を見る勝家に対して、信勝は平伏したままにじりより、拳で勝家の脇腹を数度叩いた。

「黙れ、下がれ」

勝家は口を半開きにして目を大きく開いて信勝を見た。これがかつて「国を憂う」と公言し、お家のために滅私奉公を訴えた男の姿であった。人の本性とは危うき時に見えるものである。質実剛健の勝家のこと、軽く拳で叩かれたくらいで痛くもなかろうが、心に受けた傷は相当のものであろうことがその表情からうかがい知れた。

――哀れなり
岩室は心の中で思った。

だが、林秀貞一人は毅然としていた。すでに許されぬと思って開き直っているのか、傲慢な態度であった。

「控えよ、この謀反人め」

列席した赤川景弘が罵倒したが、秀貞は涼しい顔をしている。

「そなた、己が間違っておらぬと思っておるようじゃの」

信長が問うた。

「それがしは間違ってはおりませぬ。間違っておるのは殿のほうです。およそ民を愛すると吹聴して卑《いや》しき輩のご機嫌取りばかりする臆病者は、敵の優れたるを見ず、己を誇り、脅威から目をそらして虚勢を張っておりまする。殿が目先の欲で座を守り、市場を閉じることで国を危うくする中、今川とその御用商人たちは益々肥大化し、国を強めておりまする。兵の形成にしてもしかり、我が尾張の兵が雑然と個々に攻めるのとは違い、今川は寄親寄子《よりおやよりこ》の制度を整え、法度《はっと》を定めてより優れたる者だけをより分けて精査し、悪しき者をことごとく排除しております。このままでは尾張の国は滅びまする」

「分かっておらぬようじゃの、そなた物事の表層しか見ておらぬ。強きもの、すぐれたる者が生き残るのではない。この世は適者生存である。その場の状況に適合したものだけが生き残る。よって、今は無用に見える者であっても後の世の事を考えて残しておかねばならぬのじゃ」

「しかし、兵は多きが勝つことは事実。兵の元は財にて、財多き者が勝ちます。尾張の商人どもは雑多に数が多く、たとえ総数で稼ぐ財は多くとも、個々の御用商人を比べれば、今川のほうがはるかに大きい。大きい商人が大量仕入れ大量出荷すれば薄利多売でかならず小商人に勝ちまする。すべてにおいて尾張の負けじゃ」

「ならば問う。数多きが勝つなら何故、今川を模倣したそなたらの軍が我らに負けたか」

「それは、たまたま本陣を攻めた兵が殿と顔見知りであったため、情にほだされたまで。他国の兵が相手ではそうはいきませせぬ」

「違う。勝ちに不思議の勝ちあれど、負けに不思議の負けなし。何かの必然があってこそ、そなたらは負けたのだ。兵多きが勝つとは、まさに教書通りの答えじゃ。本朝に科挙があれば、そちは主席で合格しよう。されど、此度の戦で其方が負けたるは兵の質じゃ。そなたらの兵は徴兵による軍役衆と金で集めた加世者じゃ。それに対して、我が軍は専門の訓練を施した有志の兵。専門技能を有した志願の兵には勝てぬ」

「それは奢《おご》りでござる。兵多きは勝ち、兵少なきは負ける。いずれ、尾張は今川の大軍に押しつぶされましょう」

「分かっておらぬ。商人においてもそうじゃ。駿河の商人はひたすら利益を追求し、最も儲かる商材だけを扱い、不要な工人を解雇し、一極集中で儲けている。されど、時勢が変わり、その商材が売れなくなれば、それは一気に崩れる。かつて尾張随一の金持ちとして威勢を放った麻作りの木下弥右衛門が木綿の流入によって一気に潰れた。また、そこで路頭に迷った麻職人を勘定方の元締めであったソチ、林が無残にも切り捨て路頭に迷わせた。木綿の流入によって麻農家の打撃は東海一円に広がり、安い衣料が東海で欠乏したる処に越後の苧麻《ちょま》が大量に流入し、このため越後の上杉の勢力が急拡大した。一度不要と思われた技能も後に必要となる事がある。技能とは長年の積み重ねであり、その地に根を下ろした草だ。不要と思い潰してしまった技能は二度と戻らぬ。雑多な商工業が群生する有様は、そなたら学識者にとっては目障りであろう、また無駄と思える工人を養い続けるは銭が惜しいと思うであろう。しかし、一時に大儲けはできずとも、雑多な技能の継承は異変に強い。しぶとく生き残る。我が求める事は一時の栄華を誇り、肥大化することではない。生き残ることじゃ」

「さような物言いはきれい事にござる。所詮乱世はやるかやられるか。強い者だけが生き残るものじゃ。競いを激しくし、生き残った者こそが最強なり」

「そうよのお、そして我は勝った。負けたソチはどうする。死ぬか」

秀貞は信長をにらみつけた。

「我はそちを殺さぬ。林も柴田もいずれ役に立つ事があろう故じゃ」

その言葉を聞いて驚いた赤川が信長の前に進み出た。

「何を仰せか、ここで林、柴田を殺さねばまた謀反いたしまする、どうか処刑を」

「ならぬ」

信長は言い切った。信勝との面会が終わったあと、岩室も内々に信長に林、柴田の処刑を嘆願したが、信長はこれを受け入れなかった。先に庶兄の織田信広の謀反が事前に露見した事もあったがこれも助けた。戦国の世にあって、これほど甘い君主は他にはいない。謀反を起こされて、己が殺されかけたのだ。

織田信長は善政を行い、国は栄えていたが、それでも謀反が止まない。義元が藤林を使い響談を行っているからだ。庶民は信長の政《まつりごと》に満足し、反抗はしなかったが、知識階層はすぐに言葉に騙されて、信長を悪と思い込み、謀反を起こす。実際を観ず、人から教えられたことを鵜呑みにして、いつしかそれを自分の頭で考えたと思い込んでしまう。幼い頃から学業だけにいそしみ、何も考えずに、とにかく暗記していれば褒められた上流階級にそのような人が多いのでたちが悪い。かといって、敵の響談を殺してしまえば、それが真であったからこそ都合が悪くなり殺したと噂が立つ。今川方が仕掛ける響談に対抗して、織田方でも響談を打たねばならなかった。

信長は前にもましてよく祭りに行っては餅を配ったり、茶をふるまったりした。そして機嫌が良くなると天人など色々な格好で踊った。時には女の着物を羽織って踊ることもあった。何ものにもとらわれず楽しむ人であった。岩室もこれを歓迎した。信長は面白がって、各地の祭りで、天人の格好に扮して、家臣も天の使いに扮し、踊って民を喜ばせた。これに対して岩室は、甲賀衆を使い、津島で信長は後醍醐天皇の生まれ変わりであるという噂を広めた。津島は元々南朝方の占有したる土地であり、後醍醐天皇が奨励した立川密教を信仰する者が多かった。この地を支配する大橋氏が後醍醐天皇の血筋の王子を養子に受け入れた経緯もあり、津島の立川密教では後醍醐天皇を天人として崇拝の対象としていた。このため、庶民に信長は後醍醐天皇の生まれ変わりと思わせることによって、より忠誠心をあげることができる。津島の人々は信長の演じる天人を見て手を合わせて拝み、涙を流した。立川密教は唐天竺《からてんじく》の仏教の影響を色濃く受け、死者を供養するに骸骨に漆《うるし》を塗って供養するような変わった風習があるため他の宗派からは嫌悪されていたが、それ以外はいたって普通の密教と変わらなかった。

この踊り巡りの手配や衣装の管理などは、信長の腹違いの弟拾阿弥《じゅうあみ》が器用にこなしたので信長は同朋衆として芸能の雑務のとりまとめ役をやらせた。

餅を配り、踊りを見せることで民は親しませることはできる。しかし、知識階層は相変わらず藤林の響談に踊らされていた。

尾張国上四郡守護代織田信安《おだのぶやす》の子、織田信賢《おだのぶかた》は学識がありよく学僧と問答を交わしたが、そのためか常識で測れぬ行動をとる信長を嫌っていた。親の信安はさほど信長を嫌ってはいなかったが、信長に従っていた織田信清と領地争いを起こしてからは信長に不信感を持ち、息子、信賢の言に従うようになっていた。

織田信長の弟、信勝もしばらくは大人しくしていたが、そのうち信長を打たねば尾張が亡びると思い返すようになり、信賢らと組んで謀反を起こす機会を伺っていた。しかし、すでに信勝に力も権限も無く、本来なら死罪もやむなき処、助命されておいて謀反を起こすのは、いかな乱世といえども道義に欠けた行為であった。柴田勝家はこれを諌めたが、かえってこれを遠ざけ、信勝に賛同する若衆の津々木蔵人《つづきくらんど》ばかり重用するようになったので、柴田勝家は愛想をつかし、信長に信勝謀反の件を通報した。

「悔しい、悔しいです」

信長に讒言《ざんげん》した勝家は吐き捨てるように言った。

「ひたすら信勝様を思い、諫言を続けました。しかし、信勝様はそれがしの事を裏で信長信者が我を苛めると仰せでした。陰で小姓衆がチコチコとそれがしの悪口をいい、あいつは信用できぬ奴よと示し合わせ、事あるごとに仲間外れにしました。皆で仲良くやっているところに笑顔でそれがしが行くと、みんな眉間に皺をよせて去っていきました。書状を渡す時もまるで短刀で突き刺すようなきつい突き出し方をする。それが延々と続くのです。津々木蔵人に至っては、旗指物をしまうのを手伝おうと蔵人の前まで進み、笑顔で深々と頭を下げたにも関わらず無視されました。目と鼻の先にこの図体の大きいそれがしがいるにも関わらず。信勝公の家老衆として長年織田家にお仕えし、蔵人ごときよりもはるかに長い年月を信勝様と暮らしてきました。そのそれがしを蔵人めは黙殺したのです。このような屈辱が許せましょうや」

「家老の身でありながら主君を裏切る浅薄の輩が、繰り言とは見苦しいわ」

信長の隣に居た赤川景弘が勝家を罵倒した。それを信長は無言のまま掌で静止した。そして勝家に歩み寄る。

「信勝はそなたに求めるだけであった。滅私奉公を求めて、求めて、口先では忠臣とおだてて血と汗を流させて働かせ、そなたが疎外されて窮地に陥っている時も助けなんだ。それにも関わらず、今までよう耐えて信勝に仕えてくれた。兄として礼を言う」

信長は笑顔で勝家の背中をさすった。

「うああああああああー」

勝家は声をはりあげ、あたりはばからず火が付いたように大声で泣き出した。

――真に勝家殿も信長様の優しさに触れられてよかった。真に良かった。岩室はそう思った。

「岩室の隣に座っていた弥三郎が軽く肘でその腕をつつきながら小声でささやいた。

「岩室、何ゆえ口をとがらせておる。ほかの方々は感銘を受けて目を潤ませているというに、空気を読まぬか」

「べ、別に口など尖らせておらぬわ」

岩室は慌てて顔を斜め下にそらせた。


信勝の再度の謀反の意図を知った信長ではあったが、また信長の母、小島御前が信長の元を訪れ、信勝の命を救ってほしいと泣きながら信長に何度も何度も懇願した。岩室には信長の心が揺らぐのが手に取るように分かった。信長は身内にはとことん弱い。弟を許せばその命が危ないと説得しても信長は聞く耳を持たない。信長の命を守るという理由では信長を動かす事はできない。

岩室は配下の素破を使い、信勝の周辺を徹底的に洗い出した。信勝は用心して書状は出さなかったが、酒宴の席で何度も津々木蔵人に愚痴をこぼしていた。

「不幸にして貧困になってしまった者たちは救わねばならぬ。されど、左様な者などほとんどおらぬ。まことに貧しき者等は遊びほうけ、怠け、楽をして、銭を無駄遣いし、学ぶことを嫌う愚か者どもである。かようなクズが貧困に陥るのだ。しかもこのクズどもは、責任転嫁と、他力本願だけは天賦の才をもっておる。このような貧民どもをどうやって処分するか、それは戦を起こして殺すしかない。貧民はすぐにつけあがる。だから徹底して他国から安い商材を流入させ、常に競争させねば怠けて惰眠をむさぼる。ゆえに、常に追い詰め、常に血反吐を吐かせて働かせねばクズどもは動かぬのよ。それを信長は分かっておらぬ。我等少数の秀でた君子を生かすために、犠牲となって死んでいくしか価値のない下賤の輩どもに茶や餅を恵んでやるなど、まことに信長は正気を失うておる」

それらの言葉を信勝に仕える下人、女房たちが異口同音に聞いていた。岩室はそれらの言葉を書状にまとめ、信長に差し出した。信長は頬づえをつき、寝転がりながらそれを一読した。その後、信長は病と称し屋敷に籠り、甲賀衆を使い、死期が近いという噂を流させた。また信長の死後は信勝に家督を譲る故、今後の事を話し合いたいと言って信勝を誘い出した。信長は信勝を捕えて幽閉せよと命じたが、河尻秀隆《かわじりひでたか》や池田勝三郎《いけだしょうざぶろう》らは、後顧の憂いを無くすため、見舞いに訪れた信勝を三方から同時に切りつけて、誰が切ったか分からないようにした上で、信勝殺害を信長に報告した。信長は信勝を切った者たちを罰することはなかった。

織田信勝が殺されて以降は、守護代織田信安は、信長と戦っても勝ち目無きを悟り、領地争いでも織田信清に譲る姿勢を見せた。これに対して子の信賢は強硬論を主張し、信安を邪見にするようになった。このため、信安は信賢の弟、信家を可愛がるようになった。

岩室は即座に響談を使い、守護代織田信安が住まう岩倉城下に「信安は子の信賢を疎んじ、弟の信家に家督を継がせようとしている」という噂を流した。たしかに、最近の信安は異常に信家を可愛がっており、信家も万が一己に家督が回ってくるのではないかと推察してか、信安に従順に従っていた。このため、怪しんだ信賢は謀反を起こし、守護代信安を追放した。これに対して岩室はまた、岩倉城下で、織田信安が信長に救援を求め、守護代追放の罪で織田信賢を攻める準備をしているとの噂を流した。警戒した信賢は、軍備を整えて兵を集めた。それを知った岩室は、信賢が理由もなく兵を集めていると信長に報告した。信長は、何故兵を集めているのかと詰問状を送ったが、信賢はそれに答えず使者を追い返した。このため信長は謀反の意志ありと判断し、合戦の準備に取り掛かった。

信長は合戦の前に織田信清に対して、織田信安と領地争いをしていた土地を、すべて信清の言い分通り与えると約束し、援軍を求めた。

永禄元（西暦一五五八）年、浮野《うきの》の戦いである。　織田信長二四歳　岩室二六歳

信長は二千人の軍勢を整え、尾張を発《た》った。これに対して信賢軍は岩倉城に籠城せず、城を出た事が斥候の知らせで分かった。その数およそ三千。信長軍が二千である事を知って勝てると判断したのであろう。信賢軍は質において高かった。優れた武将である山内盛豊《やまうちもりとよ》や堀尾泰晴《ほりおやすはる》が家老としており、前衛には剛の者である林弥七郎《はやしやしちろう》がおり、後衛には武芸尾張随一と言われた前田一族の前田兼利《まえだかねとし》がいた。質が同じであれば合戦は数の多い方が勝つ。しかも千も戦力差があれば圧倒的である。

信長はあえて兵力を抑えて発進していた。敵が城に籠ればそれを攻略するには敵の三倍の兵力が必要となる。背後に今川がいる状況でそれだけの兵力は出せなかった。

永禄元（西暦一五五八）年七月一二日。両軍は浮野で激突した。

信賢軍の猛攻はすさまじく、林弥七郎の遠矢で次々と信長方の将兵が討たれてゆく。信長側は槍衾を作り、とにかく信賢軍の猛攻を食い止めるだけだった。そして信長軍の疲れも極限に達し、じりじりと後ろに引きかけた頃、織田信清軍千人が信賢軍の背後を衝いた。先鋒の中島豊後守《なかじまぶんごのかみ》が信賢軍の只中に真っ先駆けて突進し、敵を突き崩した。中島隊の制圧に槍隊が割かれ、信賢本陣が手薄になった処で、信賢軍の本陣に向けて、和田新助軍が火薬と釘を混ぜたものを矢の先に結び付けた遠矢を一斉に放った。本陣近くで無数の火薬が炸裂し、信賢を守ろうと槍隊が後ろに下がった背後を中島軍に襲われ、信賢軍の後衛は大混乱に陥った。このため、前衛も信賢本陣を守ろうと後ろに下がりだし、信長軍が前衛になだれ込んだ。この戦いで信賢軍は千二百人を超える死傷者を出し撤退していった。

本陣の信長の横に居た岩室の処へ藤八が息を切らせてやってきた。

「敵の強者《つわもの》、林弥七郎討ち取ったり」

藤八はまるで猫が捕まえて来た鼠を飼い主に見せびらかすように目を輝かせ、刀を肩に担ぎ、その切っ先に敵将の首を突き刺して持ってきていた。手で掴んで持ってくればよいものをと思い、岩室が藤八の左手を見ると、藤八の手首から下が無く、そこから血が滴り落ちていた。藤八は笑顔のまま、白目をむいてその場にひっくりかえった。

「藤八」

岩室は藤八に駆け寄った。傷の手当もせずに首を持ってきたのだ。岩室は自らの着物を脇差で裂いて紐を作り、藤八の左腕をきつく縛った。傷口が土にまみれている。敵を殺した処の土が傷口に付けばそこから死霊が入り込み、祟りによって傷口が腐り果てて死ぬ。

「誰か水を、水っ」

岩室は大声で叫んだ。

「いかがした」

それは信長の声であった。

「水が」

「清めの水であろう。熱田社で釜茹で神事に使った湯ざめの水がたんまりあるゆえ、これを使え」

信長は馬上から腰につけた大量の瓢箪の中から一つ選び、その紐を解いて岩室に投げてよこした。信長は日頃から大量の草鞋と瓢箪を腰に付けている。それは誰もがよく意味が分からなかったが、この時、その謎のひとつが解けた。

岩室は瓢箪の栓を抜き、水を出して藤八の傷口を洗い流した。鎧は体の負担になる故、解こうと思ったが、紐はきつく団子結びにしてある上、結び目は切り取られ、念入りに糊のようなもので固められている。一度鎧を着たら絶対に脱げないようにしている。

「ちいっ、面倒な事を」

岩室は脇差で藤八の鎧の紐を悉《ことごと》く切って鎧を外した。従者の猫の目が馬を持ってくる。

「これに乗せて走りまするか」

「いや、藤八は気絶しておる。落としては一大事、拙者が担いで金創医《きんそうい》まで運ぶ」

「そのような事、小者にお任せあれ」

「いや、心配で人に任せてはおれぬ。こいつの傍に付いていていてやりたい」

「左様でございまするか」

猫の目は少し困惑したような表情をした。

岩室は藤八を背中に乗せて走り出す。

「ああ、ああ、刀を置いて行かれますな。敵の伏せ勢に遭ったらなんといたしまする」

猫の目は慌てて岩室の後を追った。

耳元で誰か囁く声がする。誰の声だ。岩室は警戒して周囲に視線を送る。

「猫の目、誰か何か言うておるか」

「はい、ご主人様が、藤八死ぬな、死ぬな、と先ほどより譫言《うわごと》のように言うておられまする」

「そうか」

岩室は道を急いだ。


合戦が終わり久々に岩室が家に帰ると庭の鶏《にわとり》が凄まじい形相で睨みつけてきた。

「あの鳥はなんだ」

妻に問う。

「まあ、ご主人様が前に貰うてこられたのではないですか。子供の向学のために育てさせ、大きくなったら絞め殺して喰うところまで見せて命の大切さ、食の大切さを教えるのだと言うておられました」

妻が言った。

「ああ、あの雛《ひな》か。小さい頃はよく餌をやり可愛がってやったに、恩を忘れてあのように睨み付けてくるのだな」

「鶏は三歩歩けば恩を忘れるゆえ致し方ありませぬ」

「うむ、斯波義銀《しばよしかね》のような奴じゃな」

「まあ、ふふふっ」

妻は笑った。

「それにしても、長らく家を空け、そちには真に申し訳なく思う。寂しい思いをしたであろう」

「いいえ、戦無き時は常にお家に居てくださります故、寂しくはございませぬ。ほかの殿方のように女遊びもなさいませぬゆえ、此方は幸せ者でございまする」

「物見遊山にも連れてゆかず、日がな一日書物を読んでいるばかりであったが、それで幸せか」

「はい、女は仕事をしている夫の背中を見ているだけで幸せなものです」

「それはお前が出来た女だからだ。世の女がいずれもそうという訳ではあるまい」

「まあ、ありがとうございまする、ほほほ」

妻は楽しげに笑った。

このような屈託のない笑顔を見たのは久方ぶりだ。昔は仲間とよく笑い話もしたものだったが、今では藤林の脅威は周囲に潜み、笑うことすら許されぬほど緊張した日々を送っている。

岩室はふと、藤林に殺された響談たちの事を思い出した。

小者に命じて猫の目を呼び出す。

「何事でございまするや」

「先に駿河の伊賀者に殺されて松の木に吊るされた響談の女どもが居たの。あれの墓はどうなっておる」

「墓でございまするか……」

猫の目は首をかしげた。

「分からぬか」

「分からぬというかありませぬ。下層の者は土に埋め、墓標も立てませぬゆえ」

「響談といえば、それなりに知性がなくば務まらぬが、それほどの位置の者でもそうか」

「そうでございます」

「埋めた場所は分かるか」

「調べてみまする」


数日後、猫の目は、死んだ響談が埋まっているであろう、山の麓に岩室を案内した。多くの盛り土があった。そう、思い出した。本来なら岩室もこの盛り土の一つであったのだ。信長に土地を与えられ、ほかの武士と分け隔てなく扱われてはいるものの、本来これが素破の末路だ。それら盛り土の中にある一つの窪みを見つけた。

「こちらでございまする」

「よう見つけたの」

「はい、埋めて新しいものは土が盛っておりますが、年月が経つと亡骸が腐って埋めた場所がへこみまする」

岩室は周囲の山すそを見渡した。多数の盛り土がある。

「こんなにまで殺されたか」

「はい、駿河の素破の棟梁、なかなかの手練れでございまする」

「うむ、因果な生業よの」

「我等素破は新参故致し方ございませぬ。かつて平家は京の六波羅に住まうておりましたが、そこは無縁仏を捨てる盛り土場でございました。何事も積み重ね。いずれ我等報を集める生業が世からもてはやされる日が来るやもしれませぬ」

「真にそのような日が来ると思うか」

「拙者のような教養の無き者にはとんとわかりませぬが、そのような日が来るために、我等は身を捨てて日々働いているのです。己がためではなく将来の顔も見ぬ末の者たちのために」

「ああ……そうだな。後の世に住まう者のために、我等は献身せねばならぬ」

岩室は猫の目に微笑みかけた。猫の目は深々と頭を下げた。遠くで蝉しぐれが聞こえていた。


翌、永禄二年。信長は大軍を持って岩倉城を包囲し、兵糧攻めとした。岩倉よりも北、犬山には織田信清の所領があり、斎藤義龍からの援軍や物資補給は絶望的状況であった。数か月の包囲の末、織田信賢は降伏し開城し、どこへなと落ち延びていった。

織田信賢を屈服させ、尾張を統一しためでたいさなか、信長はご機嫌で尾張国内を練り歩いた。余裕もできた故、働いてくれた民のためにも、さらに天人踊りでも見せて民を楽しませようと同朋衆の拾阿弥に準備をさせていた。そんな折である。以前より拾阿弥に笄《こうがい》を盗まれたと言い立てていた前田利家が、信長の目の前で拾阿弥を切り捨てたのだ。信長は激怒して利家を切り捨てようとしたが、伴をしていた森可成《もりよしなり》が必死に止めたので、その間に利家は逃げたようだった。柴田勝家、森可成、はては加藤弥三郎まで助命嘆願したため、信長は利家に追手は差し向けず、追放にとどめた。前田利家の兄の娘は加藤又八郎の弟の嫁である。また加藤又八郎の娘は佐久間信盛の弟の嫁である。信長子飼いの者たちも尾張統一が成った矢先故、これらの勢力の反感は買わぬほうがよい旨、信長に進言した。しかし、信長は人によって刑罰を変えることは法の執行の対等を妨げるものであると言って意思を曲げなかった。

そこに岩室が進み出て言った。

「これは元々拾阿弥殿が前田利家殿の笄を盗んだ事が発端でございます。凡ての罪を対等と言うなら御身内の拾阿弥殿の罪をいかに裁かれまするか。いや、むしろ殿の御意向であらせられる法の順守を破ったこと、殿が自ら拾阿弥殿を切り捨てることこそ、法の執行の対等というものでござる。村木砦で親しき者を御自ら切り捨てられた事をお忘れか」

いつになく岩室が厳しく信長を詰問した。信長は顔を紅潮させ、歯を食いしばった。

「分かった」

信長は大声で怒鳴ると岩室に背を向けその場を後にした。

信長は弟を殺された事をかなり怒っていたが、岩室の意見を聞いて冷静な判断を下したのだ。織田信長はとかく家臣の意見を聞き、道理が合っていると納得すれば、たとえ私情において許しえぬ事であっても感情を抑え、我慢して従う性格であった。

腕を切られた佐脇藤八が、その傷も癒え、登城が適《かな》うようになったので清州城に参上することになった。信長の前に拝謁した藤八は、いつになく表情が暗かった。

「このたびは兄が許しがたき暴虐をいたしたる段、伏してお詫びもうしあげまする。この上はこの藤八、兄、利家と刺し違えましても……」

「その件は織田家放逐で終わった話だ。蒸し返すな」

「はい」

「ところでな藤八、此度創設した赤母衣衆《あかほろしゅう》であるが、利家放逐のため欠員が出た。剛の者、林弥七郎を討ち取りたる段、真に天晴である。よって、そなたを赤母衣衆に列する」

「恐れながらお断りいたす」

冷たい声で藤八が言った。

「何、我が命に逆らうと言うか」

「この腕では物の役には立たず、その大任お受けしかねまする」

「バカめ、赤母衣衆は雑兵ではないぞ。刀働きをしてどうする。兵の指揮をいたせと言うておるのじゃ」

「されど、世の人には、腕も無いのに殿様のお気に入りなれば、役にも立たず身贔屓されていると言われます。兄、利家は、拾阿弥に弟の尻で出世した蛍侍と言われて拾阿弥を切って捨てたと聞いております。すべてそれがしが悪いのです。それがしが身贔屓さえされておらねば、兄は……」

藤八は歯を食いしばった。しかし、泣かなかった。――その意思の強さはさすがだと岩室は思った。

「思い上がるな」

抑揚のない声で信長は言った。

「はっ」

藤八は平伏する。

「我が求めたる逸材は己の力の及ぶ限りにおいて全力で努力するものじゃ。智慧のある者、能力のある者の判断などいらぬ。何故なら、我を超える智慧者などこの世にはおらぬからじゃ。知恵者も策士もいらぬ。ただただ、己の力の限り全力を尽くして努力し続ける事こそ、武辺の道じゃ、これを武辺道という。分からぬ事があれば聞きにくればよい。何でも教えてやろう。戦に負けてもかまわぬ。勝つための努力を全力やっておるなら許す。ただ、侮りたる者、怠けたる者はいかな武芸の達人たろうとも、智慧者、策士であろうとも断じて許さぬ。よって藤八よ、そなたは我が求めたる最高の逸材なのだ。それを分かれ」

「ははーっ」

藤八は床に額を擦り付けて平伏した。

信長は藤八の処まで歩き、小刻みに震えている藤八の背中をさすった。

「何も心配するな、何もかもすべて我が守ってやる」

藤八は歯を食いしばり、体を小刻みに震わせながらそのままずっと無言で平伏していた。それでも、藤八は泣かなかった。

第十四章・解説

信長は自分の携帯物を家臣に渡したのか？

天正元（西暦一五七三）年八月、朝倉義景と戦った刀根坂の戦いで草鞋《わらじ》の紐が切れて裸足で走り回ったため足が血だらけになった兼松正吉を見て、信長は自分が携帯している足半《あしなか》（草鞋のかかとの部分がない小さなもの。当時よく使われた）を渡した。これは兼松家の家宝として代々伝えられ、実物が現存している

笄（こうがい）

髷《まげ》を形作る棒状の装飾的な結髪用具。武装している時、兜や甲冑に突っ込んで頭や体をかくときにも使う。

信長は成果主義者ではないのか

織田信長は成果守護者ではない。小説やドラマの世界では演出上、成果主義者的言動をしているが、文献上そのような発言は見受けられず、実際の合戦でも三方ヶ原で敗北した徳川家康、滝

川一益らを叱責も注意もしていない。また上杉謙信に敗北した柴田勝家も播磨合戦で淡河定範《おうごさだのり》に敗北した羽柴秀長を叱責も懲罰もしていない。

戦国時代は下剋上の時代で、強き者が弱き者を食いつぶす時代において、実力主義、成果主義はむしろ当たり前であり、もし、信長が成果主義をとっていたとしても、それは当然と受け取られ、その事で配下の武将が信長を責め、警戒することは当時の常識では考えられない。むしろ信長は自分に対して謀反を起こした織田信勝、織田信広、柴田勝家、林秀貞らを許している。当時の常識から考えて謀反は死罪。これを許す行動のほうが当時の常識から考えて奇妙な行動である。むしろ、信長の行動が当時の人たちの常識から考えて理解できなかった処は別の場所にある。

織田信長が天正八年八月一二日に家臣佐久間信盛に対して送付した佐久間信盛折檻状にその片鱗を見ることができる。

この中において、信長は三方ヶ原で負けた事よりも、その負け方を叱責している。

武辺道という道徳観念を説き、懸命に努力しなかった事が悪いのだと述べている。

またここに注目すべき文書がある。

一、武篇道ふがひなきにおいては、属託を以て、調略をも仕り、相たらはぬ所をば、我等にきかせ、相済ますのところ、五ヶ年一度も申し越さざる儀、由断、曲事の事。

「ふがいなき」つまり能力がないのであれば能ある部下に頼り、調略を行うか、それもやり方が分からなかったら我（信長）に報告、連絡、相談をして、指示を仰ぐべきなのに、五年間も悪化した状況を放置したのは許せないと述べている。

つまり、指揮官として能力がない事は責めない、もし分からなければ相談しに来いと述べている。このように直接信長の言った言葉を読み解くことによって、本当の信長の性格を見ることができる。

このように、極めて物わかりがよく、寛容な上司でありながら、人々はなぜ、信長を理解しかね、恐れたのだろう。そのヒントもこの折檻状の中にある。

一、信長家中にては、進退各別に候か。三川にも与力、尾張にも与力、近江にも与力、大和にも与力、河内にも与力、和泉にも与力、根来寺衆申し付け候へば、紀州にも与力、少分の者どもに候へども、七ヶ国の与力、其の上、自分の人数相加へ、働くにおいては、何たる一戦を遂げ候とも、さのみ越度を取るべからざるの事。

一、小河かり屋跡職申し付け候ところ、先々より人数もこれあるべしと、思ひ候ところ、其の廉もなく、剰へ、先方の者どもをば、多分に追ひ出だし、然りといへども、其の跡目を求め置き候へば、各同前の事候に、一人も拘へず候時は、蔵納とりこみ、金銀になし候事、言語道断の題目の事。

一、先々より自分に拘へ置き候者どもに加増も仕り、似相に与力をも相付け、新季に侍をも拘ふるにおいては、是れ程越度はあるまじく候に、しはきたくはへばかりを本とするによって、今度、一天下の面目失い候儀、唐土・高麗・南蛮までも、其の隠れあるまじきの事。

一、与力を専とし、余人の取次にも構ひ候時は、是れを以て、軍役を勤め、自分の侍相拘へず、領中を徒になし、比興を構へ候事。

このように、信長が言った事を原文でチェックしていくと、信長は再三にわたって、信長が大金と領土を与えているのに、佐久間信盛が家臣の大量雇用をしなかった事に激怒している。しかも、信長が雇用者リストまで作って声をかけていた者まで雇用せず、放逐したと怒っていることと、人員を雇用せず、与力に過重労働を強いて、正当なコストを浪費することなく、金銀を懐に入れていると激怒している。しかし、佐久間信盛が再三にわたって茶会を開き、堺商人と豪遊していた事は責めていない。息子に対しても、家来、与力に対するパワハラを責めているので、これも人事問題である。

当時、戦国乱世の実力主義の時代、営業マンがたとえ、営業時間中に映画を見て遊んでいても、実際に顧客を取ってくれれば評価されるのが常識の実績主義の社会。

それを、営業成績の事は責めずに、もっぱら部下に対するハラスメントと過重労働を攻撃している。本来、人事権は統治者の専権事項であり、たとえ上司であってもそこに踏み込むことは越権行為。むしろ、人件費を削減し、下請けに過重労働を強いて、織田家の財政に負担をかけさせまいとする行為は、信長以外の大名であれば、会社への忠誠心と認め、褒められるべき点である。しかし、信長は、佐久間信盛が十分な家臣を雇わず、下請けの与力に過剰労働を強いたことを叱責している。信長自身、山中の猿などの信長公記にも記載があるように、盛んに民衆に富をばらまいている。本願寺のような大富豪から矢銭を徴収し、それを庶民にばらまくトリクルアップ政策をとっており、その政策方針に佐久間信盛が再三にわたって逆らった事に激怒して追放している。当時の常識からいって、いや、現在でも、下請けに消費税分の値上げコストを押し付け、自社の利益を確保し、末端のアルバイトや派遣社員に過重労働を押し付けて人件費を削減する行為は、むしろ、会社の管理職としては、鑑として褒められるべき行為である。しかし、信長はその行為を罵倒し、他社に一度ヘッドハンティングで出て行って帰ってきた出戻りの柴田勝家などを、信長の政策方針に従ったとして褒めていることに、佐久間信盛は愕然としたに違いない。徳川家康などが、内密に困惑の言を書状に漏らしているのはこの点である。会社のためを思って、長年人件費削減に取り組んだ人事部長が、社長から「下請けいじめはけしからぬ」と言われて解雇されたような状態だ。この点を当時の人々は理解できず、困惑し、恐怖感を抱いたのだろう。当時、実力主義は当たり前であり、信長が実力主義、成果主義を取っていたからと言って、部下は驚きも怒りも絶望もしない。むしろ、佐久間信盛のほうが、当時の常識にしたがって、成果を出すために経費節減にいそしんでいた。

なお正確な現代語訳は「信長公記　原本現代訳」（教育社）一八五―一九一で参照することができる。

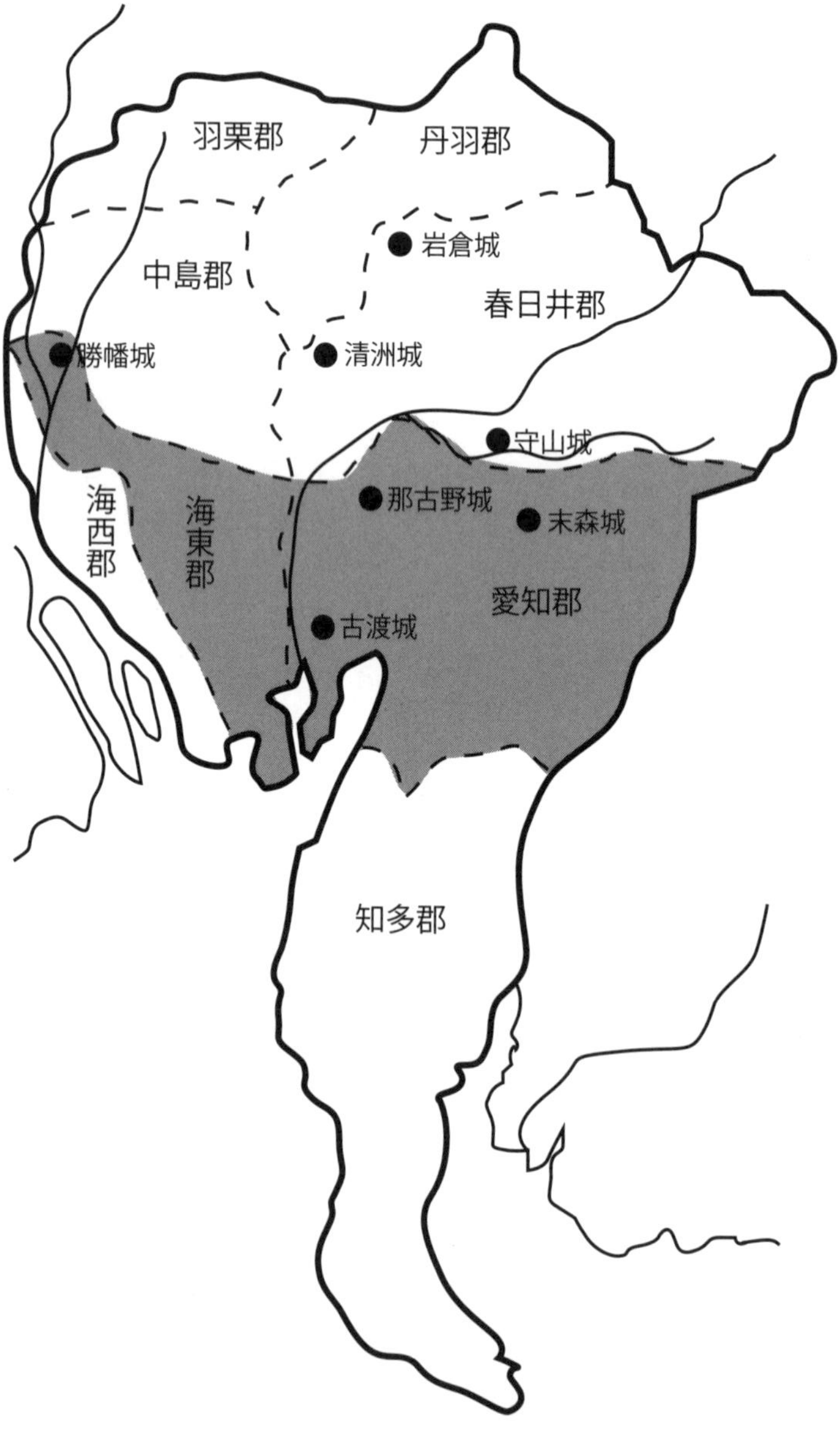

資料6：織田家統一（信勝成敗）頃

第十五章　時代遅れ

永禄元年（一五五八年）

藤林は久々に今川義元に呼び出された。以前であれば必ず石見守《いわみのかみ》と一緒に呼び出されていたが、此度は一人であった。恐らくは今川義元が執着する経費節減の一環であろうと藤林は考えた。それまで調べ上げた織田に関する報を書き記した書簡の束を小脇にかかえて今川館に向かう。

今川館では眉の太い精悍な男が藤林を出迎えた。雪斎《せっさい》が存命のおりは、義元に書簡を見せる前に雪斎が書簡を閲覧し、話し合って整理した上で義元に見せた。

「その書簡、拙者が預かろう」

出迎えた男は言った。藤林が書簡を手渡すと、男は無造作にその書簡を床に投げ捨てた。

「……解せぬ」

藤林は無表情のまま首をかしげた。

「御屋形様がお待ちです、こちらへ」

男は藤林を義元が待つ奥座敷に案内した。

「おお久しいのお藤林」

「家人に尾張で仕入れた報を渡しておきました。後ほどご閲覧ください」

「うむ、早速本題にはいるがの藤林、今雇っている素破であるが、半数に削れぬかの」

「経費削減でございますか」

「どうしても必要とあらば我とて銭は惜しまぬ。しかし、先ごろ岡部元信《おかべもとのぶ》が素破を連れてきての。その者によると其方ら伊賀衆は簡単にできる仕事でも法外な銭を要求するたちの悪い者たちだと言うのだ」

「さきほど拙者を案内した者ですな。高峰蔵人《たかみねくらんど》は鵜飼孫六《うかいまごろく》の党員にて松平元康殿の配下である戸《と》田重貞《だしげさだ》とつながっております。この者は織田方の甲賀衆ともつながっておりますゆえお気をつけられませ」

「そういうがの、この高峰蔵人は其方が集めて来た織田の報にかかりし経費の十分の一で同じ報を集めてまいった」

「報は一度漏らされるとすぐにその価値が落ちまする。いずれ今川家中でその報を知りたる家臣に聞いてまわったのでしょう」

「しかし、其方等が知らぬ報も知っておったぞ。織田との国境におる山口教継《やまぐちのりつぐ》が信長と内通しておるという」

「拙者の知る処によると山口教継に不審な動きなく、鳴海辺りで信長と合戦に及べば山口配下の領民が必ずや信長の位置を教えてくれましょう。後に濡れ衣を着せて殺すにしても、信長を討つまでは断じて殺してはなりませぬ」

「そう言うても、もし山口に裏切られて鳴海城が織田方に落ちれば尾張攻略が難儀となる。そなたを信じるか、高峰を信じるか難しいところだ。ならば、伊賀、甲賀、いずれが優れたるか腕比べをしてはどうか。我が求むは有能な逸材である。先に手柄を立てた方を信ずることとしよう」

「心得ました」

藤林は一礼し素早くその場から立ち去った。

藤林は三河へ帰ると石見守を呼び寄せ、合議の上で伊賀の服部平蔵を使うことにした。藤林は船で伊勢に向かい、長島本願寺で合流した。平蔵は縦長の四角い顔に垂れ下った細い目、物腰やわらかで到底素破と思えぬ温厚そうな外見であった。平蔵は長島で服部友貞に書簡を渡し、己の正体を明かした上で信長に面会を求めた。信長は躊躇なく平蔵の面会を許した。藤林は荷物持ちの小者として平蔵に同行することにした。


信長と面会すると平蔵は藤林から仕入れた駿河の報を信長に伝え、甲賀衆を使うより伊賀衆を使ったほうが、はるかに経費が安くなると伝えた。それに対して信長は興味を示さなかった。信長の傍らには岩室がいて藤林のほうを凝視している。

「平蔵殿、遠路はるばるご苦労であった。しかし、我は別に安いという理由で素破を選んでいるわけではない」

「安かろう悪かろうではありませぬ。品質がよく値段も安いのです」

「それでも我は岩室を使う」

「何故、わざわざ悪いものを使うのですか」

「平蔵殿、技術とは継続と蓄積じゃ。我は幼い頃より熱田の工人を見て来た。工人は何代にもわたって技術を継承し、少しずつ現状に合わせて作り方を変えて来た。それが最良だから改良したのではない。その場の状況に応じて適合したものに作り替えたのだ。この世に至高などない。その時の状況によって何が良いかは変わる。さりとて、時の流れが継続しているように、新しきものの多くは過去に先人が試してみて失敗したがために捨てられた技法であることがほとんどだ。今ある技能は過去に捨てられてきた無数の失敗の上に積み重なっておる。よって、我は今川のように性急に仕組みを変えることはしない。最もすぐれたる者に合わせて改革を行えば、多くの者が追従できず脱落する。さすれば、結局国が荒廃し、改革する前より事態は悪化するのだ。たとえゆっくりでも継続は力なのだ。素破とて、我と岩室の間で長年築き上げて来た信頼がある。我が配下も甲賀者と意思の疎通ができるようになっておる。それが、小銭欲しさに伊賀に乗り換えたなら、今まで積み重ねてきたものが凡て無駄になる」

「積み重ねて来たものなら伊賀にもございます」

「だから伊賀が悪いとは言うておらぬ。我らは共に生き、共に死線をくぐりぬけ心を一つにして戦ってきた。今更それをどうして捨てることができようか」

「甘えるのもいい加減になさい」

平蔵が大声で信長を罵倒した。

「殿を愚弄するか、殺すぞ」

片腕の若侍が短刀を抜いて平蔵に迫る。

「殺しなさい」

平蔵はその若侍の目を見据えて一喝した。若侍の動きが止まる。藤林の見るところ、その若侍は今まで何人も躊躇なく人を殺してきた目をしている。その人切りが一瞬足を止めた。

「やめろ、下がれ藤八」

信長が怒鳴った。

「はっ」

若侍は引き下がった。信長は穏やかな顔で平蔵を見ている。

「おしい。其方は以前から天下随一の陽術使いと見込んでいたが、政《まつりごと》と折衝は比類なきものにしても勘定と商いが分かっておらぬ。まことに残念だ」

「政は商い勘定が分からねば分からぬもの。商い勘定こそ拙者の得意とすることでござる。信長殿は人を見る目がございませぬ」

「もうよい、帰れ」

「負けを認められたか」

「そなたに興味がない」

信長は力なく片手を振った。岩室が目配せをすると、配下の物が雨戸板をもってきて、その場に居座る平蔵と藤林を乗せ、屋敷の外に放り出した。

「織田信長、所詮この程度の男であったか。ご安心めされ、藤林殿。これは今川義元公の勝ちじゃ」

「いや、このままでは危うい。織田信長はただならぬ男でござる」

無表情のまま藤林がいった。

「ははは、これはまた面白くもない御冗談を言われる」

平蔵は軽い声で笑った。

藤林は安売り合戦で信長を動かすことができなかった。しかし、できうる限りの織田方の報をかき集めて駿河に向かった。

藤林は陸路で長良川まで行き、そこから船に乗って長島に向かい、平蔵とはそこで別れ、長島から海路駿河に向かった。

駿河に到着するとどうも様子がおかしかった。人々が騒ぎ立て興奮している。駿河館に向かう道すがら、合戦を終えた武者行列に遭遇した。皆、血と土埃にまみれているが顔の表情は晴れやかだった。そんな中で最も毅然と胸を張り、馬に乗っているのが松井宗信《まついむねのぶ》であった。民衆が宗信に歓声を送る。

「信長に勝ったぞ」

宗信が拳を振り上げ叫ぶと、民衆は手を叩いて喜んだ。

「馬鹿め……」

藤林は声を押し殺して呟いた。急いで今川館に向かったが、門前で門番に押しとどめられた。今までこんな事はなかった。中に入れるよう藤林が執拗に抗議していると、屋敷の中から高峰蔵人が出て来た。

「蔵人そなた、織田が三河品野城を攻めることを御屋形様に伝えたな」

「伝えたがどうした」

「織田の品野城攻めは陽動だ。品野城に今川の軍勢が集中しているうちに大高城の周囲に砦を築き、大高城の兵糧を絶つ策謀だ。その事も御屋形様にお伝えしたか」

「そのような事、ソチの妄想であろう。品野城の事のみ伝えた」

「馬鹿め」

「馬鹿と言われようと勝負は我等の勝ちじゃ。其方等の尾張での失態、すでに駿河まで聞こえておるわ。殿は服部石見守、服部平蔵ら陽術使いを切れと仰せじゃ」

「ならば、せめて我等が集めた尾張での報を御屋形様にお渡しくだされ」

「御免被る」

「其方、国益を損ねるか」

「其方等時代遅れの者らの戯言から御屋形様をお守りするのが我等の役目でござる」

「ならば押し通る」

藤林が前に進もうとすると目の前に門番が立ちはだかる。

「御屋形様の御指図にござる」

藤林は無表情のまま大きく息を吸い、吐いた。

藤林は今川館に背を向ける。

「あとな、其方が家で飼っている脚萎えな、あれに作業をさせるなと御屋形様の仰せにござる。飼うのは其方の勝手だが作業をさせては効率が悪い」

蔵人が藤林の背中に言葉を投げかけた。

脚萎えとは、藤林が尾張に派遣したさい岩室に捕えられ、長らく岩牢に囚われていたため、足萎えになった素破の事であった。他の者たちが次々と織田方に報を漏らし、逃げてゆく中、最後まで口を割らず、藤林が己の弱点を織田方に教えることと引き換えに帰還した者たちの一人だった。

藤林は向き直り、無表情に蔵人を凝視した。

「何だ」

藤林は深々と頭を下げる。

「今後ともよろしくお願いいたします」

「やっと立場が分かられたか。なによりでござる」

蔵人は満足げに笑った。

藤林が調べたところによると、蔵人は武芸には秀でているものの、陽術には疎《うと》い。配下の者らも武芸者が多かった。それが尾張の奥深くまで侵入し織田の軍事侵攻の報など得られるわけがなかった。先の報も此度の報も、岩室が高峰蔵人にわざと報を流したとしか考えられない。不景気の中、高峰蔵人も仕事がほしくて必死であったのだろう。素破の商業道徳などと言ってはおられない。いずれも己の身だけではない。養うべき家族がいる。

藤林は己の弱点を岩室に伝えることにより、岩室は必ずや藤林に刺客を送りつけてくるものと推察していた。しかし、そのような事には目もくれず、岩室は安全な場所から、今川義元が一番執着している財政均衡を衝いて来た。安売りをしかけ、有能な伊賀衆を分断し、弱体化する策をとってきた。これは藤林の想定の外の策謀であった。

駿河清水港に向かう道すがら、藤林は拳を握りしめ、歯を食いしばって歩いた。

「岩室汚い……さすが岩室汚い」

うわ言のようにつぶやきながら歩いた。


藤林は三河の屋敷に戻った。三河領主の松平元康は素破に好意的であり、藤林にも屋敷を与えて使用人も付けていた。使用人の小者に書状を渡し、服部石見守を呼び出す。用件はすでに書状に書いてある。

「都合のいい話ですな、解雇した者のとりまとめですか」

「素破の下の者は松平元康殿が御徒《おかち》としてお雇い下さると仰せ下された。あとは上士の方々だけでござる」

「ざっと顔ぶれを拝見したが、いずれも年寄りばかり。この石見守も老いぼれて使えぬということでござるか」

「さにあらず、陽術において秀でた方々ばかりを選んで解雇することといたした。いずれ引く手あまたの逸材ばかりでござる」

「嘘をおっしゃい、財政均衡、経費削減をうるさく言われる御屋形様の顔色をうかがって年寄りばかりを一律に足きりしたのでござろう。解雇の理由を年とすれば書面上の理屈も通りやすい。其方の元に残った若い者より我らのほうがずっと使えるというのに。陽術は長年の伝手と顔がものを言いまする。名前も知らぬ若造がのこのこと他国に挨拶に行って、誰が門を開いてくれましょうや」

「それは分かっております」

「分かっているなら何故」

石見守が声をあらげたその時、藤林が部屋の外に視線を流す。微かに刀を鞘から抜く音を察知したのだ。

「御免」

外で怒鳴り声が聞こえた。藤林は素早く部屋の外に走り出す。廊下では喉を短刀で掻き切った配下の素破が倒れていた。藤林が書類の整理を一手に任せていた足萎えの素破だ。切れた首からドクドクと血が流れ出す。口を動かすが声が出ない。それでも、藤林はその唇の動きをよみとった。

「あしでまといになりとうない……そう言うたか」

藤林がそう言うと、素破は口元に微笑を浮かべ、そのまま事切れた。

「こ、これは足萎えの……、そうか、藤林殿はこの者らを雇い続けるために我らを……。申し訳ない、拙者は家族の生活を思い、己の事にしか考えがいたらなかった」

言葉を吐き出したあと、石見守はその場に土下座した。

「いや、お顔をお上げ下され。これも世の常人の常でござる。それより拙者は感謝しているのです」

「何を感謝することがございましょうや」

石見守は目に涙をうかべながら顔をあげた。

「拙者も……此度の事でようやく仕事が辛いと思えるほどには成長できました。人の心を察する力は素破にとって宝でござる」

「……」

石見守は体を震わせながら無言で下をむいた。

第十五章・解説

寛文七年（一六六七）に甲賀古士惣代芥川甚五兵衛の名で、幕府に出された訴状に「甲賀二十一家之者」と出て来るのが、今のところ一番古いもので、ここには五十三家の名は出てこない。この芥川氏が正徳二年（一七一二）に書いた『甲賀古士の事』では五十三家の名とともに二十一家として、柏木三家（山中、伴、美濃部）、荘内三家（鵜飼、服部、内貴）、南山六家（大原、和田、上野、高峯、多喜、池田）、北山九家（黒川、頓宮、大野、大河原、岩室、佐治、神保、隠岐、芥川）をあげている。

　忍の里の記録　石川正知　翠楊社　四十八頁より抜粋

甲賀武士の中で甲賀忍者の中心になったのが伴氏の一族である。

すでに書いたように道臣氏は『日本書紀』に神武天皇東征のとき、大和忍坂で「諷歌倒語（そえうたさかしまごと）」の術をもって賊を打ち破ったとあり、古代の忍術使いともいわれる人である。さらに系譜には出てこないが、聖徳太子が物部守屋を攻めほろぼした時にと釘を発揮して、太子が「志能便《しのび》」と名づけたという大伴細人は忍者の始祖と伝えている。

こうした忍術伝承を持つ大伴氏のち伴氏の系譜を持つ甲賀古士は山岡氏ほか伴、大原、上野、多喜、牧村、岩根、宮嶋など数多く、そのうちで伴、大原、上野、多喜を伴四家と称している。

忍の里の記録　石川正知　翠楊社　百八十八頁より抜粋

第十六章　暗雲

最近は妙なことばかりであった。

かつては有能な素破を送り込んでも半年を待たずして見つけ出され殺された。それ故、それ以降は今川義元を褒め称え、義元の政策を極端に煽る戦法に切り替えたために、殺される頻度は減ったが、それでも伊賀衆の監視の目は厳しく、少しでも軍兵に関する報を探らせようとすると、すぐさま殺された。それが今では易々と火薬や鉄砲の移動まで分かるようになった。

駿河から送られてくる今川家御用商人の家の大福帳の写しを見るにつけ、最近、駿河での物流が激しさを増していることに岩室は気付いた。大量の物資を買い付け三河に送っている。

これは明らかに尾張に対する戦支度《いくさじたく》に見えた。しかし、以前のようにあえて報を漏らし、間違った方向に扇動しているのかもしれぬ。太原雪斎《たいげんせっさい》の死はすでに岩室も把握していた。それ以降、徐々に素破の動きが悪くなっていった。今川家は雪斎なくしては動かない。岩室が書状を見ながら考えを巡らしていると、廊下がキシキシと音を立てる。下人が岩室のいる座敷に近づく時は、あえて気配を隠さず足に力を入れて音を立てて近づく。岩室が気配に気づいて人に見られてはならぬ書状などを隠す暇を作るためだ。

「いかがした」

「弟の十助《とおすけ》様がお伴を一人連れておいでです」

岩室の屋敷に珍しく弟の十助重義《とうすけしげよし》が来た。父と死別して以降、一度も会った事が無かった。この者に父がいかほどの素破の技を仕込んでいるかも謎であった。

「いかがなされた」

「本日は兄上に折り入ってご相談がありまして」

そう言う十助の後ろに隠れるように身を縮めた老人が立っていた。

「ああ、これはいつぞやの」

おにぎりをくれたり、門前で人が死んでいるのを教えてくれたり、岩室が信長に重用される前から随分と好意をもって世話を焼いてくれた老人であった。

「知り合いであれば話が早い。座敷の中でお話ししたきことがございます」

「承知しました」

岩室は弟と老人を奥の座敷に通した。弟は誰もいない部屋を見回す。

「恐れながら御人払いを」

「誰もおらぬではないか」

「障子の後ろ、屋根裏の人も払うてくださりませ」

「これは、父からよう仕込まれたの」

岩室が二回掌を叩いた。すると、家屋が微かに揺れた。

「こちら、加藤段蔵殿の配下の小吉殿でござる。拙者が内密に調べましたるところと、この小吉殿がお知らせくださった事、相違なく、今川が大軍をもって尾張を攻めまする。織田と今川の兵力は雲泥の差にて、信長は必ず殺されまする」

「下郎、信長様と言え」

「ふぅ」

十助は溜息をついた。

「信長様に万に一つも勝ち目はござらぬ。その時は、信長様を他国に逃がす算段をせねばなりませぬ。兄上が武田信玄公の配下に加わるなら加藤殿は信長様も武田家の配下にお加え下さるよう、手を尽されるとお申し出くださっております」

「行かぬと伝えてくれ」

「信長様を見殺しになさいますか」

「我等は今川に勝つ故、無用じゃ」

「戦は兵多きが勝つ。それが常道でござる。目をさまされよ。それとも、医者にでもなられるか。兄上はいささか素破には不向きなご様子」

「不向きは其方じゃ。後ろの若造は、伊賀者じゃ。加藤段蔵とは懇意なれど、決して配下などではない」

「何を仰せか、このような年老いた若造がどこにおりましょうや」

「いくらうまく化けても体の大きさが昔見た時と同じじゃ。年寄は年を経れば縮む。弟の藤林殿は実直なお方であったが、兄上殿は何やら小賢しき手管を使われる」

岩室が鋭い目つきで睨み付けると、老人は驚いて縮みあがった。

「ひいっ、お助けをっ、ワシはただのお使いですじゃ、素破の術も何も知らぬ年寄ながら、小遣い欲しさに伝言を申しつかってござった。なにとぞ命ばかりはお助けを」

年寄は床に額を擦り付けて手を合わせておがんだ。

「やれやれ、こんなに怯えておるではありませぬか、信長様を慕うあまり、智慧の鏡も曇られたか、疑心暗鬼もほどほどになされ」

「帰れ」

「えっ、何を仰せか、拙者兄上のためを思えばこそ、お家を思えばこその注進でござる。私利私欲の心があれば、兄上を見殺しにして拙者が岩室家の当主となる。拙者には私心なく、ひたすら兄上の命を心配すればこそ、申し上げておるのじゃ。逃げられよ、それが素破の性じゃ」

「帰れ」

「兄上」

「か・え・れ」

十助は部屋の周囲を見回したあと、岩室を睨み付けた。

「いい加減になされよ、甲賀の者は皆兄上が陽術を尾張者に教えていることを知っておりまする。今までは拙者が平身低頭して賂《まいない》も渡し、なんとかもみ消してきましたが、もう庇いきれぬ。今後同じことを繰り返すならそのお命危のうございますぞ、気をつけられよ」

十助は憤然とし、老人の手を引いて帰っていった。老人は何度も岩室の方を振り返り会釈しながら十助の後ろについていった。

岩室はその後すぐさま早馬を飛ばし、清州城の信長に面会を求め、己の弟を信用せぬよう、もし岩室が討ち死にしたならば加藤弥三郎をその跡継ぎに推挙するよう申し入れた。

その後も岩室は尾張衆に陽術を教え続けた。この陽術というもの、陰術のような具体的な技術ではない故に、何分にも掴みどころがない処があった。

或る時岩室は土に木の棒で網の目に線を引いてそこを掘らせた。掘るうちに色々なものが出て来る。最初から穴を早く掘ろうと大鍬《おおくわ》を使って掘り返した者の場所から割れた皿が出てきて周囲から笑われたりした。その者は岩室に叱られ、割れた皿は弁償させられた。そうなってくると他の者は慎重になる。何が出て来るかと思って慎重に掘り進める。輝石、時に小刀。兜、箙《えびら》、一文銭、傷を付けずに掘り当てた者は褒められ、それらを貰った。あちらもこちらも色々な物が出て来る。しかし、簗田弥次右衛門《やなだやじえもん》が掘っている場所からは掘って掘っても何も出ない。

簗田弥次右衛門は、元々岩室が小姓になる前に信長の小姓を務めていた。しかし、その勤めが辛く、途中で辞めた故、今では岩室より立場が下になっていた。しかし、己のほうが、立場が上であるという意識がまだ抜けきらぬか、岩室の指図に対しては真剣に取り組もうとしなかった。しだいに退屈になってきたのか途中で仲のいい那古屋弥五郎《なごややごろう》が見物に来たので馬鹿話をしながら掘り進めている。

「これ、真面目に掘らねばならぬぞ」

「はいはい、それはもう、慎重に掘り進めておりまする」

岩室が来た時だけは平身低頭して、いなくなると那古屋弥五郎と馬鹿話。すこし那古屋にも手伝ってもらっていた。しかし結局なにも出てこない。すべて岩室は監視していた。

「何も出てきませんでした」

簗田弥次右衛門は岩室に報告した。すると岩室の表情がみるみる険しくなった。

「そんなはずがない、ここには高価なヒスイの璧《たま》が入れてあった。まさかそなた、それを懐に入れたのではあるまいな」

簗田弥次右衛門の顔から一瞬にして血の気が引く。

「いえ、絶対にそのような事しておりませぬ。隅から隅まで調べましたが、ありませんでした」

「嘘をつけ、那古屋弥五郎に手伝ってもらっていただろう、それで何故そう言い切れる。いい加減な事を言う奴じゃ、これは信長様の前に引っ立てねばならぬ」

「那古屋はそんな事をする奴ではありませぬ、なにとぞ那古屋はお助けくださいい、切腹して責めを追うならこの簗田弥次右衛門だけが責めを追いまする」

簗田弥次右衛門は必死に叫んだ。

「ははは、ヒスイの璧など最初から入ってはおらぬわ」

岩室が大声で笑った。それを見た簗田弥次右衛門の体がワナワナと震えた。

「な、なんと趣味が悪い、それがしをたばかられましたか」

「たばかったのではない。これは模擬戦であっただけだ。故に、其方の御手打ちも模擬じゃ。これが本戦であったなら、拙者は間違いなく、其方を切っていた。分かるか、たとえ、そこに何も入っていなかったとしても、必死になって全力でそこを掘らなければ、そこに何も入っていないことはわからぬ。いい加減にやっていて、どうせ、己など、絶対に良いものが入っていないかもしれないと思っていても、実は、とんでもない宝玉が入っていることがあるのだ。模擬とはいえ、此度そなたはその宝玉を引き当てたのじゃ。掘って、掘って、必死になって掘り尽して、宝を探しつづけて努力して、それでも、そこに何もなければ、その場所には何も無かったという貴重な教えが後世に残る。後発の者はもう、その場所を掘らなくてもよい。しかし、いい加減にやっていれば、その後何度も、何度もその場所を別の者が掘らねばならぬ。分かるか。たとえそこに何も無かったとしても、何も無いことを確信するために必死になって、徹底的にその場所を掘らねばならぬのだ。わかったか」

岩室の言葉を聞いて簗田弥次右衛門はしばらくポカンと口を半開きにしていた。

「聞いておるか」

岩室が厳しく問いただす。

「あ、はい、聞いておりまする。何か分かった気がしました。それがしは、これまでさしたる手柄もなく、ただ那古屋と面白おかしく暮らしておりました。しかし、何か掴めそうな気がしまする。今後は死力を尽くして精進いたしまする。ありがとうございた」

簗田弥次右衛門は晴れやかな表情で深々と岩室に頭を下げた。岩室も満面の笑みで頷いた。

第十六章・解説

弟の十助

史実では岩室の弟である十助は後に織田家を出奔し播磨別所家に仕官したようである。

第十七章　交戦の決意

長らく三河の地で放置されていた藤林であったが、久々に駿河の今川義元から呼び出しがあった。理由は把握していた。甲賀衆の高峰蔵人《たかみねくらんど》の配下の者が入手した山口教継《やまぐちのりつぐ》の裏切りの証拠を元にして今川義元が山口教継、教吉《のりよし》親子に切腹を命じた。その混乱に乗じて信長が大高城付近に多くの砦を築いたので、義元は品野城の鉄砲と兵力を大高城に投入した。その隙を衝いて信長は品野城に攻め入り、楽々と品野城を陥落させたのである。

今川館に到着すると、出迎えたのは高峰蔵人であった。

「これは藤林様、ようおいでくださりました」

蔵人の態度は非常に丁重になっていた。実際に今川家に仕えてみてその大変さが身にしみたのであろう。蔵人は武芸に優れた戦人であったが、対人折衝などの陽術は得意では無い。奥座敷に通されると、そこには今川義元が待っていた。品野城を陥落させられたというのに、意外に余裕の表情であった。

「おお藤林、よう来たの。高峰蔵人からそなたの書状を見せて貰った。何故もっと早く見せなんだかと蔵人を叱っていたところだ」

「蔵人殿、何故今更それを御屋形様に見せられたか。そのようなものを見せれば、其方の失態がより明らかになり、御身の不利となろう」

「拙者が藤林様の書状を御屋形様に見せなんだは、ひとえに、価値がないと思うたからでござる。しかるに、信長配下の岩室長門守に翻弄されるうち、藤林様の書状を読み返し、その内容が正しいと気付きました。ならば、たとえ我が身の不利益になろうとも、御屋形様にそれをお見せせぬは不義でござる」

「なかなかご立派なお心がけ、感服いたしまする」

藤林は蔵人に向き直り、深々と頭を下げた。蔵人も恐縮して頭をさげる。

「して、藤林よ、大高城の守りを固め、大軍を送り込んだはよいものの、今度は信長め、鎌倉街道を通る荷駄隊を襲い、悉《ことごと》く兵糧を焼き払うて大高城の籠城したる大軍が飢えておる。いかがしたものか」

「生前、雪斎様が仰せの通りにすればよいだけです。道をお作りくだされ」

「何を悠長な、今はそれどころではない。しかも、道を造ろうとすれば織田の砦から兵が出てきて普請方を攻撃し、道を造ることができぬ」

「それなら御屋形様が御自ら大軍を率いられ、織田の砦を潰し、岡崎から大高、大高から鳴海まで道をお造りなさいませ」

「口を開けば道ばかり、そのような事を言うて財源はどうする」

「今、相場で売り買いして儲けておられる米を必要分だけ残してすべて売り払えばよろしゅうございましょう」

「何を言うか、我は今、相場で儲けておるのだぞ。国人どもがふがいなく、ろくに物も売れず、金儲けもできぬゆえ、我が孤軍奮闘して投棄で銭を儲けているのではないか。その元手を全部売り払えと言うか」

「投機など相場が暴落すればクズ同然でござる。実利を得るためには君主が銭を使い、活況を創るしかありませぬ。主君の負債は民の儲けにござる」

「黙れ、そのような事はどうでもいい、戦いについて聞いているのだ」

「これが戦いでござる。投機を今すぐお止めくだされ」

「ソチ、長らく我が遠ざけたのを恨んで意趣返しか、もうよい、今日はさがれ」

「ははっ」

「そうだ蔵人」

「はい」

高峰蔵人は義元の方に向き直る。

「其方はこれより山口が居なくなった鳴海城へ行け」

「かしこまりました。それでは加世者など兵卒をあつめまして……」

「兵卒などいらぬ。其方は領主で行くのではない。領主は岡部元信じゃ。そなたは岡部の警護をせよ。すぐに行け。ここに居られるのは優れたる者だけじゃ」

「はい、よろこんで」

蔵人はその場に平伏した。

それからしばらく藤林は駿河にとどめ置かれた。その間、藤林は今川家中に密偵を偲《しの》ばせ、今川義元の動向を探った。どうも一向宗の学僧に相談しているようであった。相場は一向宗の得意である。一向宗は今度とも米相場の取引で儲けることを義元に勧めているようであった。それと同時に義元に加世者を銭で集めることも勧めていた。義元が公然と兵を集め、それを隠さないならば、それは当然織田方にも聞こえる。織田を圧倒する大軍を集めていることを知れば、織田方は恐れて籠城するに違いない。籠城して今川方に包囲されれば、少なくとも二年分の兵糧米を買い入れねばならなくなる。事前に今川方が米を買い入れ、その後に兵を集めれば、織田信長は高いと分かっていても兵糧米を買わねばならない。それによって、借金まみれの織田方の勘定はより苦しくなり、加世者を雇おうにも先手を打って今川方が兵を集めてしまっているので、相場が高騰し、思うように加世者が雇えない。そこで信長は長島本願寺に借金を頼むであろうが長島は貸し付けを拒否する。そして信長は破滅するという算段である。本願寺の僧侶の入れ知恵に義元はたいそう喜んでいるようであった。

本願寺の僧の予測通り、今川方が公然と米を買い占め、その後に各国から加世者を集め出すと、織田も米を買い始めた。その動きに合わせて、今川方も大量に米を買った。最終的に織田は米を売ることはできない。命がかかった兵糧米だからだ。米が高騰しきったところで今川方は米を売って莫大な富を得るのである。

理屈の上ではそうであった。

しかし、織田信長は今川方が米に大量の買いを出したところで、公然と米を売り始めた。しかも、一気にすべて売った。このため米の値が大暴落した。それでも、籠城戦となれば必ず米は必要となる。よって、いつかは織田が米を買って相場は戻る。そう考えた今川方は米を売らず待ち続けたが、織田は一向に米を買い戻さない。恐れをなした他の相場師たちは次々と米を投げ売りする。結果、今川だけが莫大な損をかぶることとなった。

手下の素破から今川方の相場での大損を聞いた藤林は無表情でその報告を受けた。考え事をするといって人払いをする。

大きく息を吸い、ゆっくりと吐いた。顔が上気している。

「ふーっ、岩室と信長はさぞ楽しげにこの策謀を仕組んだことであろう……うらやましい……」

小声でそうつぶやいた。

藤林は今川方の武将の屋敷に逗留していたが、そこに義元からの使者が来る。至急今川館に来るようにとの命であった。

今川屋敷の奥座敷に行くと義元が陰鬱とした表情で待っていた。

「ゆるせぬ信長め、我が今まで多大な犠牲をはらって集めた金銀財宝を一日にして……」

義元はうわごとのように何かつぶやいていた。

「藤林長門守まかりこしました」

「来たか藤林。織田信長め断じて許しがたい。彼奴《きやつ》はひねり潰すことにした。尾張に進行するにあたって何か気を配るべき点はあるか聞きたい」

「はい、まず陣屋ですが、鳴海から大高に向かう道を高所から見渡せる場所に陣を創らねばなりませぬ。断じて狭間、窪地にとどまることがあってはなりませぬ。まず高台に人を派遣し、番《ばん》匠《しょう》、工人を多数動員し、馬防柵を作り、敵の奇襲攻撃を防ぐのです。軍勢は三万以上、そのうち本陣には二千人配置し、そのすべては直参の御家人でなくてはなりませぬ」

「何、二千人全部御家人とな、それでは銭がかかりすぎる。今川家の家臣は一騎当千にて、三百で十分じゃ。あとは加世者など臨時雇用で……」

「銭より御屋形様の命でござる。なにとぞ二千人の家臣を本陣に配置してくださいませ」

「分かった。次は」

「防壁のない場所にとどまってはなりませぬ。敵が居ないと思われる場所でも常に家臣二千人を同行させてください。まず、沓掛城《くつかけじょう》に入って現地の情勢を聞き、その後大高城に入る。その段階で丘の上の砦が完成していれば砦に入る。移動の時はできうるかぎり早く動いてくださりませ。とにかく、用心の上にも用心でございます」

「うむ分かった。それと一つ分からぬことがある。織田信長は戦前だというに、大量の米を売った。その量たるや駿河一国の米の備蓄量を上回る。恐らく織田方の米蔵は空であろう。なにゆえ、そんな愚かな事をするのか」

「これを」

藤林は一枚の紙きれを懐から出して義元に見せた。

「こ、これは……馬鹿な、こんなことが」

「これは真でござる、今、まだ信長が多額の借金を抱えている状況で信長を討たねば、時が立てばたつほど、当方は不利となりましょう。今更、財政均衡がどうのと言っている場合ではございませぬ」

「うむ、分かった。今川の蔵に積み上げられたすべての金銀財宝を売り払い、加世者を雇い、大軍をもって織田信長を叩き潰すこととする」

今川義元は藤林から手渡された書状を持った右手を強く握りしめた。書状は握りつぶされて小さく縮んだ。

第十七章・解説

今川義元は何を見た?

この章の中で今川義元は藤林から見せられた書状に驚愕しているが、義元は何を見たのだろう。それは尾張と駿河の米の生産量の格差であったに違いない。当時、今川義元は友野座《とものざ》を使って安い他国の品を大量に輸入していた。その根拠は、当時、木綿は国内でほとんど生産されておらず、この時代からすぐ後の時代に流入した耐寒性のある綿の栽培によって、国内の綿栽培は盛んになったからである。しかし、義元の御用商人の中心にあった友野座の主要取扱品目は木綿であった。つまり、大陸の木綿を輸入する座が今川義元の御用商人の経済基盤になっていた事を意味する。増税と海外からの安い物資の輸入を中心とした経済構造の中で、義元は治水などの土木工事は軽視していたように思われる。それは、駿河がその国土と田苑の面積から考えて、尾張と比べ、あまりにも収穫が少ないからである。また、それにも関わらず桶狭間の合戦において四万人もの軍隊を動員できたのは、年貢を遥かに上回る貿易による収益がなければなしえない事である。しかし、常備兵を四万も正規雇用していれば少ない駿河の米の収量では養いきれない。そこで、今川義元は非正規雇用の傭兵である加世者を大量に雇用して織田との戦いに挑んだものと思われる。

以降、小和田哲男氏の著書にその具体的数量を見てみることにしよう。

ふつう、今川義元のことを「駿遠三の三カ国の太守」などといって、三カ国の年貢収入だけで相当な貫高になっていたととらえ、後述するような京都風公家文化の受容も、「三カ国の年貢収入が莫大だったから」と受け止められる傾向がある。

ところが意外なことに、義元の本国駿河の生産力は他の国々にくらべ、かなり低かったのである。

義元の時代からは三十年ないし四十年の数字なので、ある程度割り引いて考えなければならないが、秀吉が全国的に行った太閤検地の結果が「慶長三年検地目録」（『大日本租税志』巻二五所収）として記録されており、それによると駿河国は十五万石にすぎない。尾張国が五七万石余なので、それと比較してもいかに低いかがわかろう。

今川義元　小和田哲男著　ミネルヴァ書房　百七十四頁より抜粋

第十八章　俗情との結託

山口教継《やまぐちのりつぐ》が国境から排除された混乱に乗じて、信長は大高城の近隣の山に砦の建設をはじめ、周辺の名主たちが生産した物品を買い求めた。

しかし、今川家の末端の城の統治者はいずれも軍事の事にしか興味がない故に、織田方の狙いは大高城攻略戦であると見なした。そして、近隣の品野城に配備していた鉄砲の大半を大高城に運び込んだ。これより二年前の永禄元年、信長軍は大高城への牽制のため、近隣の品野城を攻めたが、大量の鉄砲が配備されており、五十人死者を出して撤退した経緯がある。品川城に多数の今川勢が居たのは、実は岩室が今川方の素破、高峰蔵人《たかみねくらんど》に情報を流していたからだ。生真面目な高峰は岩室と裏取引などはできぬ男であった。岩室の配下がわざと高峰方の密偵に報を盗ませたのだ。そうやって少ない人数の高峰方に安い経費でより多くの情報を掴ませることによって、相対的に伊賀の藤林党の経費が割高であると義元に思わせるのが手であった。義元は岩室の策謀に乗り、藤林党の人員を大幅に削減した。それ以降、織田軍は品野城には近づかなかったが、甲賀の密偵はこれらの城の動向をくまなく観察していた。そして、品野城が手薄になった隙を衝き信長が陣頭指揮をとって大軍で城を力攻めして落とした。

大高城には大量の鉄砲が配備されており、品野城のような攻め方で落とせるものではない。街道の要所であり、城の規模も大きかった。

山口方の郎党が大高城、鳴海城など主要な城から追い出され、数日しても山口教継が帰って来ない状況が続くと、山口の郎党も領民も山口教継が殺された事に感づき始めてくる。今川の軍事力は強大であり、その豊富な資金力で大勢の加世者を雇っている。このため、山口教継が殺されても領民も郎党も泣き寝入りするしかなかった。新領主となった岡部元信《おかべもとのぶ》は鳴海城をただの防衛拠点としか考えておらず、商業の推進にも治水にも興味を示さなかったので、地元の民の不満が蓄積していた。以前、信長が大高城周辺の物流を閉鎖するため赤川景弘《あかがわかげひろ》に命じて砦を作らせようとしたとき、すぐさま山口領内の領民が気づいて領主に通報し、赤塚の合戦に及んだ。しかし、今回信長が赤川景弘に命令して荷駄隊を編成し、鷲津山、丸根山に資材を運び込んだ時、領民は一切新領主にその事を通報しなかった。このため、信長は易々と山中に堅固な砦を建設する事ができた。

これを橋頭堡《きようとうほ》として、熱田社の別宮である氷上社に砦を作り、そこを拠点として近隣にあった正光寺に砦を作った。そして氷上、正光寺に運び込んだ資材で、大高城の付近に向山砦を作った。今川方に食糧が運び込まれようとすると、これらの砦から兵を発進し、火矢で放火し、焙烙《ほうろく》に毒を混ぜて炸裂させ、食べられなくした。大高から兵が出てくると逃げる。また荷駄を迎え入れるために大高城が大人数の兵を割くと、背後の鷲津、丸根の砦から兵が発進し、大高城に火矢と鉄砲、焙烙を打ち込む。常に大戦をせず、兵糧の搬入を寸断して大高城を弱体化する策をとった。

荷駄隊も地域に不慣れで、在地の民も不服従であった。これに対して今川方は大軍を持って排除できないと信長は考えていたのだろう。

砦を攻略するためには三倍の兵力を必要とする。南の氷上砦、正光寺砦、向山砦、そして品野城には水野氏、荒尾氏、花井氏らが入っており、水野一千、荒尾二百、花井二百、鷲津砦四百、丸根砦七百、善照寺砦、丹下砦、中島砦にそれぞれ百。前衛の佐久間信盛率いる遊撃隊が一千。これに信長の本隊一千。合計四千九百の兵力がすぐに大高付近に集結できる。これを攻略するためには、その三倍、一万四千七百の兵力が必要となる。しかし東の北条、武田への防備を考えれば今川が動員できる正規雇用軍役衆の兵力はおよそ一万であった。

かつて今川義元は、織田信秀が今川領の那古野城を簒奪《さんだつ》した時、遠征の不利を説いて、守護である兄の今川氏輝に信秀討伐を断念させたという噂を信長は聞いていた。実際、今川は那古野に攻め寄せては来なかった。慎重な性格の義元なら、必ず一万五千の兵力は集めなければならないと考えるであろう。さすれば、実戦部隊一万近くの兵力を主君に忠誠心のない非正規雇用の家来である加世者に頼らなければならなくなる。いかな銭はもっている今川とはいえ、そんな危険な賭けをするであろうか。

かつて鵯越《ひよどりごえ》の合戦において平家が大敗したのも、それまで瀬戸内の荷役は運送を地域の国人が担っていたものを、勘定を緊縮し、福原に巨大港湾を作り、異国の船を直接福原に入れ、地域の平家方の国人衆が正規雇用の郎党を雇えなくなり兵力が集まらず、貿易で儲けた銭で大量の非正規雇用の加世者を雇って動員したがためだ。そうではなく正規軍同士の戦いで同等の能力を持つものの戦いであれば、必ず数が多い方が勝つのだ。これは動かしがたい事実である。そのような事は史学を学んだ武士なら誰でも知っていることだが、それでも、非正規雇用大量動員の危険性、武芸の心得を持った譜代武士希釈の危険を冒してまで、今川義元が攻めてくることは断じてないと信長は楽観視していた。また、それでも無理攻めしてくるなら、信長本隊と佐久間信盛隊の二千を使って鷲津、丸根砦を攻める今川本隊の背後を衝き、今川軍を崩壊させるだけだ。その趣旨を信長は何度も、何度も、水野、花井、荒尾、佐々、千秋、佐久間の将兵を集め、言い聞かせ、理解させていた。岩室はこれらの砦に問題が無いか、兵糧を運び込む荷駄隊に同行して砦を見て回った。一つ気になることがあった。氷上砦の櫓の中に大量の芥子菜《からしな》が植わっていた。黄色い花が風に揺れている。城内の者に聞くと、氷上砦を守っている千秋李直《せんしゅうすえただ》が、商人から献上されたものを植えたという。これは芥子菜の亜種で油菜というものらしい。芥子菜の種は神の教えを説く教訓にもされており、一粒万倍の例え通り、沢山種が取れるので縁起が良いものとされている。縁起が良いもの故、櫓を作る際も、これを抜いてはならぬと千秋李直は命じていたらしい。——あいかわらず教条的な人だと岩室は思った。

しばらくして猫の目が伊賀衆の密偵を切り殺して書状を持ってきた。先だっての応酬である。そこには今川方が鷲津、丸根の砦を攻めるにあたって寝返る手筈となっている国人衆の名が連ねてあった。水野元信、荒尾善次、花井右衛門兵衛、加藤弥三郎、佐脇藤八。

岩室はその書状を信長に見せた。信長は早速、加藤弥三郎と佐脇藤八を呼び寄せ、その書面にあった署名と同じ字を書かせてみた。

「うむ、似ておる。なかなか手がこんでおるなあ」

信長は半笑いで言った。

「いやあ、御呼び出しを受け、この書状を見せられた時は冷や汗をかきました」

弥三郎は頭をかいた。

「それがしは疑われたのですか」

藤八が信長を真っ直ぐに見る。

「そなたの名前があった故、これが偽物だと分かったのだ」

信長がそう言うと藤八は満面の笑みを浮かべた。

「それにしても、かような書状を捏造《ねつぞう》するとは、今川も余程困っていると見える。いかに鷲津、丸根が攻めにくいか、自ら暴露しておるようなものじゃ」

信長は人差し指で己の顎を撫でながら得意げに言った。

信長方に包囲された大高城は兵糧が欠乏し、雑兵が夜陰にまぎれて城の外に出て、木の皮を剥ぐ姿が物見に見咎められていた。もう大高城の降伏開城も時間の問題かと思われた。しかし、今川軍は突然動いた。全軍で約四万の大軍勢を率いて進撃してきたのだ。しかし、戦闘部隊の数はことのほか少なく、一万五千程度であった。甲賀の密偵の報告を聞いた岩室は首をひねった。おかしい。一万五千といえば、攻略にとってギリギリの人数。一つ間違えば軍が崩壊する。戦闘において一番難しいのが撤退戦である。撤退戦に失敗すると、どのような大軍勢でも雲散霧消して解体する。なぜ、こんな大胆な賭けを今川軍がするのか岩室には分からなかった。信長に報告すると、信長はしばらく考え込んだ。

「陽動じゃ。真の狙いは熱田にあり。鷲津、丸根を攻めると見せて軍勢を両砦に向かわせ、船で熱田に攻め寄せて熱田を奪うとともに、我等織田軍の背後を封鎖する。そして包囲して殲滅する算段じゃ。さすが義元、なかなか考えたな」

信長は笑みを浮かべた。

「早速、加藤又八郎に熱田の防備を固めさせよ。鉄砲の大半は熱田に置け。熱田衆は熱田の防備に専念するようにつたえよ。また柴田勝家は熱田の後詰として、今川が熱田から我等の背後を防いだ場合、退路を確保させよ。それまでは熱田近くの森に伏せ勢として潜伏させるがよい」

「はっ」

岩室は柴田勝家には猫の目を伝令として派遣し、自らは熱田に早馬を飛ばした。岩室が熱田に付くと、その横を伝令の早馬が駆け抜けてゆく。前線の将に対する信長の指令であろう。

岩室は熱田に今川方が攻めてくる事を伝え、防備を固めるよう、熱田衆を集めて言い聞かせた。


岩室が熱田から清州に帰ってくると、清州城には林秀貞ら織田家旧臣たちが集まっており、信長に対して清州城での籠城を勧めていた。林曰く、今川軍が熱田に入って、乱捕り（略奪）をはじめた処で、奇襲攻撃をかけるべきだと提言していた。ほかの将たちは概ね清州での籠城を主張した。城攻めには三倍の兵力が必要となる。鷲津、丸根で兵力を浪費した今川軍に清州城を落とす余力はない計算になる。しかし、今川義元の目的が熱田であるなら、熱田を占領した時点で馬防柵を作り、熱田社を砦とするであろう。今川の大兵力が熱田を砦として籠れば、それを突き崩せる三倍の兵力は織田には無い。信長は老臣たちの意見を一蹴した。

「よいか、死地において、人は生を欲して後ろに引かば即《すなわ》ち死す、死を求めて機先を制すれば即ち生きるなり。死を求めずしてなんぞ生を全《まっと》うできようか」

信長は言い放ったが老臣たちは意味が分からず、口を半開きにしてその言葉を聞いていた。

「運の末ともなれば、智慧の鏡も曇るものなり」

老臣たちの囁く声が岩室の耳に聞こえた。清州に集まった臣たちのほとんどが何も理解できぬのを見て、信長はその者らに背を向けた。


夜も更けたので信長は清州に集まった老臣たちを一旦家に帰した。本来の実働部隊はすでに前線に派遣しており、戦略方針は事前に伝えてある。清州に集まったのは予備役のような存在ゆえ、信長はさして頼りにしていなかった。

岩室は盛んに前線に密偵を送ったが、誰一人帰っては来なかった。ただ、旧来から織田と今川両方に年貢を納め、今川方の名簿に記載されている半手の者は今川お雇いの伊賀衆から危害を加えられることはない。桶狭間村の顔役たちは義元をもてなし、盛んに今川方の武将に魚や酒など御馳走を付け届けしたが、悉《ことごと》く断られた。きわめて規律正しく、地域の村から略奪などはしない。それは、以前より半手として桶狭間村が今川方にも年貢の半分を納めていたからである。そのため、義元が到着するとすぐさま村の顔役が挨拶に出向いた。しかし、表向きは従っていても、在地の領主、山口教継を殺された恨みは深く、今川義元に挨拶に行った半手の者たちは使者を立てて早馬で清州に来ては今川方の動きを逐一報告した。今川方は桶狭間山に大量の土手方人足を動員して巨大な砦を短期間に作り上げた。その動員数、およそ二万。今川方の総勢が四万近くにも膨れ上がっていた理由である。最初、沓掛城《くつかけじょう》に入っていた今川義元は砦が完成すると、桶狭間山の砦に入った。常に砦や城に在陣し、決して野外に陣を張らない。義元は極めて用心深く動いた。桶狭間山の砦に入られてしまっては、織田方としても手出しはできない。今川方はそれだけではなく、周囲が見渡せる高根山に松井宗信《まついむねのぶ》以下一千名を陣取らせ、織田方の動きを監視させた。前から攻めてくる織田の動きはほぼ、ここから見渡せる。今川義元は事前に近隣の地形を徹底的に調査していた。そして、桶狭間山へ通じる間道の辺りに大量の伏せ勢をしている様子だった。今川義元は、織田信長の北からの乾坤一擲《けんこんいってき》の奇襲攻撃を極端に警戒していた。それは、信長初陣において、信長が今川軍に正面から攻めかからず、迂回して背後に回って放火した事からはじまり、村木砦の戦いでは暴風雨が吹き荒れる海をわざと押し渡り、相手が来ぬと思い込んでいる気候を選んで攻撃をしかけた事。大高城の周囲を密偵に執拗に探索させながら、品野城を急襲した事。これらを鑑《かんが》み、義元は、信長が奇襲を好むと判断しているに違いないと岩室は思った。しかし、奇襲も何度も繰り返せば奇襲でも何でもなく、ただの愚行となる。信長はあえて、それを繰り返してみせた。しかし義元は奇襲だけを想定するのではなく正面の中島砦、善照寺砦の動きが把握できる場所に松井宗信を配置して監視している。そして中島砦から義元本陣に正面突撃するためには、水田の中に縦に長く伸びた見通しのよい細いあぜ道を直進せねばならず、その道を使わず水田に入れば泥に足を取られて早く進めない。その細い一本道をめがけて、今川の種子島鉄砲隊が配置されている。義元の布陣には一片の隙も無かった。このままでは攻めても織田軍は全滅する。敵が、鷲津、丸根の砦を攻略にかかった段階でその背後を襲うしか攻略の手立ては無かった。そのため、信長は敵が目前に迫っているのに、出陣はしなかったのだ。鷲津、丸根の砦が攻められたら、その背後の氷上砦、正光寺砦、向山砦から水野軍や在地の国人衆たちが一斉に攻めかかる。すると今川方はその対応に追われて、正面の鉄砲隊を下げねばならない。そこを、中島砦、善照寺砦の佐久間信盛の遊撃隊が襲えば、信長本隊が到着するまで十分に時間は稼ぐことはできる。

信長は眠りにつき、岩室は一応、家に帰った。家では妻がずっと待っていてくれた。

「あの」

ためらいがちに妻が口を開いた。

「何だ」

「あの、こんな時に何ですが、前にご主人様は、うちで飼うておる鶏を、殺して食べると仰せでした。あれはいかがいたしましょうか」

「なんだ、そんな事か、また帰ってから考える。今はそれどころではない」

岩室がそう言うと、妻は目を見開いて顔に喜色を浮かべた。

「はい」

妻は勢いよく頭をさげた。

岩室は一瞬、妻の反応の意味が分からなかった。しかし、すぐに気付いた。妻は、岩室が生きて帰ってくるつもりだと知って喜んだのだ。

岩室は庭に出た。深夜の事にて鶏は寝ている。ふと蕗《ふき》の葉の上を見ると、アマガエルが乗っていた。岩室はそのアマガエルの頭を人差し指でなでた。

「ああ、何をしているのだろう」

岩室は思った。

岩室が甲冑を身に付けていると、遠くでほら貝が聞こえる。岩室の家に伝令が走りこんでくる。

「鷲津砦、陥落」

伝令が叫んだ。

「なにっ」

岩室はそのまま外に飛び出そうとする。その前に妻が立ちはだかる。

「湯漬けを用意しておりまするゆえ、食べていってくだされ」

「それどころでは」

「食べねばシャリバテで死にまするぞ」

妻が厳しく叱責した。岩室は冷静さを取り戻した。戦場での体力の消耗はことのほか激しく、出陣の直前に食を体に入れておかねば、シャリバテになって思うように体が動かず、敵に討ち取られることとなる。それでは信長のために十分に働けない。

「分かった」

岩室は妻が作った湯漬けを口の中にかきこんだあと兜をかぶって馬に乗り出陣した。

途中で佐脇藤八と遭遇する。藤八は片手で巧に馬を操っていた。次いで長谷川橋介と合流する。熱田近くになって山口飛騨守とも合流した。そこに加藤弥三郎が待っていた。

「ささ、熱田社へ、戦勝祈願でござる」

五人そろって馬を走らせた。そこに信長が単騎で現れる。信長と五騎は肩を並べて熱田社に入った。

そこには弥三郎の父が待っており、戦勝祈願の用意はもうできていた。

「ここで加藤に会ったとは縁起がよい、今日の戦はきっと勝とうぞ」

信長がそう言うと、五騎は拳をふりあげて「おーっ」と答えて信長の後に続いた。

熱田社に入ると伝令が走り寄ってくる。

「丸根砦陥落」

信長は目を見張った。

「何だと、あり得ぬ。あの兵数でこんな短期に両砦を落とすなど、計算が合わぬ」

熱田社に五騎が到着した時にはまだほとんど他の将兵は集まっておらず、雑兵の数は二百ほどであった。信長は弥三郎、藤八、橋介、山口に将兵が集まるまで熱田社で待機するように命じた。

信長は伝令の言葉を聞いても信じられぬ様子で、岩室と少数の郎党だけを連れて、鷲津、丸根の砦が見える源太夫の宮（上知我麻神社《かみちかまじんじゃ》）の前まで馬を走らせた。遠く東の方に小高い山が見える。そこから二筋の黒煙が立ち上っていた。

「なぜじゃ、なぜ……」

茫然としながらも信長は考えを巡らせているようであった。そして、急に眉間に青筋が立ち、顔が紅潮した。

「水野だ、水野が裏切った。殺してやる、水野め、大切な佐久間盛重と秀敏のじいがあっ」

怒りのあまり信長は体を震わせた。

「お待ちください、今水野を敵に回してはいけませせぬ」

「もうまわっておるわ」

「水野が敵の多きを見て怯えて寝返ったならば、また織田の精鋭の強靭さを見て怯えるはず。こちらが攻めかからねば、身をかがめて砦から出てきますまい。水野は黙殺するのです。殺すのは後で」

「くそおっ、水野め、水野元信めぇ、絶対殺す、いつの日か殺す、何年かかっても必ず殺すっ」

信長は何度も何度も呪文のように唸った。

「恐れながら信長様、この期に及んで言上したき儀がございます」

岩室は信長の前に跪いた。

「なんだ」

「此度の戦、我らが負ければことごとく今川義元に尾張を蹂躙されることでしょう。しかし、今川義元に勝つことができれば、その武名は天下にとどろき、信長様が天下統一の偉業を成し遂げることも夢ではございませぬ。その時のため、信長様にはただ一つ足りぬものがございまする」

「それは何だ。何なりと言うてみよ」

「およそ天下を狙う者は七つの素養を持っておらねばなりませぬ。それは戦時においては武芸、戦法、軍の統率、全軍の指揮でございます。これらすべて信長様はお持ちでございます。これに対して軍を維持するためには平時の勘定こそ大事。それも信長様は心得ておられます。金融財政を操り、物価が高騰すれば楽市を行い、物価が停滞すれば作事普請を行って景気をもり立てる。政策においては合戦で荷を運ぶ夫丸《ぶまる》が足りなくなれば参道を整備し、道を広げ、道を舗装して荷車が使える道を増やす。網の目のように道を敷設して地域の物流を活況とし、利益を伸ばす。真に実利にかなった方策をとられております。ただ一つ、信長様には天下に号令を示す大義がございませぬ」

「それか、大衆を扇動する大義は、一向宗が戦乱を煽る時に貧しい者の嫉みを正義と言い換え、騒乱を起こし、多くの無辜《むこ》の民《たみ》が命を落とした故、好きではない。よってあえて言ってはこなかった」

「それは違いまする。今信長様が仰せになったことは、大衆の金持ちや貴人に対する嫉みやそねみを利用し、大衆の俗情と結託して実のない不正義を大義と言い換えた事。よって、その偽の大義を打ち倒し、真の大義を啓蒙せぬかぎり、真の天下太平は訪れませぬ」

「いやまて、其方等素破は、その偽の大義で大名諸侯を扇動し、銭を儲けておるものであろうが、大衆の俗情との結託を排除し、真の大義とすげ替えたなら、其方ら素破はことごとく職を失い、路頭に迷うことになろう。よって、そのことは秘中の秘として大名には教えてこなかったのであろう。それを何故我に教えるか」

「それは、信長様に天下を取っていただきたいからです」

「それは分かる、しかし、何故我であるか。我は先頃やっと尾張一国を治めたばかりの若輩ぞ。その若輩に己ら素破の一門の没落と引き替えにするほどの価値が何処にあるというのか、分からぬ。我には分からぬ岩室」

「あなた様は、何の位もない拙者の諫言にいちいち耳を傾けられ、己の頭で考えて正しいと思ったことはすべて実行してくださいました。これ以上に命をかける理由などありませぬ」

岩室の言葉を聞いて信長はあきれたように口を開けた。

「何を言っておる……、耳があるのだ、人の話を聞くなど当たり前のことであろう、頭があるのだ。人が考えるのは当たり前であろう」

「ちがいます」

岩室が決死の表情で声を荒げた。

「何がちがう」

「世の大多数の人は世の中の権威の言葉なら、何の疑いもなく聞き、それがたとえ己が滅ぶ道であろうと、嬉々としてとして従います。しかし、いかに己に利益があろうとも、権威なき者の意見には、いくら頭で考えて正しき事でも従いませぬ。世の権威とは何か、それは、世の多くの人がそれは正しいと認めた人の事です。より多くの人が正しいと思った人、つまりは、世の大多数が正しいと信じる空気、それが権威です。その空気とはいつの世でも大金持ちが素破を雇い、己が僅かばかりの利益を得るために、莫大な数の貧しい民衆を殺戮の業火の中に投げ込みながら流布したもの。そこに大義も正義もありませぬ。この戦乱の世は、そうやって造られてきました。この世に生きる人のたった一厘、一毛にもみたぬ、ほんの数人の大大名の私腹を肥やすために、莫大な人が争い、殺され、命を落としました。皆々、それが死出の旅路とは知らず、素破が扇動して作り上げた空気に踊らされ、それを必死にとどめようとする少数の人たちを指さし、笑い、小馬鹿にしながら自ら地獄の業火の中に飛び込んでゆく。なぜなら、みんながそうしているから。そんなこの世の地獄、この戦乱の世を終わらせるためには、正しき大義を持った人が天下を取らねばならぬのです。そしてそれが出来る人は、そんな大多数の空気の総称である権威などに踊らされず、たとえ相手が少数者であっても己の頭で考えて、正しい人の意見を聞き入れる力を持ったひとでなければなりませぬ。そのような人は拙者が知るかぎり、信長様をおいて他にはありませぬ」

「……そうか、分かった。しかし、素破は大金持ちから銭を貰って大衆の俗情と結託し、大衆の醜い嫉みそねみ、嫉妬を正義であると言い換え、嘘で大衆を扇動して一握りの金持ちだけが利益を得るように仕向けているからこそ、大金持ちから大金を貰い、裕福に生活ができているのであろう。その仕組みを打ち砕けば、そなただけではなく、すべての素破が失業するのだぞ、それもいとわぬと言うか」

「かまいませぬ。闇に生き闇に消えるが素破の定め」

「分かった。我にどれほどの事ができるか分からぬが、やってみよう。ありがとう岩室」

信長は跪いている岩室の前に跪き、その手を両手で強く握りしめた。

「恐れ多いことでございまする」

岩室は体を震わせながら地にひれ伏した。

そして信長と岩室は熱田社に馬を返した。

岩室は空を見上げた。日はうっすらと空を照らし始めていたが、暗雲が風に押されて空を覆いつつあった。

西暦一五六〇　永禄三年　織田信長　二六歳　岩室　二八歳

第十八章・解説

半手の者

半手の者からの情報収集

半手とは対立している戦国大名双方に年貢を半分ずつ出すことで、領国の境界線付近には一般に存在していた。たとえば、相模国の津久井地方は北条氏と武田氏に半分ずつ年貢を納めており、秩父谷の奥の武蔵・甲斐国境付近にも半手の村があったと考えられる。

領国の境界線付近は戦国大名の領有関係が不安定であり、常に相手側から攻撃を加えられ、戦争状態になる危険性があったため、双方に半分ずつ年貢を納めることで、戦争を回避する慣習が行われていたのである。当時、上野国の西半分は武田氏領国であったが、その武蔵国境付近にも半手の村が存在した。

半手の村は二つの戦国大名に属しているので、双方の事情に通じていた。西上野国西部の半手の村には武田方の情報が入るため、褒美を与えることで積極的な情報入手を企図したのである。

戦国合戦の舞台裏　盛本昌広　洋泉社　三十—三十一頁より抜粋

シャリバテ

長時間食事を摂取せず、激しい運動を継続することによって低血糖症に陥り、身動きが取れなくなってしまう事。織田信秀と朝倉の連合軍が斎藤道三と戦った加納口の戦いにおいて、圧倒的多数であった織田方が大敗した原因は、このシャリバテであった可能性が強い。斎藤道三は戦略的に小戦闘で負け続け、織田方に追撃させ、夕刻に織田方が食事をしようとしたところを襲撃したものと思われる。シャリバテを応用した戦闘方式の代表例は、推測になるが、上杉謙信の車掛かりの陣があげられる。これは、高速で次々と回転しながら敵を攻撃したのではなく、予備兵力を作り、長時間かけて敵を断続的に複数の部隊で攻撃し続け、敵をシャリバテに追い込んで敗退させたものと思われる。これに対して、上杉謙信と互角に戦うことのできた武田信玄の軍隊は戦場で炊飯などの自炊はせず、干し柿を携帯食糧として採用し、歩きながら食糧を摂取できる体制を取っていた。

現在ではこのシャリバテの事をハンガーノックという名称で呼んでいる。

第十九章　士は己を知る者の為に死す

信長が熱田に帰るとすでにかなりの人数が集まっていた。

岩室は感慨深いものがあった。かつて信長が構築した網の目のように張り巡らせた街道網によって、こんな短期間に多くの将兵を集結させることができる。何事も長きにわたる積み重ね無くしてはならぬものであると再確認した瞬間であった。

信長は岩室の方に早足で歩み寄った。そして耳元で囁く。

「よいか、今川義元は用心深い性格故、自ら陣頭指揮は取らず、近くの小高く見晴らしの良い場所に八重二重に柵をめぐらし、強固な砦を作ってその中で差配を振るであろう。そこはなんとしても打ち崩すことはできぬ。しかし、それにも拘わらず、我等がその前面に正面突撃したならば、あの性格ゆえ、安全の上の安全策をとって、必ずや、砦を出て大高城に逃げ込むに違いない。大高城に逃げ込まれればそれで終わりじゃ。我等は、この砦から義元を追い出し、大高城に逃げ込むまでの、わずかな隙を衝かねば断じて勝てぬ。また、大軍では早く動けぬゆえ、配下の家臣を捨てて、己と少数の護衛だけで逃げるであろう。まさに、己だけが生きて他の者は死ぬるも良しとせんがための所業じゃ」

「もし、今川義元が家臣を尊び、憐れんで、大軍勢のまま緩々と大高城に撤退したれば何といたしまする」

「その時は、名君ゆえ、潔く討たれて天下を譲ろう。誰が天下を差配しようと、民が幸せになるなら、それでよいのだ」

「潔いことで」

「うむ、潔いぞ」

信長は晴れやかな表情で胸を張った。

信長は先に今川義元が熱田に狙いを定めていると推測していた。しかし、水野元信らの裏切りにより状況は変化し、新しく得た情報によって瞬時に状況判断を変えた。これが出来る人こそ英傑であり、凡俗はいかに孫子呉子の用兵を学習していようとも、己の結論を先に決めて後から得た情報は己の目的に沿うように都合よく歪曲する。そして破滅するものだ。

信長はまさしく英傑であった。——この人に付いてきてよかったと岩室は思った。

総勢約一千。いずれ劣らぬ精鋭部隊である。戦勝祈願を始めようとすると、大きな羽音を立てて白鷺が熱田の社殿から飛び立った。

「おお、天佑神助じゃ」

将兵がどよめいた。

「勝つぞ」

「この戦勝つ」

将兵たち熱に浮かされたようにつぶやきあった。

「者共聞けぃ。あめのしたをおおひていえとなさむ、またよろしからずや」

信長が大声で怒鳴った。唐突な事にその場にいた将兵はざわめく。これは神道の言葉で、神の前では人はすべて一つの家族のように平等であるという意である。神人である熱田衆はこの言葉を聞いて直立不動となったが、他の百姓、国人領主たちの中には意味が分からず顔を見合わせる者も多かった。

「我はこの熱田に自治権を与えた。自由に物を売り己等の自由裁量で物事を決める。それは、この神の御領の中では人は皆平等だからだ。そして人は生まれながらにして自由である。しかし、そのような神のご意志に反し、今川義元は寄親頼子制度を作り、人の上に人を創り人の下に人を敷いて神を冒涜した。猿投神社を焼き払い、神社から座を奪い、自治権を奪い、金儲けのうまい外国人に市場の専売を許した。かの義元がこの尾張を奪えばどうなるか、我らは神の元の平等を失い、自由を奪われ、手枷足枷をはめられて一生大金持ちの一向宗から借りた銭の返済に追われて働かされ生ける屍と化す。ここで死力をつくして今川を退け、尾張を守ったならば、たとえ戦いの中死のうとも、尾張の子々孫々まで神の元の自由を得られるのだ。隷属の生か、自由を得るための死闘か」

「自由を、自由を、自由を」

尾張の将兵は拳を振り上げて叫んだ。

大演説で織田の軍勢が大いに盛り上がったあと、信長は岩室の元に駆け寄っていった。

「どうだ、この大義は」

岩室は眉をひそめる。

「先のお言葉は日本書紀にある言葉です。しかも長い。もっと四文字ほどの短いお言葉をご自分の言葉に直してお考えくだされ」

「では岩室が大義を考えろ」

「だめです。大義は信長様が心の底から痛切に思いをはき出した言葉でなければ人の心にも響きませぬ」

「難しいことを言う。しばし待て、またこの合戦が終わったら考えることとする」

信長はこの戦から生きて帰るつもりでいる。その事に岩室は安堵した。

岩室は戦勝祈願のあと、熱田社宮司千秋《せんしゆう》李忠《すえただ》が熱田社の社庫の前で武器を配っているのを見た。社殿の宝物の刀を惜しげもなく織田の将に与えていた。李忠自らはあざ丸を腰に付けた。李忠は岩室にも宝物を与えようとしたが、岩室は使い慣れた槍がいいと言って断った。

「宝物を配るのは御止めなされ、まるで形見分けのようではござらぬか」

通りがかった弥三郎が言った。

「されど、何かせねば拙者の気が収まらぬのです」

李忠が言った。そこに藤八、橋介、飛騨守も来て話し合い、宝刀あざ丸を皆の共有の物ということにして、その上に手をかざして解散した。

岩室は信長の許可を得て強硬偵察に向かおうとする。

「恐れながら敵の物見に向かいとうございまする」

「其方は此度の義元の狙いは何と観る。水野が裏切る密約を事前に結んでいたならば、目的は大高城への物資搬入と近隣の砦、その中でも最大の鷲津、丸根砦の排除であろう」

「まさしくその通りと存じまする。して、水野は裏切ったことは確実と存じまするが、水野裏切りの事、以前に入手したる書状にも書いてありました。あの書状の真贋はいかにお考えでしょう」

「あそこには加藤弥三郎、佐脇藤八の名があった。此度、水野が裏切ったを見て、さてはあの書状、真であったと此方が思い、弥三郎、藤八を切らせようとする策謀であろう。手の込んだ事をする」

「真にその通りと思いまする。さすれば、目的を達したる義元はこの後撤退しますな。本隊はすぐに発てまするか」

「いや、湯漬けなど飯を食わせねばシャリバテを起こす。飯を食わせてからじゃ」

「されば、我等百人を率いて先を行きまする」

「うむ、頼む」

「承知」

信長は頭を下げた。

岩室は熱田を発った。

織田方の最前線中島砦に到着すると、そこには千秋季忠と佐々《さっさ》政次《まさつぐ》が前線から撤退して駐屯していた。事情を聴くと、前線において水野軍が寝返り、それによって荒尾、花井の将兵らも動揺して逃亡したため、知多の国人衆も恐れて逃げ去り、戦線を維持できなくなったという。氷上砦には李忠の兄、千秋李直が入っていたが、戦の指揮をとらず、戦乱の平治などを祈願する祈祷で芥子を七回火中に投じる護摩焚である芥子焼《けしやき》に専念していたため、兵の統率がとれず、敵の大軍の攻略によってほとんど戦わず降伏し、李直は捕縛されたという事だった。李忠はその事を非常に情けなく思っている様子であった。しかし、水野が裏切った段階で、大勢は動かしがたく、岩室は李忠に対して悔やまぬよう励ました。

そして本題に入る。

今川義元は当初の目的である大高城への兵糧の搬入を成功させ、第二の目的である鷲津、丸根砦の破壊も完了した。義元の目的はこの二つであるから、すでに目的は達成してあとは撤退するばかりだ。しかし、敵を目前としての撤退戦は非常に難しい。特に、今川軍の場合、非正規雇用の加世者、足軽大将が大量に動員されているので、義元の退却を敗北故の退却と勘違いすると、雇われ者が大量に逃亡して収集がつかなくなる。よって、敵に攻められて退却する形は取りたくないであろう。しかし、用心深い義元の事、織田軍に攻めてくる気配なくば、すぐにでも大高城に撤退し、織田軍が退却するまで城を動かないだろう。総大将が無事であれば、前線で多少勝ち負けがあっても、加世者の侍大将も逃げることはない。そうなれば、織田方に勝ち目はない。どう考えても今川義元が桶狭間山の重層馬防柵に囲まれた砦から発進し、大高城に撤退する、ほんの僅かに間しか義元を討つ機会はないのだ。そのためには、いかに織田軍の士気が高く、統率がとれているかを見せねばならない。勝ち負けではない。圧倒的多数の敵の前に負ける事が分かっていても突撃する士気の高さを今川軍に見せつけねばならない。そうすれば、義元には織田軍は、全員正規雇用の郎党であるという認識を持たれる。そうした郎党による正規雇用の家臣団の精鋭が近隣に潜んでいる事が分かれば、慎重な義元は余程危険を察知しなければ、砦を出てくることはないだろう。生を求め、砦にとどまる。その間に十分に準備を整えた織田信長本隊が戦場に到着する。

岩室はその趣旨を千秋李忠、佐々政次に説明した。二人とも満面の笑みを浮かべた。

「まさに男の死に場所なり、子子孫孫、我が勇姿は語り継がれるであろう」

佐々政次が言った。

「我が命は我がものにあらず、先祖から受け継ぎ、子孫に残すもの。この一戦において勝つことは、後の世の顔も見たことのない日ノ本の国の民のため。そのため、喜んで拙者は死にましょう」

岩室は辛かった。本来ならこの二人とともに己もここで命を散らせたかった。しかし、ここで全員死んでしまっては、義元は安心して後方に撤退してしまう。佐々百、千秋百、岩室百のうち、百だけは戦場から姿を消し、どこにいるか分からないようにしなければならない。そうすれば、義元は警戒して動かないだろう。

岩室隊は先に出立し、中島砦近くを流れる川にそって上流に迂回した。小高い丘の上から岩室の動きはすべて今川方に見えている。今川の鉄砲隊がそちらに向かって移動する。その隙を衝いて、千秋隊、佐々隊が正面から今川軍に突っ込む。別働隊より本隊らしき数の多い部隊を中央突破させてはならぬ故、鉄砲隊は急ぎ中央に引き返す。種子島が火を噴き、織田の将兵が次々と倒れてゆく。それでも千秋隊、佐々隊は先を争うように今川軍に突っ込んだ。その姿を横目で見ながら岩室隊は今川軍の側面に突っ込む。大量の敵軍に取り囲まれるが死にもの狂いで槍を振るい、敵を槍で突き倒した。岩室は、千秋隊、佐々隊があらかた殺し尽くされるのを確認して後方に引き退く。岩室隊は陽動隊と敵から思われたのか、伏兵を恐れて敵は岩室隊を追ってはこなかった。

これにて織田軍の士気の高さは見せつけた。圧倒的多数の敵兵に臆せず突っ込むということは、全員が正規雇用の郎党であるということ。岩室の逃げた別働隊がどこに潜んでいるかわからぬこと。この二点を義元に認識させれば成功だ。

岩室は郎党を率いて繁みに潜み、敵陣から見えぬように善照寺砦に移動した。そこにはすでに信長隊一千、佐久間遊撃隊一千の将兵が集結していた。

岩室は早速遊撃隊の指揮官の佐久間信盛に会いに行った。

「佐久間様におかれましては、今川をお攻めにならなかった御様子」

「中島砦から敵の布陣までは田の中の一本道、そこをむやみに突進すれば信長様ご到着の前に我等凡て討ち死にであった。兵力を温存したるは正しき判断である」

「今川が鉄砲隊を布陣する前に鷲津、丸根まで行き、佐久間盛重様、織田秀敏様に撤退を命令する権限を信盛様は信長様から預かっておいででした」

「軍の運用はそれがしに任されておる。差《さ》し出口《でぐち》無用」

信盛は若干強い口調で言った。怒っている様子が分かった。良心の呵責《かしゃく》があるが故の怒りであろうと岩室は判断した。

「左様でございまするか」

岩室は信盛の元を離れ、信長の元に行く。

「恐れながら信長様、折り入ってお願いがございます」

「何だ言うてみよ」

「その信長様が着ていらっしゃる陣羽織を拙者にいただきたいのです」

岩室がそう言うと信長は皮肉な笑みを浮かべた。

「ならぬ。そなた、陣羽織を与えたら短刀で切り裂くつもりであろう。これはお気に入りなのだぞ。ハハハハ」

信長は大声で笑った。

「あははは」

岩室も笑った。岩室の心が震えた。

「史記・刺客伝」に逸話がある。晋の予譲《よじょう》は、主君、智伯《ちはく》の仇である趙襄子《ちょうじょうし》の暗殺に失敗したとき、仇である趙襄子に懇願して上着を貰い、それに三回切りつけて、主君の仇を晴らしたあと、自害した。予譲がその時言った言葉が「士は己を知る者の為に死す」である。信長は、岩室が己の身代わりになって死のうと決意している事を見抜き、故事を引き合いにだし、暗に死ぬなと岩室に伝えたのだ。それはただ単に、口で死ぬなと言うことではなく、岩室が信長の事を「士は己を知る者の為に死す」と思っている事を分かっているぞという意思表示であった。岩室は心が震えるほどうれしかった。信長のために生きようと思った。

「先ほど信盛と話しておったな」

「はい」

岩室は視線を下に落とした。

「そうか、みなまで言うな、佐久間は善照寺砦にとどめ置き、一族郎党だけで守らせる。佐久間に預けた一千はそなたに預ける」

岩室は信長の顔を見て目を見張った。

「はい」

岩室は短く答えた。

信長は岩室の目を見据え、満足そうに笑った。

そこに前田利家が割り込んできた。

「殿、敵の兜首、二つ取りまして候」

「そんなもんいらん、そこいらに捨てとけ」

間に入られて不快に思ったか、信長がそっけなく言った。

利家は顔を紅潮させて、その場を離れると、何か大声でわめきながら近くの田んぼの中に首を投げ捨てていた。

岩室があとで弥三郎に聞いた処によると、実は信長は岩室が先に発進したあと、本隊を集めて、敵の首は討ち捨てていくこと、狙うは義元の首ただ一つであると訓示していた。織田家を出奔していて無断で戦列に加わった利家はそれを知らなかった。

信長は岩室の帰還とともに軍を善照寺砦から中島砦に進めようとした。老臣たちがそれを必死で止め、善照寺砦で籠城するよう促した。しかし、信長は聞かない。

「ここにとどまれば一時は生を保てても後に必ず死ぬ。先に進みたとえ一厘、一毛でも勝って生き残る道があるなら、あえて死地に進むものである」

信長はそう言い捨てて中島砦に移った。信長が中島砦に入ると、にわかに雨が降り出した。

「天佑神助なり、これで鉄砲は使えぬぞ」

信長は真っ先駆けて中島砦を飛び出し、今川軍の鉄砲隊に突っ込んだ。鉄砲隊は大雨で鉄砲が使えねば丸腰と同じである。あわてて槍隊が前にせり出したが、敵前での部隊交代で混乱が出た。そこに信長軍精鋭二千が突っ込む。たちまち今川軍は大混乱に陥り、加世者の侍大将たちは武器を捨てて逃げ出した。少数の今川の郎党は踏みとどまって戦おうとしたが、勢いがついた信長軍を押しとどめることはできない。信長は今川鉄砲隊の正面を突っ切って真っ直ぐ進んだ。雨はより一層強くなり、前が見えない状態だった。しかし、このあたりの勝手は信長が承知していた。今川軍の前衛を信長軍が突破した。混乱して逃亡する今川軍を壊滅する絶好の機会であるにも関わらず、それを無視して先に突き進んだ。だとすれば、織田軍の行き着く先は今川義元の本陣しか考えられない。山の上の本陣から、織田軍の動きが丸見えであったということは、反対も可であると今川義元は考えるであろう。しかし、信長は今川義元の本陣に突撃しなかった。今川義元は小高い山の上に馬防柵を幾重にも張り巡らせ、数千人の屈強な郎党にその場を守らせている。たとえ織田軍精鋭二千が突っ込んでも勝てるものではない。砦を落とすためには三倍の兵力が必要になるのだ。

信長は釜ケ谷の繁みに身を隠した。岩室に命じて、ありったけの密偵を周囲に散らせ、信長直轄の伝令も全員出して、義元の動向を探った。今川義元は真面目な性格である。信長が乾坤一擲、今川義元の首を取りにくるなら、本陣まで一直線に駆け込んでくると考えるに違いない。しかし、信長は繁みの中に身を隠し、息を殺して動かなかった。

信長がどこにいるか分からなければ、用心深く手堅い性格の義元は必ず大高城に逃げ込もうとするはず。井伊家を中心として、今川軍は重装備を好む風潮がある。しかし、重装備の鎧は機動性に欠け、動きが鈍い。これらを引き連れてゆっくりと撤退しては、信長に移動中の動きを捕捉される恐れがある。それなら、家臣郎党を捨てて、己が身一つで大高城に逃げ込んだほうが、信長に発見される割合が減る。今川にとって最悪なのは信長の子飼いの精鋭と野戦になることだ。ならば、今川義元は確実に一番生き残る確率の高い方法を選んでくる。そういう合理的性格故、行動は読みやすい。織田としてはいくら見つける確率が低かろうが、今川義元が選ぶ、一番生き延びる確率が高い方策に一点張りすればいいのだ。生を求めれば即ち死が待っている。

今川義元は生地を求めて大高城に向かう。おのずと、進軍経路は読める。そこだけにすべての密偵、伝令を派遣した。

岩室配下の甲賀衆は陥落した丸根砦の横をすりぬけ、谷沿いに桶狭間山に向かった。信長の伝令たちは早馬を使って鷲津砦の横をすりぬけ、山沿いを大回りして桶狭間山に向かった。大高を目指すならこの二通りしかない。そのどちらに行くか分かれば十分だった。鳴海城の前から鷲津砦の背後に流れる川は、おりからの大雨で増水し渡れない状態になっていた。しかも、桶狭間山から鳴海城に行く道は田圃の中の一本道、そこを移動する姿は小高い丘から丸見えになる。よって今川軍が鳴海城に逃げ込むことはない。鷲津砦側から大高城に向かうには大回りになる上、西側には田圃が広がっているので小高い丘に織田の物見が居ればすぐに見つかる。見通しの悪い桶狭間、田楽狭間《でんがくはざま》を通って丸根砦の横をすり抜け、川を渡って大高城に入るほうが距離も短く、姿も隠せ、安全だ。こちら側の川は川底が浅く、渡ることもできる。何事も合理的に物事を選択する義元なれば、かならず丸根砦横をすり抜ける事は確実であった。このため、信頼する岩室配下の密偵はこちらにすべて派遣した。鷲津方はあくまでも、まさかの時のためだ。

豪雨の中、信長は待った。

誰一人帰ってこない。岩室配下の密偵が誰一人帰ってこない。

距離から考えて、もう、誰か一人でも帰ってきている時はとっくに過ぎていた。待ち伏せした伊賀衆に皆殺しにされたとしか思えなかった。

岩室が横目で信長の表情を見ると、信長は口を真一文字に結び、まっすぐ前を向いていた。その心に一点の曇りもないように見えた。岩室を信じている。岩室は心が張り裂けそうになった。己が行くしか無い。岩室が自ら密偵として出ようとした時である。豪雨の中、遠くから馬のいななきが聞こえた。

「おお、帰ったか」

信長の表情がぱっと明るくなった。

「簗田弥次右衛門《やなだやじえもん》、遅参申し訳もござらぬ」

開口一番騎馬の伝令が叫んだ。信長配下の伝令であった。

「よほど遅うなりたれば、すでに他の方々の報告は終わってござろう。戦にて手柄たてまする」

岩室が梁田に駆け寄る。

「まだ誰も帰参せず、早う殿に報告されたし」

「真でござるか、されば」

梁田は馬から降りで信長に駆け寄る。

「今川義元、桶狭間山を降り、丸根砦側に向かいました故、他の方々はその後を追うか、丸根砦側から釜ヶ谷に向かいましたが、誰も鷲津砦側には回ろうといたしませぬ。そのような大回りで義元が逃げるとは誰も考えぬからです。しかし、先だって岩室様からお教えいただいたとおり、何も無いからこそ、そこに行く者がなくてならぬ。手柄無くとも、誰かが行かねばならぬと思い、駆けましたが、これがどうにもあぜ道はぬかるみ、まともに進めるものではございません。やはり今川も鷲津側の道は使わなかったようです」

「でかしたぞ、梁田。皆の者、出立じゃ、大高に向かう義元を待ち伏せする。今後、一切声を上げるな、騒ぎ立てる雑兵は切れ」

「おおっ」

佐脇藤八だけが勢いよく返事をし、その兜を長谷川橋介が無表情のまま、平手でパチンと叩く。藤八は慌てて刀を持った手で口をふさいだ。

「ではいくぞ」

信長の号令に織田軍は無言で相槌をうち、軍を進めた。織田軍が発進するとともに雨は勢いを弱め、ついに止んだ。

田楽坪辺りで伏せ勢していると、繁みの中、遠くから馬の蹄の音が聞こえてくる。これは豪雨の中であったら見つけることはできなかったであろう。すべてにおいて運が良かった。

「いけい！」

馬の蹄の音が間近にまで迫った処で信長が号令をかける。槍隊が今川軍の前に踊り出す。幸運だったのは、今川軍は三百騎、すべて騎馬武者であったことだ。今川軍は重装である。最速で大高まで行こうとすれば徒歩兵は足手まといになる。合理主義者の今川義元は徒歩の郎党たちを砦に置き去りにしてきたのだ。このため、槍は容易に馬に突き刺さった。本来であれば、敵の徒歩の槍隊が前面に立ちはだかり、捨石となって騎馬武者を逃がすため、偶然に流れ矢が当たる以外は、戦場で総大将が討ち取られることはめったにない。しかし、その徒歩郎党を見捨ててきたため、今川の騎馬は丸腰同然だった。一番前の馬が倒れたために、その後ろ数頭の馬も巻き添えになって勢いよく前に倒れ、騎馬武者が転げ落ちた。前衛の馬が数頭倒れて道を塞いだため、今川の騎馬武者は下馬するしかなくなった。今川方は馬を降り、槍を構えて今川義元と思しき大将を中心にして、外に向けて槍衾《やりぶすま》を作り、それでも早足で大高の方に進んでいだ。


「殿を死なすな」

真っ先駆けて突進したのは林秀貞だった。敵部隊と対峙すると槍で叩き合いを始める。

この地方では元来の古典的な戦い方であるが、いかんせん、これでは時がかかりすぎる。

槍でお互い殴りあって、どちらが先に気力がうせるか、根気くらべである。今川方は殴りあいの槍合戦を想定した装備になっており、重厚な鎧に身を固め、じりじりと撤退していく。

敵方は大高城に入ろうとしている。大高城に入られてしまっても、敵の援軍が到着しても、敵援軍に位置を把握されても、織田方は終わりだ。これでは逃げられると思った岩室は突撃隊を編成して、号令をかける。

「いけ、今こそ死ねや」

第一次突撃隊として佐脇、前田などの部隊が突撃する。

佐脇藤八もその中にあった。突撃隊は、敵方の兵の鎧の隙間に槍を突き刺し、ねじって殺す。しかし、敵の槍衾の中に入り込むのであり、敵からも突き刺される。敵の被害も大きいが第一陣はほとんど討ち死にした。

そんななか、藤八は巧妙に刀を使って相手の槍をはらって、懐に入った。ガツンと相手の顎を肘で殴ってその足がふらついたところ刀を喉もとに突き入れて殺害した。

「おのれい」と隣の兵が槍をすてて藤八に殴りかかる。藤八は首をすくめて、それを兜の頭で受ける。敵兵は拳をくだかれてうめいた。

そこを喉に刀をつきさした。

「やってしまえ」

怒り狂った敵兵に瞬く間にかこまれた藤八であったが、そこに第二陣が突撃してくる。

「かかれい」

長谷川橋介もその中にあった。第二陣がくると、敵方から「陣形を乱すな」と声がかかり、籐八を囲んだ兵たちは素早く後退した。長谷川は相手の鎧の隙間に槍を差し込んだが、相手も素早く長谷川の肩ぐちに槍をさしこんだ。このまま突けば相手に槍をねじられて殺されると思ったか、長谷川は身を引いた。

「いけい」

そこに第三陣が突撃を開始する。山口飛騨守もその中にあった。山口は敵兵の前まで進むと、槍で敵兵と叩き合いをはじめた。

もう、あとは本隊しかない。相手の体力が消耗し、陣形が崩れるまでなぐりあうしかない。岩室は信長のそばにあって、戦況をみまもっている。藤八がもどってきた。

「もう一度いくぞ」

藤八が岩室に叫んだ。

その横で加藤弥三郎が固くなっている。岩室が加藤の足を軽く蹴った。加藤が岩室を見ると、岩室が顎で「いけ」と合図をする。

「うおおおおお」

叫びながら弥三郎は突進した。それと同時に信長が馬に乗って突進する。岩室もそれに続いた。長谷川橋介がそこに合流する。

「ちいっ、強いわ!」うめいて橋介は槍を握りなおし、また敵に突進した。藤八は刀を振るって戦った。そして、敵の突きだしてくる槍の穂先を次々と切り倒していた。

今川義元の姿が見えた。弥三郎が槍を持って突っ込んでいく。前からも織田の兵が槍で突っ込む。今川義元は前の兵の槍をかわしながら肘鉄で弥三郎の顎を叩く。それがまともに弥三郎の顎に入り、弥三郎はひっくり返る。返す刀で義元は前の兵を叩き切る。

そのあと数人が突っ込んだが凡て切り倒された。

「強いぞ、一人では勝てぬ、三人一緒に組み付くぞ」

津島衆の服部小平太が叫んだ。

「おう」

服部小平太の号令のもと、服部小藤太、毛利新助が槍を繰り出す。

義元は新助の槍先を切り飛ばし、小藤太の槍を避けたが、小平太の槍が義元の脇腹に突き刺さった。小藤太が刀を抜いて義元に突っ込む。小藤太の刀を義元は己の刀で受け止め、小藤太を蹴り飛ばす。小平太が槍を捨て刀で切りつけると、それを義元は刀で受け、つばぜり合いになるが、次第に小平太が押され、押しつぶされそうになる。

「ぬぐぐぐぐっ」

小平太が必死にうめいている処に、新助が短刀を抜いて義元に後ろから組み付き、頭を抑える。義元は新助の親指を食いちぎる。それでも構わず新助は義元の首元に短刀を突き刺した。血しぶきが縦に長く飛び、義元は虚空に手を伸ばした。目から赤い血が流れ、一瞬笑ったかのように見えた。そのまま義元は倒れた。

「今川義元討ち取ったり」

毛利新助が叫んだ。

「松井宗信見参」

遠くで叫び声が聞こえた。

「おい、松井が来たぞ、はよう首を見せい」

服部小平太が叫んだ。

「指を噛みちぎられて切れん、そなたやれ」

新助が叫んだ。

「うむ」

小平太は義元の首を切り取ると織田軍に突進してくる松井の大軍に向けて首をかざした。

「今川義元の首ぞ、勝負はついた」

その首を見るや、松井宗信とその郎党三十人ばかりが付き従っていた、加世者の足軽大将たちは恐れをなして逃げ出した。だが松井宗信とその郎党三十人ばかりがそれでも信長目がけて突撃してくる。

「すでに義元は討ちたり、無駄な殺生は止めよ」

信長近くに居た岩室が言った。

「士は己を知る者のために死すなり」

松井宗信が叫んだ。

切り込んでくる松井の前に岩室が立ちはだかる。松井は刀を振りかざして岩室に切りかかる。岩室も槍を捨て、刀を抜いて松井の刀を受ける。一合、二合、そこに織田の兵が後ろから松井の背中を槍で刺した。横からもう一人武者が脇腹をさした。

「うぬうっ、せめてひと太刀っ」

うめきながら松井宗信は倒れた。

残る松井の郎党も、義元配下の三百騎もだれも逃げず、最後まで戦って討ち取られた。それが、名門今川が営々と築いてきたものの芯にあったものだ。

「お首は取られないのですか」

宗信の後ろから槍を刺した兵が訪ねた。

「拙者の手柄ではない。其方らで取りなさい」

「ありがたい」

岩室は今川義元の処へ歩いていった。すでに首は無い。数人の雑兵が今川義元の周囲に集まって話をしている。

「どうしたか」

「いや、義元の所持品をぶんどってよいものか話し合っていたのです」

「義元の太刀は名刀ゆえ信長様に献上する。他の鎧飾りや印籠、皮袴などは信長様にお許しをいただいていてから分けよ」

岩室はその者らから義元の太刀を受け取り、信長の処まで行った。

「おお、義元の亡骸か、熱田まで運んだあと、丁重に葬ってやるがいい。途中で今川方が抵抗したとき、義元の死体を見せておとなしく退却するようなだめねばならぬゆえ、それまでは埋めるな。今川方の感情を逆なでせぬよう、着物ははぐな。兜や甲冑の飾り、組紐は義元に切りつけた者らで仲良く分けるがよい」

「信長様、これを」

岩室は義元の太刀を両手に持ち、信長に対して恭しくささげた。

「おお、これが天下に名だたる名刀宗三左文字《そうざさもんじ》か、なによりこの時、そなた、岩室から受け取ったことが嬉しい。このこと、一生の思い出として心に刻んでおくぞ」

信長は笑顔で刀を受け取った。

第十九章・解説

桶狭間の戦いにおける信長の進攻ルート

これに関しては、「信長公記で追う「桶狭間への道」2012年 06月号」（雑誌 2012/5/9 インロック）の存在が欠かせない。地元、桶狭間古戦場保存会による長年地元に密着した調査結果による細密な資料収集があってこそ出版できた本である。この中でも最も注目すべきは、１４０頁の釜ヶ谷の項目である。ここで桶狭間古戦場保存会の梶谷氏の説によると信長は一時駐屯して今川義元の位置を探索している。

近年まで、藤本正行氏著作「信長の戦国軍事学」に書かれた、桶狭間偶発説が桶狭間の合戦における主軸を占めていた。しかし、地元研究会の長年にわたる調査の結果、信長は、一旦豪雨の中、釜ヶ谷で身を隠し、今川義元の位置を補足しようとする極めて冷静な行動を取っていた事がわかる。

当然、著者自身も現地取材して、この本を元に現地を回ったが、この説が極めて真実に近いのではないかとの印象を受けた。

これらの調査結果および、資料がなければ、今回の桶狭間のシーンを描くことはできなかった。

宗三左文字

信長は一生この刀を愛用した。

現在この刀は京都市の織田信長を祀る建勲神社が所蔵している。

桶狭間の戦いにおいて、今川義元が佩いていた太刀を信長が取ったもの。義元の腰にあった時は二尺六寸の太刀であったが、信長はこれを１２㎝ほど磨り上げて指した。

日本刀―天下名刀の物語（SAN-EI MOOK 男の隠れ家特別編集時空旅人別冊）
三栄書房　四五頁より抜粋

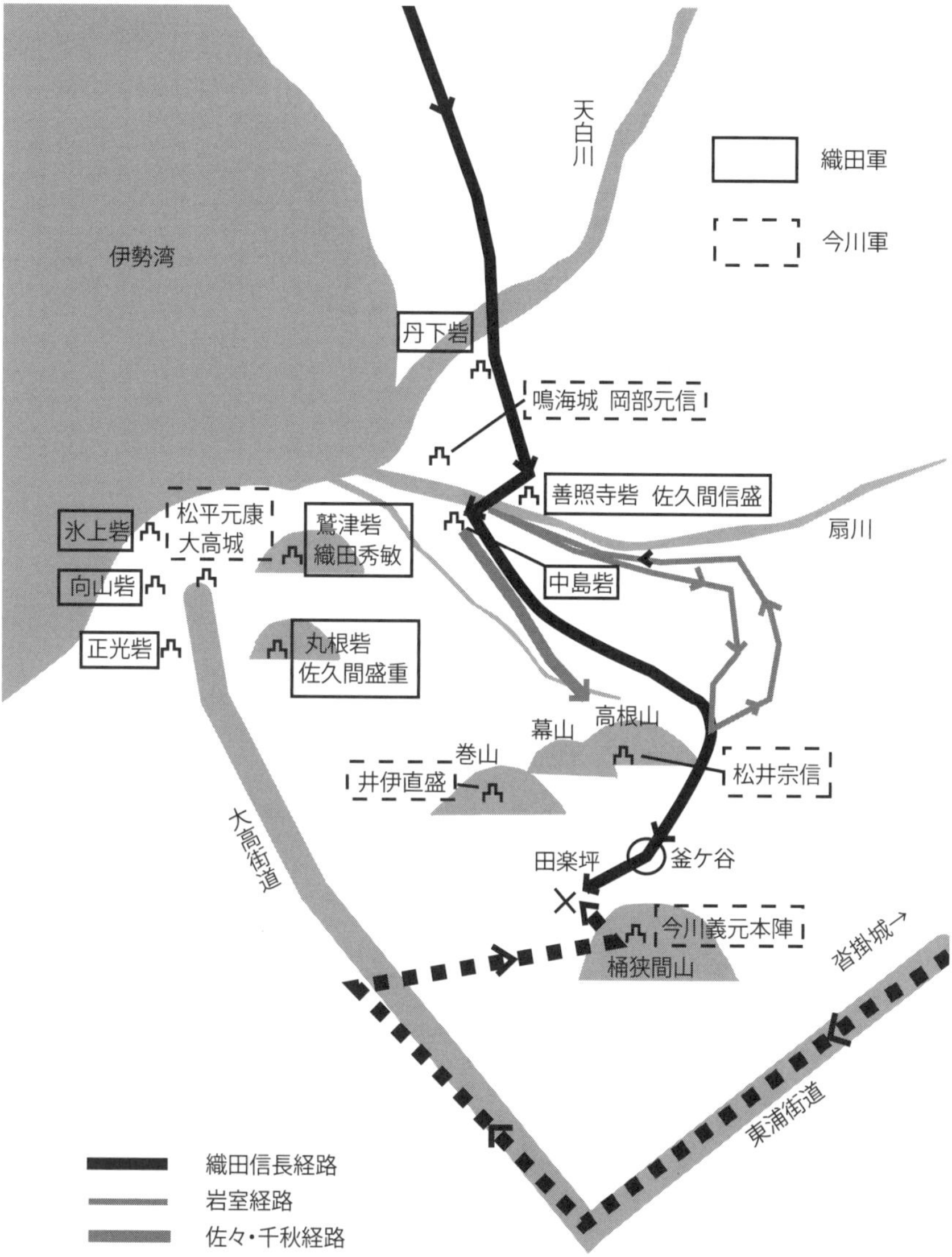
天白川
織田軍
今川軍
伊勢湾
丹下砦
鳴海城 岡部元信
善照寺砦 佐久間信盛
扇川
氷上砦
松平元康
大高城
鷲津砦
織田秀敏
中島砦
向山砦
丸根砦
佐久間盛重
正光砦
幕山
高根山
巻山
井伊直盛
松井宗信
大高街道
田楽坪
釜ケ谷
今川義元本陣
桶狭間山
沓掛城→
東浦街道
織田信長経路
岩室経路
佐々・千秋経路
今川義元経路

資料7：桶狭間各経路図

第二十章　辛子の種

「遅れました」

額から血を流した猫の目と甲賀衆二名が田楽坪《でんがくつぼ》に駆けつけてきた。

「よくぞ生きて帰った」

岩室は猫の目をねぎらった。

「我等も殺される事覚悟いたしましたが、何事か、急に伊賀衆が退きました故、命拾いいたしました」

「藤林長門守は義元を捨てたか」

「何故、藤林は義元が死ぬ前に見切りを付けたのでしょう」

「それは……生を求めて大高に向かったからであろう。己に忠義を尽くす郎党と共に砦で命を捨てる覚悟をすれば、藤林も恐らくは最期まで従ったことであろう」

「はい」

猫の目は感慨深げに頷いた。

徹底抗戦の道を選んだのは松井宗信のみではなかった。鳴海城の岡部元信も籠城を解かず、開城を求める織田の使者に「さっさと殺せ」と啖呵《たんか》を切った。逃げた今川方の将は、再度織田方に寝返った水野や知多の国人衆に襲われ、悉《ことごと》く命を落とした。ただ、松平元康は、水野元信と縁続きにて、水野が襲うことなく岡崎に撤退した。織田方にはすでに鳴海城を落とすだけの余力は残っておらず、今川義元の首と引き換えに、岡部元信を鳴海城から撤退させた。

今川義元の死に尾張中が沸き上がり、誰もが手に手をとって喜び合ったが、一人、喜ばぬ者があった。戦のさなか、戦いを放棄して護摩焚きの修法、芥子焼《けしやき》をしていた千秋李直《せんしゅうすえなお》だ。李直だけは喜びもせず憮然としていた。

なぜ合戦の指揮を放棄して砦で祈っていたか問われた李直は「すべての争いを終わらせたかった」とだけ言った。その意図は信長には理解されず、信長に対する当て付けと受け取られた。

「いずれ弟が戦死すればそなたに熱田社宮司の地位がもどってくるとでも思ったか」

「そのような事断じてありませぬ。ただ、世の争いを憂いたためでござる」

「ならば、一人で思う存分祈っておればよいわ」

信長は千秋李直の領地、家屋、財産をすべて没収して追放した。

全財産没収を告げられた千秋李直は満面の笑みを浮かべ、「これで神の国が近くなった」と言い残し去っていった。

今川義元の脅威が消えた。これで伊勢、美濃を制圧すれば天下は夢ではない。信長の天下が現実のものとして見えてきたのだ。

振り返ってみると、岩室は今川との戦いで配下の甲賀の精鋭をほとんど失っていた。岩室は犬山の和田新助に依頼して、新しい甲賀衆の織田家への仕官を求めたが、和田はこれを拒否した。あまりにも信長に入れ込む岩室に警戒したのかもしれない。配下の者にも思いやりをもって接しており、だからこそ、配下の甲賀衆も命を捨てて岩室のために尽くした。しかし、その事を証してくれる配下の者たちももうこの世には居ない。あまりにも藤林との戦いが壮絶すぎた。その戦いも勝利に終わり、目の前のすぐ手の届く処に信長の天下が見え隠れしている。何度催促しても新助が無視するので、岩室はこれ以上黙殺するなら信長の許可を得て、甲賀に直接依頼を入れるとの書簡を和田に送った。すると、和田は岩室に会うために清洲までやってきた。

「そなた、尾張者を素破に仕立てあげておるそうじゃの」

「たしかに。されど、駿河の今川義元は富士の村山修験《むらやましゅげん》を素破に仕立て、甲斐の武田信玄は歩き巫女を素破に仕立てました。尾張が同じ事をして何が悪うございまするか」

「それは末端の密偵の技、陰術のこと。ソチの教えている響談《きょうだん》は陽術じゃ。しかし、それも今まであえて黙殺してきた。織田は銭払いもいいし景気もいい。今川も倒してこれからより勢力を伸ばすゆえ、こちらとしても良いお客様じゃ。しかし、拙者が人を出さぬのはそのためではない。先の桶狭間での信長の説教、あれは明らかに大義名分を意図したもの。そなた、陽術の頂点たる大義名分を信長に教えたな」

「はて、何のことやら」

「信長は銭儲けになる。よって本来なら禁じ手である響談も許してやろう。政策の術は信長が生まれながらにして天性のものを持っておる。大義じゃ、大義名分だけは使わせてはならぬ。何を考えておるのだ。我らは天下のうちほんの一握りの大金持ちの大大名や公家や一揆衆から銭や金銀を貰った時だけ、それら大金持ちだけに都合のよい偽大義を民衆にばらまき、国を荒廃させ、人と人が殺し合うことによって疑心暗鬼を起こさせ、親戚家族、仲間の私信をのぞき見る不義を蔓延させてまた金儲けをする。それによって我ら素破は裕福に暮らすことができている。伊賀や甲賀のような山間地にあって、飢餓で妻子が餓死せぬもの、すべては大金持ちの私利私欲のための偽大義があるためじゃ。しかし、信長のあの性格では偽大義で民を踊らせて一儲けする気概もなく、むしろ、何の価値もないゴミのような貧民どもに餅を配り高価な茶を飲ませる。まさに「おくるい」じゃ。これは、小手先の響談や政策を失うこととは訳が違う。もし、まかり間違って大平の世が来てみよ、我らは悉く職を失うのだぞ。素破の職に拙者は誇りをもっておる。今まで先代、先々代、そのもっと前から営々と語り継がれてきた素破の技能それがすべて灰燼に帰するのだぞ、分かっているのか」

「分かっておりまする。そもそも素破は闇から生まれ闇に消えゆく定め」

「そんなきれい事を言っているのではない。そなたは、素破という崇高な理念そのものを消し去ろうとしているのだぞ。今まで通り、偽大義で民を扇動し、民を踊らせ、民を騙し、今よりもっと不幸に、もっと貧困に追い込み、またその貧困の苦しみから人を憎ませ、恨ませ、嫉ませ、その恨みの力をもって争いを起こし、世に殺戮をはびこらせる。なんと楽しき世の中か、子が親を殺し、親が餓死した子の肉を食らい耐えかねて隣家を襲い、その家族を殺して銭を奪う、怯えた金持ちは素破を雇い、親友、義兄弟の私信を盗み見る。表面上はにこやかに笑い裏では疑心、憎しみ、不審と殺意が渦巻いている。そのおぞましい混乱が増えれば増えるほど我らの懐の中に金銀の延べ板が落ちてくる。その銭で贅沢ができる、うまいものが食える。美しい女が抱ける。なんとすばらしい世の中ではないか」

「そんな世の中がほとほと嫌になったのです。人は己だけは大丈夫だと思っている。山口教継《やまぐちのりつぐ》も今川義元もそうでした。だから山口は平気で仲間を裏切った。義元は平気で自国の民から搾取して己の懐だけに銭をねじ込んだ。みなみな、己は絶対にやられる側にはならないと確信しているから。しかし、そんな確信、ただの妄想なのです。人を殺すものは殺される。奪う者は奪われる。貴殿は己の息子の肉が食いたいのですか。少なくとも、親を殺し、子の肉を食らい、隣人を殺して銭を奪うことはしなくてもいいのではないのですか。人が少しずつゆずりあって、少しずつ犠牲になって未来のある人たちの敷石となって助けることによって、たとえ裕福でなくとも、満足でなくとも、地獄からは抜けられるはずです。拙者は信長様と暮らすうち、その真実に気付いたのです」

　和田新助は必死な岩室の訴えを聞きながら、しばらくポカーンと口をあけて、ただあきれたように聞いていた。何を言っているのか明らかに理解していなかった。しかし、次第に顔が紅潮し、憤怒に満ちた表情が顔に表れてきた。

「分かったぞっ、分かったぞ、岩室、ソチはっ、独り占めにするつもりだなっ、銭を金銀を、伊賀衆も甲賀衆も皆殺しにして、銭も金銀も土地も食料も、女も何もかも、一人で独占して私利私欲をむさぼるつもりだなっ、そのために我らが邪魔なのだなっ、許さぬっ、断じて許さぬぞっ」

　新助は大声で怒鳴った。

「人は己の鏡という。其方、それが其方の本音であろう」

「だまれっ、そなた許さぬぞ、絶対に絶対に許さぬからなっ、伊賀、甲賀の総力をあげて、そなたを潰す。分かったな」

新助は憤然として帰っていった。


和田新助は主君、織田信清をそそのかして信長に対して謀反を起こさせた。今川義元が健在なら、義元の侵攻とともに謀反を起こせば勝ち目はあったかもしれない。しかし、尾張を統一し、背後の義元も死んだ今になって謀反を起こす事は愚かでしかなかった。新助は日ノ本の民は己の頭で何も考えず、風に乗って動くと言った。犬山城主、織田信清はまさにその典型であった。どう考えてもその選択をすれば破滅しかない。しかし、周囲の者の口に乗せられ、己の周囲の狭い世界だけの風を見て、動いてしまったのだろう。もう取り返しがつかない。

岩室は志願して犬山攻略の指揮をとった。まず前衛の小口城攻略である。主将の中島豊後守は猛将ではあるが、智慧の回る方ではない。饗談で籠絡《ろうらく》するのは簡単な事だった。

岩室は密偵を使い、ひそかに中島と連絡を取ると、簡単に面会は承諾された。

岩室は小口城に乗り込む。

出て来たのは中島ではなかった。白髪の気迫ある老人であった。その老人には何度も会ったことがある。一度は握り飯を貰った。門前の死人を教えてもらった。弟をそそのかされた。

「お久しゅうござる百地《ももち》殿」

「そなた、拙者が百地丹波と何時頃から知っておった」

「最初から」

「ふっ、参ったのお」

百地は薄ら笑いを浮かべた。脇には冷めた顔の和田新助もいた。伊賀、甲賀こぞって岩室を潰しに来たことがわかった。この輩どもには響談は通じない。

「ついに来るべき時が来ましたか。覚悟はしております。ここで切腹すればよろしいのですか」

「いや、それは困る。死ぬなら、戦死してもらわねば我らが信長から恨みを買う。それほど信長は其方に入れ込んでおる。それか、生きる道もある。其方自らが陽術を仕込んだ加藤、佐脇、長谷川、山口他全員を殺し、尾張を出奔する。さすれば、あとは甲賀の方々がそなたの生きる術を確保してくれよう。其方、織田の天下が見たいのであろう。また、信長の危急存亡の時は助けに入りたいのであろう。前田利家は桶狭間のおり、信長を助けに入ったと聞く。そなたもそうすればよかろう。いずれ織田家にも復職できよう。好きにするがよろしかろう」

「黙れ、殺せ」

「これは困った。出来る事なら拙者はそなたを助けたい。其方を殺せば、伊賀国を焼き潰すと藤林長門が言うておる。まったく、味方にすればたよりにならぬが、敵に回せば厄介な奴じゃ。何を好んであの偏屈はこのような変人に懸想したのか。おかげで何人も手練れの手下を殺されたわ」

「我が家の門前で素破を殺したのは貴殿ではないのですか」

「そのような跡が残るような殺し方を拙者はせぬ。藤林の小僧、其方が尾張者に響談の術を教えておる証拠を握った素破を伊賀であろうと甲賀であろうと悉く殺した。おかげで、其方も今まで生き残り、今川が倒される番狂わせとなったわ。まあ、我が弟が何と言おうとこの百地丹波がいるかぎり伊賀を滅ぼすどころか、攻め勝つことも断じてかなわぬがの。其方一人殺すなど容易い事なれど、藤林と組まれてはちと厄介だ。もし、そなたが陽術を修めた尾張衆を殺さず、そなたも死なずと言うならば、今後一切、織田家には素破は出さぬ。報も売らぬ。織田と敵対する勢力には格安で織田の報を売る。さすれば、信長はこのまま逼塞《ひっそく》し、尾張の小大名として生涯を終える事になろう。それでも良ければ好きにすればよい」

また百地丹波は薄ら笑いを浮かべた。

岩室は深々と頭を下げ、小口城を出た。

陣中に帰った岩室は考えを整理するため、人払いをし、一人近隣を散策することにした。周囲は織田信長の兵の警護が行き届いており、陣の近隣は顔を見知った村人らしか通らない。岩室の頭の中を後悔がぐるぐると廻った。

饗談を教えるのはもっと先でもよかったか。今までは死に物狂いで戦ってきたが、今川義元という絶対的な敵に勝つ事しか考えていなかった。

このまま小口攻めを他人にゆずり、逃げ切ることはできまいか。しかし、そうすれば、今後、伊賀、甲賀の協力を得られなくなる。信長の天下のためには、伊賀、甲賀の情報は絶対にいる。岩室の替わりは猫の目がすればよい。しかし、信長の天下が見たい。信長の馬の手綱を引きながら瀬田の唐橋を渡りたい。笑顔の信長、笑いながら信長の顔を見る岩室。小口城から帰る道すがら、岩室は街道の木のうろに頭を何度も叩き付けた。いままで、命などどうでもよかった。己の命など何の価値もないと思っていた。そう思って生きてきた。しかし、そんな岩室を信長は必要としてくれた。本当は天下なんてどうでもいい。しかし、いままでの信長との暮らしには思い出が一杯詰まっている。死んだらどうなるのだろう。この思い出が無為に消え去ってしまうのが耐えられない。生きたい。信長と生きたい。そう思うと、岩室の心は萎縮した。いっそ、仲間を殺して出奔しようか。そうすればどうなる。生きることはできる。しかし、信長との思い出はすべて消えてしまう。仲間との大切な思い出も。信長の、桶狭間での前田利家に対する冷めた態度を思い出した。ならば、死して信長の心の中に永遠に生き続けようか。しかし、死んだあと人はどうなる。これまで考えたこともなかった。己の命に価値を見いださず、捨てても何の悔やみもない人生だと思っていたから。しかし、信長はそんな岩室の人生に生きる喜びを与えてくれた。死にたくない。死にたくないとおもう刹那、目の前には死があるのだ。それでも生きたい。信長と離れたくない。林秀貞を思い出した。信秀の死で狼狽し、禅宗の葬儀を無理矢理浄土宗に変えようとした。死んだものはもう帰らぬというのに。愚かだと思った。醜態だと思った。それと同じ己がここにいる。

「これ」

誰かに呼び止められた。振り返ると、道に物乞いが座って居た。

「そなたにやるものはない」

醒めた声で岩室は言った。

「そうではない、其方の顔に死相がでておる。このまま死んでは迷うて悪霊になる故、導こうとしておるのだ」

その声に聞き覚えがあった。岩室はしばし考えを巡らせる。前の熱田社宮司、千秋李直だった。

「これは宮司様、何をしておられますか」

「なあに、全財産を失い、今は村の者から施しを受けて暮らしている。いずれ時が来たら解死人《げしにん》として埋められようと思う」

「何を仰せですか、信長様が禁じた故、もう埋められませぬよ」

「そなた、重そうだの、背中のそれを下ろせ」

「何も背負っておりませぬが」

「人は船が沈みそうなとき、金塊と赤子とどちらを捨てる」

「金塊でございまする」

「飢えたる時、玉石と米とどちらを取る」

「米です」

「そなた、余りにも多くを背負いすぎておる。このままこの世を去れば、その重みに耐えかねて地の底に魂が沈む。それを下ろせ」

「元々拙者は虚《うつ》ろでござる。持ちたるは信長様との僅かなる思い出だけ。これを捨てては、拙者は何も無くなってしまいます。何も無くば、拙者は何のためにこの世に生まれ出てきたのでございまする。たとえ軽くなったとして、空虚としてこの世を漂って何の価値がありましょう」

「無為に生まれ、無為に生き、そして無為に死ぬがよい。そして神の手に抱かれて天の国にいくのだ。その身を投げ出すがよい。すべてを捨てて。すべてを捨てて神にその身を投げだすことが出来ねば、この世に残した未練の財産の重みで、そなたの魂は地に沈む」

「無為であれば、なぜ拙者はこの世に生まれて来たのです」

「其方は己の事だけを考える。だから怖い。其方はなぜ、さほどに信長を愛するか、それは、信長が常にのちの世の事を思い、後の世の繁栄のために己が身を投げ捨てているからであろう」

「あなたは、信長様に追放された事を憎んではおられぬのですか」

「すべての財産を失い、身を軽くして天の国にゆける。いまは神の御心に抱かれる日を心待ちに楽しく日々を過ごして居る。たとえ己にとっては無為の人生であろうと、人のために生きようとする信長を助けて生きたのなら、そなたの行いは後の世のために意味のあることだ。己が無為であろうとも、その意思を後の世につなぐなら無為に死す事にも意味があるのだ。すべては神の御心のままに生きるがよい。そしてその先に死があるのなら、そこに飛び込め。神の前にその身を投げ出して死ぬのだ。己を貪《むさぼ》るから死が怖い。私利私欲故に失うことが怖い。しかし、人は必ず失う事からは逃れられない。即ち、私利私欲を貪るは、最大の恐怖を己が身に内包し、必ず来る逃れられぬ喪失に直面せねばならぬ。よって、その前に何もかも神の前に投げ出すことのみが救いの道なのだ。死を求めなば即ち生なり」

「宮司様……」

千秋李直は懐から錦《にしき》の袋を取り出した。その錦の袋だけでも売れば数日は贅沢な食事にありつけるだけの高価なものだった。

「これをそなたにやろう」

「これは……」

「この中には芥子菜《からしな》の種が入っておる。九州に行商に行った商人が耶蘇教《やそきょう》の神官が行き倒れになっていたのを助けたお礼に貰ったものだそうだ。それを拙者に献上した。拙者はそれを与えるにふさわしい者をずっと探していた。この辛子の種を地に撒けば、種は割れて死ぬが、そこから芽が生え、花が咲き、種は万倍に増える。一粒万倍じゃ。そうやって、人の真心も己の一つの犠牲によって広がっていくものなのだ。そなたもこれをしかるべき者に与えよ。そして、己が犠牲の大事さを教えるのだ」

「はい」

岩室は、その錦の袋を利直から受け取った。

岩室は陣中に戻ると、赤川景弘《あかがわかげひろ》に手紙を書いた。今後、信長が大山崎の油座を手中に収めれば、必ず無用となった明智油座と大和油座の主が謀反を起こすであろう事、それを事前に察知して討伐することを委託し、李直にもらった錦の袋を添えて伝令に渡した。

妻にも手紙を書き、今までのお礼と、子供の事、そして、鶏は寿命がくるまで生かしてやるよう言伝《ことづて》した。

信長にはあえて何も書かなかった。弥三郎や藤八たちにもそれを書けば、かえって悲しみを深めるだけだと思った。

次の日、岩室は晴れやかな顔をしていた。

「さあ、いくぞ、小口城攻めじゃ」

岩室は真っ先駆けて小口城に突進していった。

第二十章・解説

信長公記曰く

小口城へ御手遣。御小姓衆先懸けにて、惣構をもみ破り、推入つて散々に数刻戦ひ、十人ばかり手負これあり。上総介殿御若衆にまいられ候岩室長門、こうかみをつかれて討死なり。隠れなき器用の仁なり。信長御惜み大方ならず。

現代語訳

六月下旬、久地（愛知県丹羽郡小口）へ出兵。お小姓衆の先駆けで、城壁を打ち破って押し入り、数時間にわたってさんざんに戦い、お味方に十人ばかりの負傷者がでた。信長公の若衆にまいられた岩室長門守は、こめかみを突かれて討ち死にした。だれ知らぬ者のない有能な人物であった。信長公の惜しまれることはひとおとりではなかった。

信長公記（上）　百二十二頁　教育社　より抜粋

終章

岩室の死後、信長は犬山に割拠する甲賀衆、伊賀衆を直接攻撃するのではなく、猫の目を通じて甲賀衆に莫大な金銀を与え、密偵の専属約定を結んだ。甲賀衆が抜け駆けで約定を取ったことに激怒した伊賀衆は犬山から立ち退き、和田新助はたちまち孤立した。新助は己が甲賀衆の命令を忠実に守り、甲賀衆の利益を守るために陽術が外に漏れないよう、最大限の忠義を尽くしたと甲賀衆に訴えている様子であった。その書状はすべて、約定により甲賀衆の手によって信長の手元に届けられた。信長が和田新助の顔が見たいと言って甲賀衆の上士の前に金の延べ板を投げ捨てると、甲賀衆はすぐさま和田新助を縄で縛り、信長の前に引っ立ててきた。信長が詰問すると、和田新助は無表情に、何の感慨もなくすべて答えた。しかし、和田新助は、己は甲賀衆からの命令を履行しただけであり、何の罪もないと主張した。岩室を死に追いやったことさえも、陽術を守れという上士からの命令に従っただけであり、討伐するのであれば、甲賀衆を討伐するべきであると述べた。そんな気力の抜けた無表情な新助が唯一、感情を露わにする時があった。それは、己は長年尾張で管理の役職についていたのに、後から来た岩室がその立場を奪ってしまった事の不当さを訴えることであった。その時だけは感情を露わにして岩室を罵倒した。あの優しく思いやりがあった岩室を全否定した。岩室を罵倒する時、和田の目は輝いていた。

岩室を死に追いやった者、それはどんな悪辣鬼畜外道《あくらつきちくげどう》かと信長は思っていた。八つ裂きにしても飽き足らぬ憎き奴。しかし、信長の目の前に引き出された男は、気の抜けた廃人がごとき抜け殻。ただ、己より後からきて出世した奴を貶す時だけは目が輝く。なんたる凡庸か、天魔でも鬼でもない。つまらない、役職を奪われ、権限を失えば一人では何もできず、ただ、自分より優れた者を妬む凡庸。ただの凡庸。それだけの、ちっぽけな存在であった。信長は和田を憎む気にすらなれなかった。その憎しみの矛先を向ける行方を見失った信長は心を虚無に蝕まれていった。

岩室が死んでからというもの、信長は髭もそらず、服装もかまわず、新しい政策も行使しなかったので心配した妻の鷺山殿が甲賀衆の猫の目に信長を励ますよう命じた。猫の目は信長の元を訪れ、岩室に「もし己が命を落とすことがあれば信長公がどのような大義名分を天下に示そうとしているのか聞いて、それを世間に広めてほしい」と頼まれていたと語った。だが、岩室なき今、信長には何をもって天下の大義としていいのか分からなかった。

そんなおり、簗田弥次右衛門《やなだやじえもん》が信長の元へ進物を持って訪れた。

簗田弥次右衛門は桶狭間の合戦で誰か敵の猛将の首を取ったわけでもないのに、今川義元の撤退路を信長に教えたことを賞され、桶狭間の手柄第一とされていた。その事へのお礼の品を持ってきたのだ。京より錦の反物を注文していたので、届けるまでに時を費やしていたのだ。簗田弥次右衛門は事前に猫の目から岩室の事を話すよう言われていた。

簗田弥次右衛門は進物を渡し、信長に礼を言ったあと、恩賞で買った新しい土地に招待したいと言った。信長は面倒がって行こうとしなかったが、周囲の者が、恐らくは馳走を用意しているのだろうから、それを無駄にさせてはならないと言ったため、信長も渋々簗田弥次右衛門についていった。しかし、梁田左衛門太郎が案内した場所には何もなかった。ただ、真四角に掘られた穴があり、それを漆喰で綺麗に塗り固め、穴が崩れないようにしていた。

「なんだこれは」

信長は首をひねって穴の中を覗き込んだ。その中には何もなかった。

簗田弥次右衛門は、岩室に教えられた教訓の話を信長にした。たとえ、何も入ってない砂穴であっても、最後の一粒まで丁寧に掘り尽くさねばならない。そこに何もなくても、何も無かったという教訓が貴重な宝となるのだ。故に、武者は誰も見ていなくても己に与えられた仕事の手を抜かず、一所懸命に働かねばならないのだと。それこそが武辺者の生きる道、武辺道であると。それを天下に広める事が我らの使命なのだと。

信長は茫然と簗田弥次右衛門の話を聞いていた。しかし、ふと我に返ったようであった。

「天下に武辺道を流布せよと言うたか……岩室、己が死んだあとの事まで考えて、このような仕込みを……」

信長はその場に崩れ落ちた。

「岩室……」

信長の目からとめどもなく涙が零れ落ちる。

「我に天下を取れと……」

信長の声がかすれ虚空に消えていった。

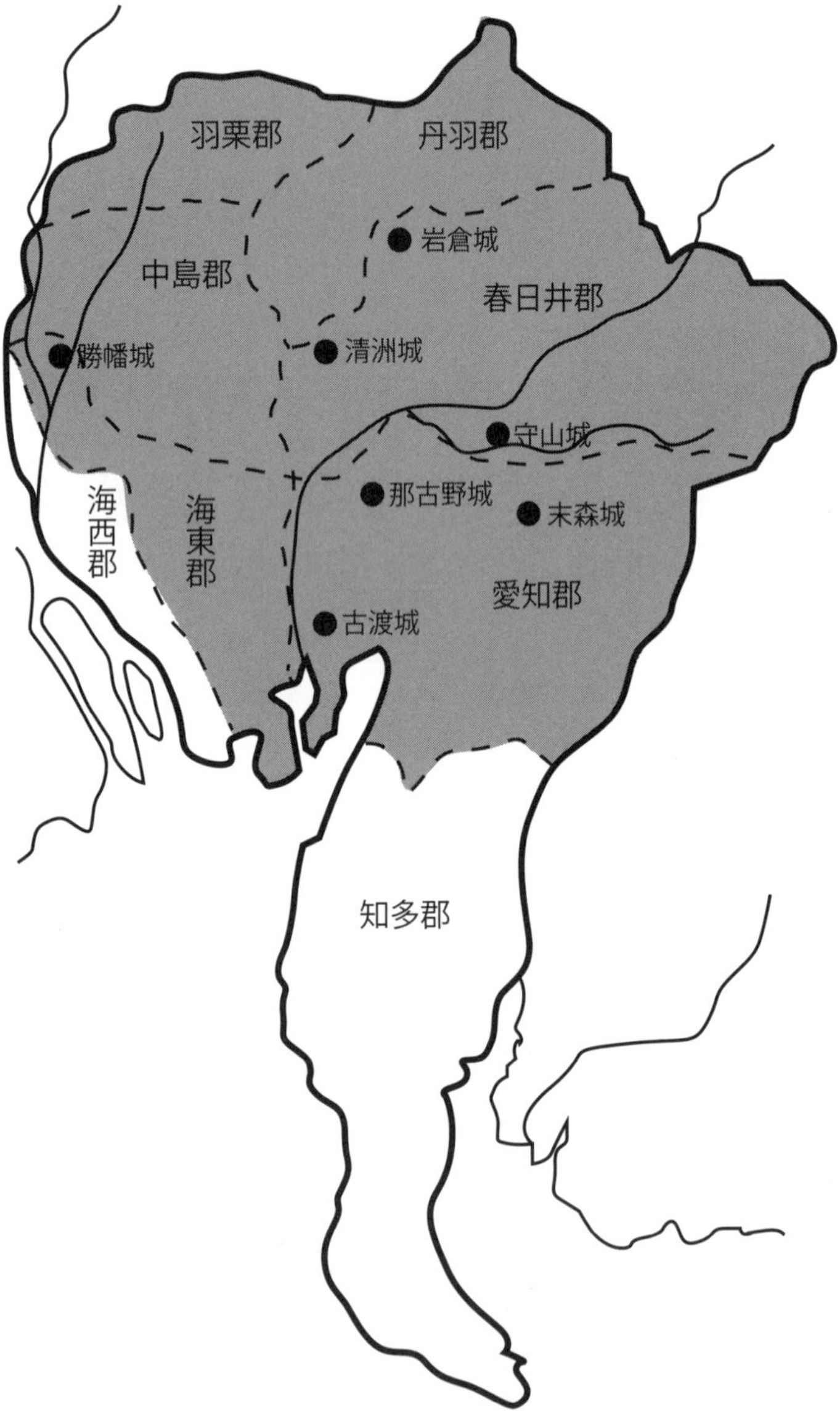

資料8：尾張統一（永禄2年頃）

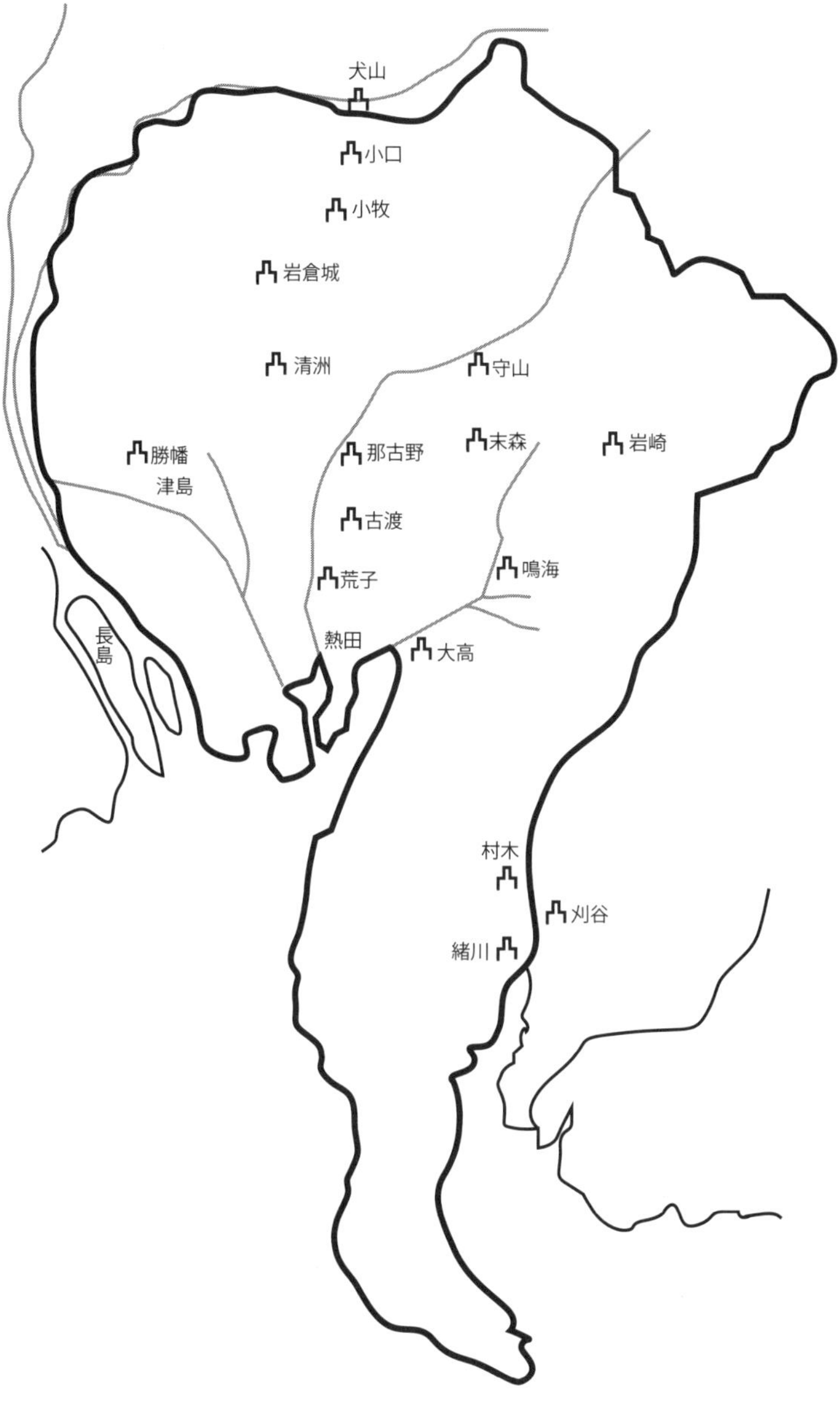

資料１：尾張地図（要所位置関係）
（再掲）

あとがき

この小説をお読みになった方の中でこの小説の記述に少なからず違和感をお持ちになった方々は少なくないと思います。

それは恐らく、織田信長という人は気が短く、横暴で、改革を叫び、既存の古い価値観を破壊することを目的とし、楽市楽座で市場を開放し、鉄砲の三段撃ちで天下を取ったという風説が世間に広く流布されているからだと思います。

しかし、実際に吉川弘文館発行の「信長文書の研究」の中に残っている織田信長が直接書いた書状を読むと、驚くべきことに、竹を二十本もらった地方の国人に対して丁寧に敬語でお礼を言っているのです。また若い頃から盛んに金融に関する書状を発行し、緻密な金融政策を行っています。これは、信長公記だけを読んでいたのでは分からない織田信長の一面です。信長公記においては、織田信長の発言をたびたび「お狂い」と称していますが、それは信長公記の著者や、末端の家臣たちが信長の言動を理解できなかったからであり、必ずしも、信長が狂っていたからだとはいえず、少なくとも、実存している織田信長の書状を見る限り、織田信長の行動はきわめてまっとうなものでした。

こうした事実は、別に私が新しく発見したものではなく、郷土史家の鈴木眞哉氏をはじめ、多くの研究者が信長は経済政策の優位性によって勢力を拡大したと指摘しています。

　鉄砲の連続撃ちに関しては、誰でも発想できることですし、信長以前に、紀伊雑賀衆がすでにやっていた事です。楽市楽座に関しても、信長はむしろ、座を保護する立場であり、熱田神宮に自治権を与え、既存の既得権益を保護しました。これに対して、今川義元は、自分が指定した御用商人だけに座の運営権を与え、既存の既得権益の保持者から権利をはく奪しました。それは、義元の御用商人の中心となっていた友野氏が甲斐の商人であり、既存の駿河の勢力でない事を見ても分かります。このように、織田信長は、市場開放や、既存の価値観を破壊することによって改革を推し進めたというのは事実誤認の嘘であり、現実は別のところにあります。それは、尾張坂井利貞宛判物『坂井遺芳』などにも記録が残っているように、道路建設によって経済を活性化させたのです。室町時代、道路インフラは荒廃を極め、水運輸送が大きな地位を占めていました。また、他国から攻め入られぬよう、国境の道路整備は禁忌となっていたのです。村と村との通り道は、いわゆる獣道であり、人一人が通れる起伏の激しい道でした。それを信長は、本街道はおよそ六メートル、脇道は四メートル、在所道は二メートルと定めた舗装道路を作らせたのです。これは、荷車が最低限交差できる道幅であり、人手不足を補うために流民という安い労働力を使うという従来の戦国領主の固定観念を覆し、正規雇用の人手不足を解消するために、少人数でも荷車を使って大量の荷物を運び、個々の生産性を向上させ、一人当たりの所得を向上させることによって、庶民の消費を拡大させ、国富を増大させたものと思われます。これは、実際にそのような政策を行っている記録が残っており、専門家の間ではかなり古い時代から、常識として言及されていることです。また、楽市楽座に関しても、織田信長が積極的に楽市楽座を推進したのではなく、多くは、特定地域に昔からあった極めて限定的な特権を追認的に保障したものがほとんどであって、安土で行われた楽市楽座は、毛利攻めにおける物資調達で国内の物資が異常に高騰する事態を抑制するために地域限定で行われた行為に過ぎません。むしろ、織田信長は、地域の既存の慣習や風習、その土地に元からあった商習慣をできうるかぎり温存し、改革しないよう努めていました。それこそが、織田信長の経済政策の特徴といっても過言ではありません。これは、新しいシステムを新しく統治した場所で行使するためには、そのための教育、広報、啓蒙に莫大な資金がかかることを信長は知っていたからであって、地域にあった商習慣をそのまま維持することこそ、より効率的であることを信長が知っていたからです。そして、国富を増やす方法は、国主による地域インフラの整備による一人当たりの生産性の向上に集約しています。

今回この小説を書いた最大の目的は、一般ではあまり知られていない。しかし、歴史研究家の間ではすでに常識になっている事実、織田信長は盛んに楽市楽座などやっていない。むしろ、既存の価値観を保護し、秩序を復活し、維持する事にこそ力を注いでいたことに改めて着目してほしかったからです。

それは、すでに世間に常識として知られている事実、「一銭切り」のように犯罪行為に対する厳罰化、尾張時代はあくまでも守護職を立て、次には将軍家を立て、将軍家を立てることがかなわないと悟ったあとは皇室を敬う態度、当時、完全に見捨てられた権威を立て直すという、戦国時代の荒廃した価値観からすれば無駄な行為、伊勢神宮の遷宮の復活や石清水八幡宮の修復などを熱心にやっていた事からも、うかがい知ることができます。そのような事実を私たちは知りつつも、思い込みで「信長は苛烈な性格に違いない」「信長は過去のモノを何でも破壊する改革推進者であったに違いない」という何の根拠もない思い込みに囚われていたのだと思います。

そうした状況に対して、今一度思いをはせる意味でも、この小説を書かせていただきました。

とはいえ、わずか尾張半国の領主からほぼ天下を統一するまでの信長の軌跡は日本史上類を見ない天賦の才であり、その着眼点は「改革や革新など新しいことは古いことより必ず素晴らしい」という誰もが陥りやすい固定観念を排し、古くから存在するシステムを活用したほうがコスト的に安い、安価な労働者を増やすより、個々の労働生産性を向上したほうが個人所得も増えて経済が活性化するという合理主義に徹していたことを物語るものでもあります。

楠乃小玉

楠乃 小玉（くすの こだま）
岡山理科大学卒業後、大手製菓会社に勤務する傍ら郷土史家である父の影響で歴史研究をはじめる。
ブログに連載していた「信長物語」が注目を浴び、メディアファクトリーのウェブコミック誌コミックヒストリアにて原作者として『－信長物語－恋する信長』を連載。単行本化ののち、BS11でボイスドラマ化される。

織田信長《おだのぶなが》と岩室長門守《いわむろながとのかみ》

2016年 6月23日　初 版 発 行

著　者　楠　乃　小　玉
発行者　池　内　高　清
発行所　株式会社 青 心 社
〒550-0005 大阪市西区西本町 1-13-38
新興産ビル720
電話　06-6543-2718
FAX　06-6543-2719
振替 00930-7-21375
http://www.seishinsha-online.co.jp/

落丁、乱丁本はご面倒ですが小社までご送付ください。送料負担にてお取替えいたします。

印刷・製本　モリモト印刷株式会社